KB096453

이순신의 7년

4

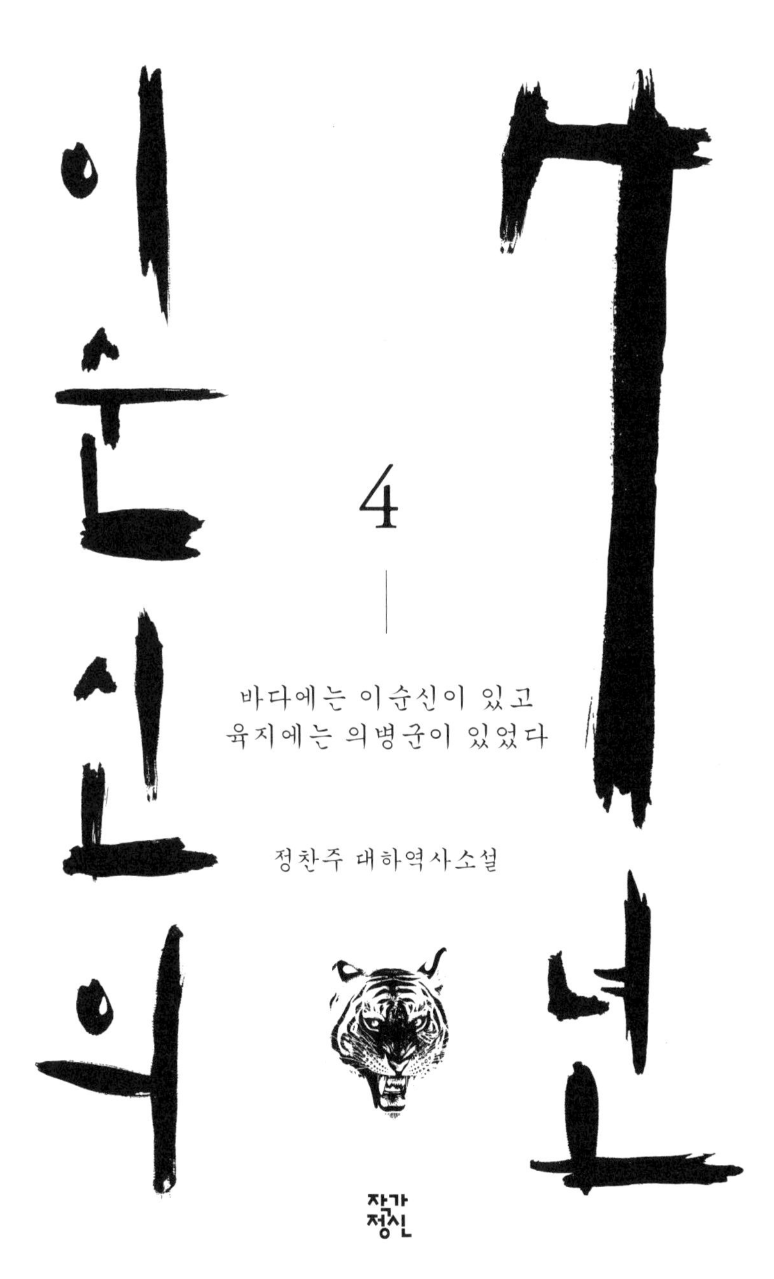

4

바다에는 이순신이 있고
육지에는 의병군이 있었다

정찬주 대하역사소설

작가정신

차례

4권

바다에는
이순신이 있고
육지에는
의병군이 있었다

안골포 해전

이순신은 전사자들 때문에 가라앉은 분위기를 바꾸고자 장수들이 싸워 얻은 전과들을 보고하라고 지시했다. 그러자 순천 부사 권준이 왜장 와타나베를 죽이고 안택선인 층각대선을 부수었다는 보고를 했다. 왜장 와키자카 사헤에를 죽인 광양 현감 어영담도 권준과 비슷한 전과를 보고했다.

낮잠을 즐겨 게으르다고 이순신에게 지적받은 바 있지만 맹수처럼 사나운 사도 첨사 김완이 말했다.

"대선 한 척을 바다 가운데서 붙잡아가꼬 왜장을 몬자 죽여삐리고 대선에서 왜놈 대가리 열여섯 개를 베었십니더. 바다로 뛰어든 왜놈들도 창이 닿는 대로 찔러 죽였십니데이. 사도에서는 전선 세 척이 와서 싸왔십니더."

가무에 능하고 활을 잘 다루는 흥양 현감 배흥립도 보고했다.

"수사 나리, 저도 사도 첨사와 같이 바다 가운데서 대선 한 척을 붙잡아가꼬 말입니더, 왜놈 머리 여덟 개를 베고 왜놈들을 셀 수 없이 많이 익사시켜삐맀십니더. 흥양에서는 전선 세 척이 왔고예, 장졸들 모두 몸을 잊고 싸왔십니더."

부하들을 거칠게 다루어 감사를 받았던 방답 첨사 이순신도 말했다.

"방답에서는 거북선 한 척과 전선 두 척을 가지고 와 싸웠습니다. 저는 방답 1선을 타고 왜놈 대선 한 척을 붙잡았습니다. 왜선에 올랐을 때는 왜놈들이 대부분 바다로 뛰어내려버리고 없었습니다. 왜놈 머리 네 개를 베고 또 두 척을 쫓아가서 쳐부수고 불태워버렸습니다. 저는 왜놈들을 죽이기만 했을 뿐 머리 베는 일에는 힘쓰지 않았습니다."

본영 장수들도 보고했다. 좌돌격장인 본영 거북선 이기남이 일어났다.

"저는 주로 왜선들 사이를 헤집고 다니며 화포 공격을 했습니다. 그래서 대선 한 척을 박살 냈고 왜놈 머리는 여섯 개밖에 베지 못했습니다. 화포 공격으로 왜놈들을 얼마나 죽였는지는 정확하게 모르겠습니다."

좌별도장이며 본영 군관인 전 만호 윤사공도 보고했다.

"가안책과 한 배를 타고 싸웠습니다. 바다 가운데서 층각선 두 척을 붙잡았고 왜놈 머리 여섯 개를 베었습니다. 앞에서 장수들이 말한 대로 우리도 왜놈들을 수없이 익사시켰습니다."

보고는 무용담으로 바뀌어 계속됐다. 이순신은 다소 지루했지만 장수들의 보고를 다 들어주었다. 이순신은 승첩 장계를 쓸 때

참고하기 위해 장수들의 보고를 하나도 흘려듣지 않았다.

늙은 나이를 탓하며 싸움을 꺼려했던 낙안 군수 신호도 왜군 대선 한 척을 붙잡았고 머리 일곱 급을 벤 전과가 있었다. 용맹스런 녹도 만호 정운도 마찬가지였다. 그는 녹도에서 두 척의 전선을 가지고 와 총통으로 층각대선 두 척을 부순 뒤 왜군 머리 세 급을 베고 우리 조선인 포로 두 명을 되찾아 왔다.

그 밖에도 여도 권관 김인영은 대선 한 척을 붙잡아 머리 세 급을 베었고, 발포 만호 황정록은 층각선 한 척을 부수고 머리 두 급을 베었다. 또한 흥양 통장 전 현감 최천보는 머리 세 급을, 참퇴장 전 첨사 이응화는 머리 한 급을, 우돌격장인 거북선 선장 박이량도 머리 한 급을 베었다. 특히 유군 1령장一領將 손윤문은 소선 두 척에 화살을 쏜 뒤 도망치는 왜군을 산 위까지 쫓아갔고, 유군 5령장 전 봉사 최도전은 포로가 된 우리 조선 소녀 세 명을 빼앗아 왔다.

장수들에게 전과 보고를 다 받은 이순신은 사발에 막걸리를 가득 부어 돌렸다. 전시 중이므로 한 잔으로 끝낼 요량이었다. 해전이 완전히 종료되지 않았기 때문이었다. 산불로 치자면 아직 잔불이 남아 있는 셈이었다. 배를 버린 채 바다로 뛰어든 왜수군 사백여 명이 한산도 산자락에 숨어들었고, 선봉장 와키자카가 거느리는 층각대선 한 척과 중선 일곱 척, 소선 여섯 척이 견내량을 통해 김해로 도망쳤던 것이다.

막걸리 한 사발은 장수들에게 아쉬울 수밖에 없었다. 사도 첨사 김완은 막걸리를 다 마시고 나서도 마치 사발 안에 막걸리가 남아 있는 듯 코를 박았다. 그러자 이순신이 웃으면서 장수들 모두에게 두 사발씩을 더 허락했다. 전공을 치하하고자 세 사발의 막걸리를 돌렸다.

다음 날.

예고한 대로 장졸들의 아침은 특식이었다. 소고기 기름이 둥둥 뜬 국물에 쌀밥이 말아진 소고기 국밥이었다. 무청 시래기와 고사리가 든 소고기 국물은 고소하고 간간했다. 배식 당번에게 눈치껏 서너 사발을 타다가 먹어 치운 장사 출신의 수졸도 있었다. 엄한 배식 군기였지만 감독하는 군관이 눈감아주었다.

특식이 나오는 날은 장졸들의 사기가 한껏 올라갔다. 장졸들은 배불리 배를 채운 뒤 기분 좋게 다가올 전투를 기다렸다. 그런데 다른 때와 달리 소고기 국밥을 먹은 날 아침인데도 작전이 늦어지고 있었다. 새벽에 나간 탐망선이 여태 돌아오지 않는 이유도 있었고, 동풍이 느닷없이 거세진 때문이었다. 가덕으로 이동하려고 하는데 그쪽에서 바람이 거칠게 불어오고 있었다. 수졸들이 샛바람이라고 부르는 역풍이었다.

이순신은 송희립으로부터 이런저런 보고를 받으며 작전을 구상했다.

"새벽에 수승을 태운 장의선을 본영으로 보냈습니다요."

"우덜에게는 역풍인디 본영으로 돌아가는 장의선은 순풍이겄구만."

"그러겄지라우."

"빨리 가야 허니께 다행이여."

"수승이 염불을 허는디 어찌케나 짠허든지 지 눈에서도 눈물이 나불드랑께요."

"수승이 또 뭐라고 헌 겨?"

"전사자 앞에서 허는 한마디가 지 가심에 확 닿아부렀습니다요. 금생의 헌 옷을 버리고 내생의 새 옷으로 갈아입는 것이 죽음이라고 허드랑께요. 고로코롬 듣는 순간에는 죽음이 두려운 것이 아니구나! 허는 생각이 들드랑께요."

"허허허."

"내생이 있다는 수승의 말을 듣고 봉께 죽는 것이 끝이 아니드랑께요. 지는 죽으믄 제삿밥이나 묵는 구신이 되는 줄 알았지라우."

"아척에 맛있는 소고기 국밥을 묵고 시방 살아 있는 것이 가장 중요헌 일인 겨. 아적 죽지두 않은 사람이 무신 제삿밥 타령인 겨."

"지가 쓰잘떼기 읎는 야그를 혔그만요."

탐망선은 점심 직후에 돌아왔다. 귀진할 시간을 훌쩍 넘긴 시간이었다. 탐망선 역시 역풍 때문에 고생한 듯했다. 가덕과 양산강을 아침 반나절 동안 어렵게 수색하다가 안골포에서 왜선을 발견했던 것이다. 탐망선장이 이순신에게 보고했다.

"안골포에 적선 사십여 척이 있습니다요."

"샛바람 땜시 심들었을 겨."

"가덕에서 양산강으로 가다가 풍랑에 배가 뒤집힐 뻔했지라우. 안골포 안바다로 들어가서야 수색을 지대로 할 수 있었습니다요."

"식사도 못 혔을 겨."

"챙겨 간 주먹밥으로 수졸들이 끼니는 거르지 않았습니다요."

이순신의 연합함대는 동풍이 잦아들기를 기다렸다. 그러나 동풍의 기세는 좀체 수그러들지 않았다. 할 수 없이 이순신의 연합함대는 만조 때를 이용하여 견내량을 빠져나와 온천도(칠천도) 온천량(칠천량)에서 정박했다. 온천량은 칠천도와 거제도 사이에 있는 해협으로 공격과 방어, 은폐가 용이한 곳이었다. 오후 늦은 시각이었으므로 왜선들이 정박한 안골포로 바로 갈 수는 없었다. 안골포는 가덕도 북단에서 가까이 있는 포구였다. 왜선들도 동풍 때문에 가덕도나 양산강 혹은 부산포로 돌아가지 못하고 안골포에 정박해 있는지도 몰랐다.

동풍은 한밤중이 돼서야 멎었다. 온천량에서 밤을 보낸 이순신은 꼭두새벽에 대장선으로 이억기와 원균을 불렀다. 작전 개시 시간과 공격작전을 짜기 위해서였다. 안골포 바다는 원균이 세세하게 알고 있었다.

"안골포는 포구가 좁고 얕아서 우리 전선들이 싸우기에 불리한 곳이오. 공격작전을 잘 세워야 하오."

"유인작전으로 끌어내서 학익진으루다가 섬멸해야지유."

"왜적들이 한산도 바다에서 유인작전에 당했기 때문에 나오지 않을 수도 있소."

"그렇다믄 귀선과 전선이 일자진으루다가 교대루 들락대믄서 화포 공격을 헐 수밖에 읎지유."

이순신은 유인작전을 한 뒤 통하지 않으면 학익진을 버리고 일제히 일자진 화포 공격으로 왜선을 분멸하자고 설득했다. 그러자 이순신을 따르는 이억기가 점잖게 말했다.

"안골포 안바다가 좁다는데 저의 함대까지 들어가서 공격할 수 있겠습니까?"

"그러니께 이 수사는 안골포 바깥 바다인 가덕 변두리에 결진허고 있다가 우덜이 접전헐 때 복병만 남겨두구 지원군으루 와야지유."

이순신은 묘시와 진시 사이에 즉시 연합함대의 발선을 지시했다. 이순신 함대가 1선에서 학익진 대오로 전진하고 원균 함대는 2선에서 바짝 뒤따랐다. 안골포 안바다가 좁기 때문이었다. 안골포 바다가 아주 좁다면 장사진 대오로 바꿀 수도 있었다. 사전에 약속한 대로 이억기 함대는 3선에서 안골포 바깥 바다에 지원군으로 남았다. 잠시 후 좌척후선에서 쏜 신기전이 날았다. 안골포에서 왜선들을 발견했다는 신호였다. 안골포 쪽으로 좀 더 들어가자 정박해 있는 왜선들이 또렷하게 보였다. 이순신은 장대에 올라 왜선들을 육안으로 식별했다. 우척후선에서 알려온 적정과 똑같았다.

안골포 포구에는 왜 수군 대선 스물한 척, 중선 열다섯 척, 소선 여섯 척 등 도합 마흔두 척이 머물고 있었다. 그중에는 안택선이라 불리는 3층 층각대선 한 척과 2층 층각대선이 포구 밖에 닻을 내리고 있으므로 유난히 눈에 띄었다. 나머지 중선과 소선들은 고기비늘처럼 다닥다닥 잇대어 있었다. 3층으로 화려하게 꾸민 안택선에는 왜 수군 함대사령관 구키 요시타카가 볼록한 배를 내민 채 서 있었고, 2층 층각대선에는 가토 요시아키가 긴 칼을 차고서 불안하게 서성대고 있었다.

이순신은 망설이지 않고 유인작전에 돌입했다. 본영 거북선과 판옥선을 안골포 선창 가까이 보내 화포 공격을 했다. 그러나 왜선들은 유인작전에 말려들지 않았다. 희고 붉은 깃발들이 현란한 안택선에서 해적 출신인 사령관 구키가 소리치고 있었다.

"조선 수군에게 속지 마라! 바닷물이 곧 빠질 것이다. 그때까지 조선 수군을 붙들고 방어하라. 조선 수군 배들은 개펄에 빠져 오도 가도 못 할 것이다."

왜 수군은 제자리에서 조총과 화포를 쏘아대기만 했다. 이순신이 유인작전을 다시 시도했지만 왜 수군의 반응은 마찬가지였다. 방어만 할 뿐 따라 나오지 않았다. 노회한 구키는 선봉장 와키자카처럼 결코 유인작전에 속지 않았다. 구키는 바닷물이 빠지는 시각이 되면 조선 수군 배들은 안골포의 개펄에 빠져 진퇴양난이 될 것이라고 믿었다. 해적 출신이었으므로 안골포 바다의 물때를 이용하고 있었다. 그러나 이순신은 공격 명령을 내렸다. 썰물이 되기 전에 왜적들을 박살 낼 수 있다고 판단했다.

"일자진으로 공격혀!"

이순신 함대는 학익진에서 일자진 대오로 바꾸어 일제히 화포 공격을 했다. 송희립이 구키를 향해 욕을 했다.

"야, 할딱바구 왜구 놈아! 오늘이 니 제삿날이다잉."

"저것덜을 몬자 박살 내부러야 헌당께!"

거북선과 판옥선들이 왜 수군 함대사령관 구키가 타고 있는 안택선과 참모장 가토가 탄 층각대선을 표적 삼아 집중 공격했다. 거북선이 돌진하여 선제공격을 퍼붓고서 뒤로 빠지면 2선에 있던 판옥선들이 앞으로 달려 나가 공격했다. 거북선은 안택선 옆구리까지 다가가서 천자, 지자총통을 쏘았다. 별궁처럼 치장한 안택선의 누각이 종잇장처럼 찢어지고 부서져 내렸다. 층각에서 조총을 쏘아대던 왜군 수졸이 낙엽처럼 우수수 바다로 떨어져 내렸다.

"와아! 와아! 층각선 누각이 사라져부렀다."

"시커먼 갑옷을 걸치고 투구를 쓴 놈이 왜장인께 반다시 잡아부러라잉!"

각 전선의 화포장들이 쉬지 않고 화포를 쏘아 화력을 집중했다. 총통에서 철환과 대장군전이 날아가서 천둥소리를 내며 터졌다. 사부들이 쏘는 장전과 편전이 벌 떼처럼 날았다. 왜 수군들이 거꾸러지고 바다에 빠져 허우적댔다. 이억기 함대의 전선들도 달려와 합세했다. 화력이 배가되었다. 방어 작전을 펴는 왜 수군의 층각대선과 중선들이 잇달아 부서지고 불에 탔다.

"꺼먼 갑옷을 걸친 놈이 왜장이여. 놓치지 말그라잉!"

그러나 구키는 비겁하게 갑옷을 벗어버리고 왜구처럼 수졸들 무리에 숨어 지시하고 있었다. 히데요시에게 하사받은 검은 투구를 한 손에 들고서 안택선이 반쯤 가라앉을 때까지 뛰어내리지 못하고 있다가 겨우 소선으로 옮겨 탔다. 왜 수군들은 선창에

닿을 때까지 웃통을 벗은 구키를 겹겹이 에워싼 채 방어했다. 가토도 갑옷을 벗어버리고 장수용 긴 칼을 휘두르면서 뭍에 내려 구키 뒤를 따라 허둥지둥 도망쳤다. 구키가 뒤따라오는 가토에게 지시했다.

"조선 수군에게 시신을 빼앗기지 말라. 불 질러 없애버려라."

왜장의 명령을 받은 왜 수군들은 대선과 중선에서 죽은 시신들을 소선에 실어 선창으로 날랐다. 왜장들은 산으로 줄행랑치느라고 정신이 없었지만 왜 수군들은 그러지 못했다. 왜장을 원망하거나 명을 거부했다가는 바로 그 자리에서 목이 달아났다.

불에 타던 왜선 이십여 척이 바다에 모두 가라앉고 나자, 석양이 기울고 바다가 어둑어둑해졌다. 그때 광양 현감 어영담이 대장선으로 뛰어왔다.

"수사 나리, 술시부터는 바닷물이 빠져나갑니더. 바다가 깊지 않으니 우리 전선들이 미리 물러나야 할 때입니더."

"왜선덜이 아적 스무 척 남아 있는디두."

"낼 새복에 와가꼬 공격해도 늦지 않을 낍니더."

옆에 있던 다른 장수들도 거들었다.

"수사 나리, 바깥 바다에서 우리덜이 지키고 있응께 왜선들이 빠져나가지는 못헐 것입니다요."

이순신은 장수들의 건의를 받아들였다.

"적선을 모다 불 질러버린다믄 왜놈덜이 뭍으로 올라가 우리 백성덜에게 분풀이헐지 물러. 그러니께 이쯤에서 빠지는 것도 좋을 겨."

이순신 연합함대는 안골포 바깥 바다로 나아가 임시 진을 쳤다. 그러고 보니 안골포 해전은 이순신 연합함대의 일방적이고도 완벽한 승리였다. 아군의 전사자는 단 한 명도 없었고 파손된 전선도 없었다. 반면에 조선 수군을 제압하라는 히데요시의 특명을 받은 왜 수군의 피해는 컸다.

"수사 나리, 왜선 스무 척이 바닷속으로 사라졌그만요."

"왜적 사망자는?"

"왜선 한 척당 백 멩 이상이 탄다고 헝께 안골포 싸움에서는 이천 멩쯤 죽었겄습니다요."

안골포 바깥 바다에서 결진한 이순신 연합함대는 다음 날 새벽이 되어 안골포를 다시 포위했다. 그런데 정박한 왜선 이십여 척이 모두 조용했다. 다가가 보니 왜 수군은 뭍으로 다 달아나버리고 배에는 단 한 명도 없었다. 이순신의 부하들은 분풀이하듯 왜선들을 남김없이 불태워버렸다. 그러고 나서야 선창으로 올라가 수색을 시작했다. 선창에도 왜 수군들은 보이지 않았다. 시신들을 모아 태워버린 처참한 흔적만이 군데군데 보일 뿐이었다. 선창은 피로 얼룩져 있었다. 시신을 태운 곳에서는 역겨운 누린내가 났다. 타다 남은 손발과 뼈다귀들이 뒹굴고 있었다.

참패한 왜 수군

새벽에 안골포 수색을 마친 장졸들이 돌아왔다. 그들은 늦은 아침을 보리 주먹밥으로 먹었다. 군량미가 바닥이 나 어제저녁부터 국밥 대신에 보리 주먹밥이 나왔다. 양산강과 김해 포구 및 감동甘洞(현 구포) 포구로 탐망을 나갔던 탐망선도 무사히 귀진했다. 거제도와 가덕도 쪽에서는 경상 우수영 수군 중에서 주로 거제도 출신의 어부나 보자기를 탐망 군사로 활용했다. 거제도 부근의 바닷길과 물때에 밝기 때문이었다. 탐망군 조장이 이순신에게 보고했다.

"김해 포구와 감동 포구에는 왜적의 그림자조차 없십니더."

이순신은 해안 어딘가에 숨어 있을 왜 수군에게 조선 수군의 위세를 보여주고자 위력 시위를 지시했다. 연합함대를 가덕 바깥에서부터 동래군 몰운대(다대포 끝)까지 전선들을 장사진長蛇陣 대오로 벌리도록 했던 것이다. 한산도와 안골포에서 연승한 여유와 과시였다. 이순신이 송희립을 가까이 불러 말했다.

"우덜 군사의 위세를 보믄 또 한 번 더 놀랄 겨."

"기가 죽어 함부로 대들지 못허겄지라우."

"인자 남해는 철옹성이여. 풍신수길이 특명을 내린 왜군 함대를 분멸해버렸으니께 말여. 설령 풍신수길이가 온다 혀두 남해는 넘보지 못헐 겨."

"평양에 있는 소서행장이 미치고 환장해불겄는디요. 조총과 창을 실은 보급선이 여그를 지나 대동강으로 올라갈 수 읎응께 말입니다요."

"임금님 겨시는 행재소가 인자 그런 대루 안전해졌을 겨. 무기가 부족헐 틴디 소서행장이 워치게 군사를 이끌고 북진허겄는가. 아마두 명나라 대군이 오믄 평양성두 도루 내줘야 헐 겨."

한산도 해전과 안골포 해전에서 승전한 뒤 이순신과 송희립은 여유만만하게 이야기를 주고받았다. 이순신은 원균의 허락을 받아 또다시 바닷길에 밝은 경상 우수영 소속의 수군들로 탐망군 2개 조를 만들었다. 그런 뒤 가덕도의 응봉(현 창원 천가면)과 김해의 금단곶(현 녹산면) 연대로 보냈다. 응봉은 봉수대가, 금단곶은 적을 관찰하는 석보가 있는 곳이었다.

"탐망군덜은 경계허기 좋은 곳으루 올라가 적선의 숫자를 보고혀."

"예, 수사 나리. 달빛이 밝아가꼬 망보기 좋은 날입니데이. 초저녁까지 매 눈으로 탐망할 낍니더."

탐망군 조장을 맡은 경상 우수영 수군 허수광이 보고하고 물러섰다. 탐망군 조장이 대장선에서 내려가고 난 뒤 이순신이 송희립에게 물었다.

"왜적덜 머리는 잘 보관허구 있는 겨?"

"우리 장졸덜이 벤 아흔 개는 왼쪽 귀를 잘라서 소금에 절여서 궤짝에다 넣어두었그만요."

"행재소루 올려 보낼 것이니께 잘 보관혀."

"수사 나리, 한산도에서 사천여 명, 안골포에서 이천여 명을 죽였는디 머리 아흔 개는 전과 치고는 적지 않습니까요?"

"괴안찮혀. 내가 장졸덜에게 약속허지 않았는겨. 왜적덜 머리를 자르려구 달려들다가는 도리어 해를 입구 죽거나 다칠 수가 있으니께 심껏 싸운 자를 제일의 공로자로 칠 것이라고 말여."

"임금님께서는 머릿수로만 전공을 인정허신다고 헝께 드린 말씀입니다요."

"예전에는 머릿수로 전공을 올리구 내렸지만 내 승첩 장계를 보시믄 이해하실 겨."

"임금님이 우리덜 고생을 잘 모르시는 것 같아라우."

"송 군관은 전사자 가족이나 부상자덜을 위로헐 계획이나 세워야 혀. 이번 작전에서 부상자가 생각보다 많은디 송 군관은 기분이 워떠?"

"전사자 열아홉 명에 부상자 백열여섯 명이다 봉께 지도 기분이 안 좋습니다요. 지금까정 싸운 해전 중에서 사상자가 제일 많이 났지라우."

"이겼지만 나두 맴이 무겁다니께."

"그랑께 겡상도 장수덜을 보믄 자꼬 속이 뒤집어진당께요."

"이번에두 그런 거 나두 알고 있는디 워쩔 수 읎는 겨."

"적선이 깨지는 것을 뒤에서 보고 있다가 구름멩키로 달려가 목을 자르곤 했습니다요."

"2선에 있다 보니께 고렇게라두 싸울 수밖에 읎었을 겨."

송희립의 말은 사실이었다. 1선에서 싸운 이순신 함대의 장졸들은 고작 구십 급의 머리를 베었지만 2선에서 싸운 원균과 이억기의 장졸들은 이백오십 급을 베어 임금이 전공을 논할 때 어떤 평가가 나올지 알 수 없었다. 장졸들의 가장 큰 불만은 전공에 대한 평가였다.

"노획품은 예전멩키루 처리혀."

"의복이나 쌀은 장졸들에게 바로 주어 사기를 올리겄습니다요. 다만 특이한 군용 물품은 남겨두어 보고허겄습니다요."

탐망조장으로 보냈던 수군 허수광이 달빛이 밝은 술시에 귀진하여 대장선으로 올라왔다.

"사또 나리, 금단곶 목장에서 탐망할라꼬 연대로 올라가다가 산봉우리 아래 쪼맨한 암자에서 늙은 중을 만났십니더. 늙은 중하고 연대에 올라 양산과 김해 두 강의 으슥한 곳과 그 두 고을 쪽을 바라보니 왜적의 배들이 보였십니더. 배들을 세어 보니 두 곳을 합쳐 대략 백 척은 되었십니더. 늙은 중에게 물어 보니 대답하는 말이 '근간은 날마다 오십여 척이 떼를 지어 드나들며 11일 본토로부터 들어왔다가 어제 안골포 접전 때 포 쏘는 소리를 듣고는 간밤에 거의 다 도망가고 지금은 백여 척이 남아 있다'라고 하였십니더."

이순신은 허수광의 보고를 받은 뒤 연합함대를 천성보(가덕도 보루) 쪽으로 이동시켰다. 왜적이 출몰하는 지역이기 때문에 오랫동안 정박할 생각은 없었다. 원균이 이순신의 속마음을 알지 못하고 걱정했다.

"이 공, 이곳은 위험한 곳이오. 적들이 기습할지 모르오."

"원 공, 나는 예서 적들에게 겁을 주고 있을 뿐이유."

"아, 그렇다면 안심이 되오."

이순신은 왜적들에게 오래 정박할 것처럼 위장하고는 꼭두새벽 직전에 한산도로 나와버렸다. 이순신 연합함대가 한산도에 도착했을 때는 사시(오전 9~11시) 무렵이었다. 한산도에는 사백여 명의 왜 수군 도망병들이 있었지만 그들은 허깨비나 마찬가지였다. 왜 수군 도망병들은 해초와 고사리를 뜯어 먹고는 해변에 쓰러져 있거나 허기져 졸고 있었다. 거제도 어부들이 다가가 목을 베려 해도 도망가지 못했다.

이순신은 원균에게 부탁했다.

"원 공, 거제도 군사와 백성덜이 심을 합쳐 왜적덜 목을 베구, 머릿수를 전라 좌수영에두 알려주슈."

"이 공, 머리를 베게 해주니 고맙소. 왜적덜은 조롱에 갇힌 새와 같소이다. 한 놈도 살려두지 않고 모두 목을 베어 행재소에 보고해 임금님을 기쁘게 하겠소."

이순신은 자신의 지휘하에 있는 함대를 여수 본영으로 귀진하도록 지시했다. 더 이상의 작전은 무리라고 판단했기 때문이었다. 이순신 함대와 이억기 함대 모두 어느새 군량미가 떨어져 본영에서 다시 보급을 받아야 했던 것이다.

왜 수군 함대가 한산도와 안골포에서 참패했다는 보고를 들은 히데요시는 격분했다. 히데요시는 자신의 붉은 도장이 찍힌 명령서를 받은 장수들의 수군 함대가 연패했다는 사실을 참을 수 없었다. 구키가 보낸 전령의 목을 분풀이로 베었지만 성에 차지 않았다. 히데요시가 전쟁을 지휘하고 있는 나고야 천수각은 비상이 걸렸다. 조선에 나가 있는 장수들 중에서 누가 언제 불려와 문책을 당할지 몰랐다. 특히 이순신 연합함대에게 참패한 구키와 가토, 와키자카는 안절부절못했다. 불안하기는 천수각에 있는 대신들도 마찬가지였다.

그러나 히데요시는 예상을 깨고 수군 함대의 장수들을 부르지 않았다. 패장인 그들이 나타나 눈앞에서 얼씬거리는 꼴조차 보기 싫었던 것이다. 히데요시는 자신의 동생 하시바 히데나가의 가신이었던 도도 다카토라藤堂高虎를 나고야 천수각으로 불렀다. 도도는 소환을 받고서는 사색이 되었다. 자신을 본보기 삼아 수군장들을 다잡으려는 것이 아닌가 하고 의심했다. 이순신 연합함대에게 옥포에서 처음으로 패전한 장수가 도도 자신이었던 것이다.

삼십 대 중반의 도도는 히데요시가 얼마나 잔인한지 잘 알고 있었다. 그의 주군인 하시바 히데나가도 실수했을 때는 형인 히데요시를 바로 쳐다보지 못하고 사시나무처럼 떨었던 것이다.

도요토미 히데요시란 이름은 오다 노부나가가 하사한 이름이었다. 오다는 휘하의 장수들이 싸움에서 잘라 온 머릿수로 등급을 매겨서 수우미양가로 판정하였던 것인데, 그는 수秀 등급을 받아 히데요시秀吉라는 이름으로 불리게 됐고, 성은 가신 중에서 가장 뛰어나다고 하여 도요토미豊臣를 받았던 것이다. 오다의 가신 중에서 적의 머리, 코와 귀를 가장 많이 베어 바친 무사가 그였기 때문이었다. 히데요시는 성만 세 번을 바꾸었다. 처음에는 기노시타木下, 다음은 하시바羽柴, 그리고 주군인 오다에게 인정받은 뒤부터 도요토미가 됐던 것이다.

도도는 히데요시가 대신들 가운데 앉아 있는 것을 보고는 무릎걸음으로 나아가 엎드렸다. 다다미 바닥에서 기분 나쁜 냄새가 코를 찔렀다. 피 냄새 같기도 했다. 도도는 히데요시의 말이 떨어질 때까지 이마를 다다미 바닥에 대고 있었다. 이윽고 히데요시가 입을 열었다. 목소리는 작았지만 분노가 실려 있었다.

"자네가 정녕 도도 다카토라인가?"

"예, 간바쿠님!"

"우리 수군들이 싸움에서 왜 지고만 있는가?"

"조선 수군 화력이 우리보다 강합니다."

"조선의 수군 대장은 누구인가?"

"이순신이란 자인데 전라 좌수영 우두머리입니다."

히데요시는 이순신에 대해서는 더 묻지 않았다. 조선의 장수들 중 한 명일 뿐이라는 듯 대수롭지 않게 여겼다. 그는 이순신이란 장수가 있어서 자신의 수군이 패배하는 것이 아니라 부하 장수들의 안이한 전술 때문이라고 판단했다.

"우리 수군과 전선들이 조선 수군보다 많다. 그런데도 조선 수군을 이기지 못하는 이유가 무엇인가! 그대들이 바보 같은 전술로 싸우고 있으니 지는 것은 당연하지 않은가?"

"간바쿠님, 변명할 생각은 없습니다. 처분을 내리시면 달게 받겠습니다."

"자네는 장수로서 무엇을 잘못했다고 생각하는가?"

"이순신에게 첫 승리를 안겨준 패장입니다. 저의 패배로 인하여 조선 수군이 더욱 강해졌을 것이라고 생각하니 분할 뿐입니다. 그러니 조선으로 건너간 수군 장수들 중에 저의 죄가 가장 큽니다."

이순신 함대가 경상도 바다로 나가 싸운 첫 해전에서 제물이 된 도도의 함대였다. 거제도 옥포에서 도도가 거느리는 오십여 척의 전선이 모두 불타 가라앉았고, 사천여 명의 부하들이 전사했던 것이다. 일곱 번이나 주군을 바꾸었고, 새로운 주군으로부터 무사로서 인정을 받았던 도도로서는 충격적인 패배였다.

"조선 수군에게 패전한 첫 장수가 바로 자네였군!"

히데요시는 검대에서 긴 칼을 하나 빼어 들었다. 손을 내밀자 시동이 흰 수건을 가져왔다. 매화가 그려진 흰 수건에 검붉은 피딱지가 묻어났다. 최근에 누군가의 목을 친 칼이 분명했다.

"고개를 들라."

도도는 무릎걸음으로 히데요시 앞으로 다가가 목을 내밀었다. 변명하는 자를 가차 없이 처단하는 히데요시의 포악한 성격을 잘 알고 있기 때문에 취한 행동이었다. '내 목숨은 오직 간바쿠님의 것이니 마음대로 처분하십시오'라는 몸짓이었다. 대신들이 놀란 채 숨을 죽였다. 그러나 도도의 행동은 용기가 아니라 잔꾀이거나 위기의 상황을 뚫고 나가는 비루한 처세술이었다. 아첨과 잔꾀가 많은 사람들은 이심전심으로 통하는 법이었다. 히데요시가 도도의 목숨이 아깝다는 듯 무덤덤하게 말했다.

"히데나가가 자네를 가신으로 삼을 만했군."

"주군께 충성을 못 해 한이 될 뿐입니다."

도도는 육 척 장신으로 왜소한 장수들이 부러워할 만큼 키가 컸다. 히데요시도 눈앞에 있는 도도가 바윗덩어리처럼 엎드려 있는 것이 편했다. 그가 앉아 있으면 고개를 쳐들고 봐야 했던 것이다.

"그대들이 이순신의 함대를 이기지 못하는 것은 조선 수군을 알지 못하기 때문이다. 자네가 아는 조선 수군을 말해보라."

"조선 수군의 주요 전선은 거북선과 판옥선입니다. 포작선은 뒤에서 전선으로 위장하고 있을 뿐입니다. 우리 전선과 달리 조선 수군의 전선에는 화포가 많습니다. 조선 수군이 화포 공격을 하면 우리 수군은 앉아서 당하고 맙니다. 우리가 잘하는 백병전을 해볼 겨를이 없습니다. 그래서 싸움에서 지곤 합니다."

"조선 수군이 화포 공격을 할 때 우리 수군은 잠자고 있다는 말인가? 왜 먼저 공격하지 못하는가? 필시 이것은 우리 장수들이 게으름을 피우다가 당했거나 작전이 잘못된 것이다."

"간바쿠님 말씀이 지당합니다. 지금까지 우리 장수들의 작전은 안이했습니다. 포구에서 적을 맞기보다는 넓은 바다에서 적과 싸우는 것이 유리합니다. 우리 전선은 조선 수군의 전선보다 빠릅니다. 치고 빠지는 작전에서는 빠른 배가 유리할 것입니다."

"이제는 그대들을 믿을 수 없다. 내가 직접 가서 싸우겠다."

"간바쿠님께서 조선에 가시겠다는 것입니까?"

히데요시 좌우에 있던 대신들이 모두 웅성거렸다. 본토는 물론 규슈까지 평정한 상태였으므로 반란을 걱정할 필요는 없었으나 그래도 간바쿠가 자리를 비운다면 누군가가 반란을 일으킬지도 몰랐다.

조선으로 간 장수들 중에는 임란 직전에 출병을 반대했다가 히데요시가 총애하는 가신이 되기 위해 호전적으로 바뀐 장수도 여러 명 있었다. 우키타 히데이에宇喜多秀家가 대표적인 인물이었다. 오카야마 성주인 그의 선조는 백제인이었다. 히데요시가 각 성주들을 모아놓고 조선과 명나라를 치자고 했을 때 우키타가 먼저 반대했다. 백제인의 후손이기 때문에 조선 사람을 죽일 수 없다고 했던 것이다. 그러나 우키타는 전쟁에서 이기면 장수들에게 조선 땅을 분할해 주겠다는 히데요시의 회유에 넘어가고 말았다. 물론 고니시나 가토 등도 히데요시의 잔꾀에 속은 장수들이었다.

"수군이 문제다. 내가 수군을 직접 지휘할 것이다."

"주인장朱印狀을 써 주겠으니 구키 사령관에게 전하라."

히데요시는 오른쪽에 앉아 있던 대신 기쿠테이 하루스에菊亭晴季의 조언을 받아 명령서인 주인장을 썼다.

'내년 봄 내가 조선에 건너가 직접 조선 수군을 격파할 것이다. 그러니 그때까지 해전을 중지하고 거제도에 성을 쌓아 주둔하라. 조선 수군이 공격하면 지역 상황을 살펴보고 신중히 대처하되 조선 수군에게 먼저 싸움을 걸지 말라.'

"간바쿠님, 구키 사령관이 수군 전투를 중지하게 되면 배로 보내야 하는 본국의 군수물자는 어떻게 합니까?"

군수물자는 군량미와 조총 및 탄약, 창과 칼 등이었다. 도도는 놀라지 않을 수 없었다. 해전을 중지하라는 히데요시의 명령은 바다의 보급선을 끊겠다는 것이나 다름없었다. 바다의 보급선을 끊었을 때 가장 곤경에 처할 왜군 대장은 평양성에 주둔하고 있는 고니시와 함경도까지 밀고 올라간 가토였다. 고니시는 평양성에서 조선의 행재소가 있는 의주를 향해 더 이상 북진하기가 어려워질 것이고, 가토는 함경도에서 전의를 상실한 채 후퇴할 수밖에 없을 터였다. 그만큼 군수물자의 보급선은 전투력을 유지하는 데 중요했다. 그러나 히데요시는 벌떡 일어나 도도를 크게 나무랐다.

"조선에는 먹을 것, 입을 것이 풍부하지 않은가. 조선 사람을 모조리 죽이면 다 우리 것이 아닌가!"

노략질로 군수물자를 충당하라는 히데요시의 명을 받은 도도는 도리질을 하면서 천수각 해자 위로 난 다리를 건넜다. 물론 왜장들에게 노략질은 새삼스러운 작전이 아니었다. 임란이 발발한 이후 노략질로 부족한 군량미를 충당해왔던 것이다. 개전 초기 왜 수군의 작전은 해적인 왜구와 다를 바 없었다. 주요 작전은 노략질이었다. 전선을 포구에 정박시켜 놓고 뭍이나 섬에서 노략질한 물건을 육지의 전쟁터와 본국으로 보내는 일이 주요 임무였던 것이다. 왜 수군이 침략한 뒤에 맨 먼저 노략질한 물건 가운데 하나는 그릇이었다. 사발로 된 조선의 밥그릇은 가볍고 깨끗하여 왜 수군들이 다투어 탐을 냈는데, 그들은 사발을 난생 처음 보았고 그때까지도 나무를 깎아 만든 무거운 밥그릇을 사용했던 것이다.

도도가 전령으로 데리고 온 기수 로쿠스케六助에게 말했다.

"간바쿠님이 서해 보급선이 얼마나 중요한지를 모르실 리가 없다."

"아시면서도 조선 수군과 전투를 하지 말라고 명령하신 것입니까?"

"이순신이 있는 한 남해의 보급선은 포기할 수밖에 없다. 고니시와 가토는 스스로 군수물자를 조달해야 한다. 시간이 지날수록 곤경에 처할 것이 뻔하다. 간바쿠님이 그것을 어찌 모르시겠는가?"

"그런데 왜 그런 명령을 내리신 것입니까?"

"본국에서 보내줘야 할 군수물자가 바닥이 났기 때문이다. 수년 전부터 농민들에게 거둬들인 쌀은 이미 나고야 창고에는 없다. 간바쿠님을 만나러 와서 내 두 눈으로 확인한 사실이다. 그뿐이 아니다. 농민들에게 회수한 무기는 다 녹여 호코지[方廣寺] 대불을 만들어버렸다. 그러니 무기를 만들 쇠붙이도 이제는 구할 수 없게 됐다."

도도와 엇비슷할 정도로 키가 큰 로쿠스케가 겅중겅중 뒤따라왔다. 로쿠스케는 천수각으로 들어간 주군이 살아 나온 것만도 다행으로 여겨 더 이상 묻지 않았다. 그들은 나고야에서 조금도 지체하지 않았다. 해전을 중지하라는 히데요시의 명령서를 지니고 있기 때문이었다. 그들은 타고 온 전선을 이용해 구키가 있는 부산으로 돌아왔다.

우울한 소식

이순신 함대는 남쪽에서 불어오는 마파람을 받으며 예상보다 빠르게 본영으로 귀진했다. 본영 선창에서부터 남문까지 본영을 지키던 군사와 성 안팎의 양민들이 모두 나와 환영했다. 무동이 앞에서 춤을 추고 꽹과리를 잡은 상쇠가 띄우는 가락에 따라 북과 징이 울리고 나각과 피리 소리가 뒤따랐다. 수승 성운이 의승 수군 몇 명을 데리고 나와 목탁을 치며 구성지게 관세음보살을 창불했다.

전선에서는 부상병들이 먼저 내렸다. 다리를 저는 중상자들은 들것에 실려 성안으로 올라갔다. 가벼운 경상을 입고 수건으로 머리를 싸맨 사람 중에는 조방장 정걸도 있었다. 거북선을 탄 한산도 싸움에서는 무사했으나 안골포 싸움에서 왜군이 쏜 총알이 머리를 슬쩍 스쳤던 것이다. 남문 앞에서 참퇴장 이응화가 쫓아와 걱정했다.

"조방장님, 괜찮습니까?"

"총알이 이 늙은 놈을 알아봤는지 대가리를 쪼깐 비껴가부렀소. 하하하."

정걸은 이응화가 머쓱해할 만큼 크게 소리 내어 웃었다. 허연 수염이 바닷바람에 날렸다. 칠십팔 세의 백전노장이 함께 싸우는 것만으로도 장졸들의 사기가 치솟았다. 어떤 전선의 군사보다도 정걸이 탄 본영 거북선 장졸들이 용맹스러울 수밖에 없었다. 흥양 현감 배흥립도 다가와 정걸의 상처를 살폈다.

"영감님, 경상이라도 치료를 잘 받으셔야 합니데이. 여름철이라 곪십니더."

"배 현감, 된장 발른 거밖에 읎는디 수건을 쓰고 있응께 나가 중환자맹키로 보인 모냥이오."

대감 위가 영감, 영감 위가 상감이었다. 배흥립이 정걸을 영감님이라고 부르는 것은 평소에 존경하는 마음이 컸기 때문이었다. 이순신도 정걸을 걱정하기는 마찬가지였다. 본영에 들어와 진해루로 오르기 전에 이순신이 말했다.

"조방장님, 낼 아척에 흥양으루 가는 배가 있을 것이니께 이참에는 푹 쉬셔유."

"이 공도 인자 맴을 놔불고 쉬셔야지라우."

"다음 출전을 대비혀야 허는디 시간이 워쩔지 모르겄구먼유."

"지난 5월부텀 1차, 2차, 3차 출진허시느라고 숨도 못 쉴 지경이었는디 인자 겡상도 바다가 쪼깐 정리됐응께 긴장을 푸셔야지라우."

"우덜 본영에서 최고령이신 조방장님이야말루 건강을 잘 챙기셔야 혀유."

이순신은 진해루에 올라 3차 출진에 참가한 장졸들에게 각자의 관과 포로 돌아가도록 해산을 명했다. 의승 수군들에게는 석보창으로 돌아가도록 따로 지시했다. 그러나 석양이 지고 있었으므로 오관 오포 중에서 흥양의 1관 3포 장졸들은 내일 아침에 배를 띄우도록 했다. 그 밖에 보성, 순천, 낙안, 광양, 방답진의 장졸과 의승 수군들은 바로 본영을 떠났다.

천세千歲를 삼창하는 장졸들의 함성 소리가 사라지자 본영은 순식간에 적막해졌다. 이순신은 본영을 떠나지 않은 장수들과 함께 객사로 들어가 궐패 앞에 엎드려 무사히 귀진했음을 알렸다. 충성을 맹세하는 초하룻날과 보름날의 망궐례가 아니기 때문에 향을 피우지는 않았다. 한 줄기 시원한 마파람이 객사 안의 무더운 공기를 식혀주었다. 붉은 사과처럼 둥근 석양이 흥양 바다 쪽으로 떨어졌는데도 잔광은 하루의 여백처럼 길고 밝았다.

본영의 경계병들이 노주대에 불을 켜려다 말고 임무 교대를 했다. 날빛이 아직 스러지지 않고 있어서였다. 이순신은 송희립을 앞세우고 동헌으로 향했다. 동헌 문 앞에는 색리들과 통인, 승설과 청매, 부엌데기 구실아치들이 두 손을 앞에 모은 채 도열하여 이순신을 맞이했다.

"다덜 잘 지낸 겨?"

"예, 사또 나리."

"색리나 통인은 급헌 일이 아니믄 낼 보고혀."

"예, 사또 나리."

승설이 말했다.

"차를 들이겄습니다요."

"그려. 저녁이 끝나믄 가져오는디 발효차여야 혀."

청매는 무슨 말을 하려다가는 숨을 몰아쉬었다. 의원청에서 부상자들을 정신없이 살피다가 잠시 틈을 내어 동헌으로 헐레벌떡 올라왔던 것이다. 이순신이 동헌으로 들어가버린 뒤까지도 청매는 그 자리에 서 있기만 했다. 승설이 청매의 어깨를 두드리며 정색했을 때에야 소스라치게 놀랐다.

"사또 나리께 무신 드릴 말씸이 있는갑다잉."

"아녀, 성님."

"사또 나리께서 무사히 돌아오신께 나멩키로 니도 좋아서 그런갑다."

"의승청 법당에서 기도헌 보람이 있그만요."

"그려. 나도 무사허시기를 기도했당께."

통인이 주의를 주듯 헛기침을 하고 지나쳤다. 그러고 보니 군관들이 드나드는 동헌 문 앞은 승설이나 청매가 서 있을 자리가 아니었다. 두 사람은 곧 자리를 떴다. 청매는 의원청으로 내려갔고, 승설은 다시청으로 가 차를 준비했다.

다음 날 이순신은 한산도 해전과 안골포 해전의 결과를 「견내량파왜병장見乃梁波倭兵狀」이란 제목으로 장계를 썼다. 두 해전에서 승전했으므로 승첩 장계였다. 두 해전의 전말을 상세히 쓴 뒤 장수들의 전공과 전사자와 부상자 이름, 그리고 되찾아온 포로들의 심문 내용을 적었다.

이틀 뒤에는 송희립에게 본영 군량미 창고를 점고하도록 지시했다. 3차 출진으로 본영에 비축해둔 군량미가 거의 떨어졌을 것 같았기 때문이었다. 3차 출진에서 연승의 기세를 몰아 부산포까지 나아가 공격하지 않고 갑자기 귀진한 이유도 전선에 싣고 나간 군량미가 바닥나서였다. 군량미 창고를 점고하고 돌아온 송희립이 말했다.

"본영 군사덜이 메칠 묵을 군량미밖에 읎습니다요."

"순찰사께 공문을 몬자 보내구 장계를 써야겄네. 인근 관아의 군량미 일부를 본영으루다 옮겨 다음 출진을 준비헐 수 있게끔 말여."

"수사 나리 명을 받는 관아인디 우그로 보고해야만 옮길 수 있습니까요?"

"내 관할이래두 군량미는 그려."

군량미를 옮길 때는 순찰사에게 먼저 보고하고 반드시 임금의 허락을 받아야 했다. 훈련용 총통 화약의 사용과 횟수도 마찬가지였다. 그만큼 군사에게는 군량미와 화약이 중요하기 때문이었다.

"송 군관이 전주 감영을 다녀올 겨?"

"공문을 써 주시믄 지가 바로 댕겨오겄습니다요."

"바루 출진헐지두 모르니께 군량미는 미리 확보혀야 써."

이순신은 송희립에게 본영 군량미 창고에 대한 점고를 보고

받고는 즉시 자신에게 늘 호의적이었던 이광 순찰사에게 전령편으로 공문을 보냈다. 그런 뒤 행재소에 올리는 「이획군량장移劃軍糧狀」을 썼다. 인근 관아의 군량미를 본영으로 옮겨주기를 청하는 장계였다. 전시 중이므로 사후 재가를 받아도 되었지만 이순신은 임금에게 신하로서 예를 갖추었다.

'삼가 옮겨 받고자 하는 일로 아뢰나이다.

본영 및 본도 소속 각 진과 포구에서 보내 비축된 원래 수량의 군량은 세 차례나 적을 치느라 이미 다 바닥이 난 상태이옵니다. 오랫동안 바다에 있었으므로 많은 전선의 군졸들이 굶주리기도 했사옵니다.

적들은 아직 물러가지 않고 있고 우리는 연달아 바다로 나가 싸워야 하는 상황에서 군량을 마련할 길이 달리 없으니 답답한 마음 그지없사옵니다. 형세 부득이하여 그간 순천부에 적치해 두었던 군량 오백여 섬과 본영 및 첨입군인 방답진, 흥양의 군량 사백 섬과 여도, 사도, 발포, 녹도 등 네 포구의 군량을 각각 백 섬씩 우선 이리로 옮겨다 놓아서 불의의 사태에 대비해야 한다는 내용의 공문을 도순찰사에게 보냈사옵니다.'

이순신이 쓴 두 가지 장계를 가지고 행재소로 올라갈 계청 군관과 진무가 뽑혔다. 그들은 육로보다 안전한 배편으로 떠났다. 계청 군관이 본영을 출발한 지 한참 뒤였다. 7월 말에 이광의 군관 남한이 왔다. 남한은 임란 직전에 거북선 함포 사격 훈련을 참관한 군관이었다. 그가 들고 온 이광의 편지에는 우울한 소식뿐이었다.

"남 군관, 을마 만인 겨?"

"세 달 만에 다시 뵙는 것 같습니다."

"그려, 사변 직전에 와서 거북함의 지자, 현자총통 쏘는 훈련을 참관했던 군관인 겨."

이순신의 기억은 정확했다. 왜선 구십 척이 부산포 앞의 절영도에 나타나기 3일 전, 그러니까 4월 12일에 비밀 병선 거북선을 띄우고 마지막 함포 사격 훈련을 했던 것이다.

"순찰사께서는 잘 겨시는감?"

"그렇지 않습니다. 행재소에서 파직한다는 명이 떨어져 전주를 떠나 지금은 남원에 계십니다. 저도 사직하고 남원에 있습니다. 순찰사 나리의 편지는 남원에서 쓰신 것입니다. 저는 앞으로도 순찰사 나리와 함께할 것입니다."

"용인 전투 땜시 그런 겨?"

용인 전투 패배의 모든 책임을 이광이 뒤집어쓰고 있음이 분명했다. 그러나 파직을 당했다고는 하지만 사실 과도한 문책은 아니었다. 삼도 근왕군 사령관으로서 반드시 책임져야 할 사안이었던 것이다. 다만 용인 전투가 끝난 지 두 달이 지나가고 있는데도 그 책임 추궁이 늦어졌던 이유는 일선의 장수가 부족했기 때문이었다. 책임을 물어 파직시킨다고 해도 그 자리에 어떤 장수를 보낼 건지가 마땅찮았다. 인사를 차일피일 미루다가 전공을 세우면 지나간 책임은 묻지 않고 그 자리를 보전해주기도 했다. 행재소 비변사에서는 그만큼 신뢰할 만한 장수를 찾기 힘들었던 것이다.

"후임 순찰사는 누군 겨?"

"권율 목사가 순찰사로 승진하여 이미 전주에 들어와 공무를 보고 계십니다."

"황진 현감은 워디 있는 겨?"

"동복 현감 그대로지만 주로 남원에서 공무를 보며 군사를 모으고 있습니다. 남원 수성장을 겸하고 있기 때문입니다. 우리 순찰사께서 남원에 계시는 까닭이 있습니다. 황진 현감께서는 고향 집을 내주는 등 호의를 베풀어주고 있습니다."

"황 현감이야말루 인품과 무재武才가 훌륭헌 장수여. 남 군관은 전주에만 있었던 겨?"

"아닙니다. 순찰사님의 장계를 들고 의주 행재소를 두 번 올라갔습니다. 두 번째 올라갔다가 내려올 때는 평양성 부근에서 왜군에게 붙잡힐 뻔했습니다."

"아직도 평양성을 왜적이 차지하고 있단 말여?"

"명나라 원병이 왔으나 소서행장에게 참패하고 말았습니다."

이순신은 술자리를 만들어 이광을 충직하게 의지했던 남한을 위로했다. 취기가 오른 뒤에야 이순신은 이광의 편지를 읽었다. 이광은 행재소 대신들에게 졸장으로 낙인찍혀 파직을 당했다는 신세타령부터 늘어놓았다. 사적인 사연과 공적인 나랏일들이 섞여 있었으므로 길었다. 이순신이 3차 출진으로 경상도 바다에 나가 있는 동안에 있었던 나랏일이 적혀 있었다. 우국의 마음이 느껴지지만 패장으로서의 한이 묻어 있었다. 이광은 나라 안의 안타까운 소식들을 알리면서 자신의 소회를 밝히고 있었다.

요동에서 부총병 조승훈, 참장 곽몽징, 유격장군 사유, 왕수신, 대조변 등을 파견하여 평양에 있는 고니시(소서행장)의 왜적을 쳤으나 이기지 못한 채 사유는 죽고 조승훈은 가산으로 물러나 주둔한다고 하니 자신이라도 당장 평양으로 올라가 싸우고 싶다는 전의를 드러내고 있었다. 또한 왜적의 장수 가토가 북도로 쳐들어갔는데 국경인 등 회령 사람들이 배반하여 두 왕자, 임해군과 순화군이 붙잡히고 여러 재상들이 투항하였다는 사실과 의병장 고경명이 금산의 왜적을 치다가 죽었다는 비보도 함께 적혀 있었다.

이순신을 가장 낙심케 한 것은 명나라 장수와 원병이었다. 구차할 정도로 원병을 요청했던 선조에게 큰소리치던 명나라 장수들이 평양성을 탈환하지 못하고 후퇴했다는 소식에 기가 막혔다. 명나라 예부의 건의를 받은 만력제가 다음과 같이 지시하였던 이후의 원병이었던 것이다.

'조선은 본시 공경을 다하고 순종하면서 우리 속국으로 살아왔는데, 조선에 적이 쳐들어온 것을 어찌 가만히 앉아서 보고만 있겠는가. 요동에서 즉시 정예 군사 두 부대를 풀어 지원하도록 하라. 그리고 은 이만 냥을 내어 조선에 가져가 우리 군사들을 잘 먹이게 하고 붉은 비단 옷감 두 벌을 국왕에게 보내어 위로해 주도록 하라. 국왕으로 하여금 관군을 거느려 힘껏 적을 막게 하고, 만일 힘이 부족하면 군사를 청하여 서로 지원하면서 기한을 정해 적을 쳐 없앰으로써 우리의 울타리 노릇을 하도록 만들어야 좋을 것이다.'

보름 뒤에도 만력제가 병부에 지시했다.

'왜적이 조선의 성들을 함락시키어 국왕이 파천하였다고 하니 짐이 민망하고 측은한 마음이 들어 이미 원병을 보내도록 지시했다. 짐의 신하를 보내어 조선의 대신들에게 충성을 다 바쳐 나라를 지키고, 험하고 좁은 요해처들을 차지하여 힘써 나라를 회복하도록 지시해야 할 것이다. 어찌 우리가 조선이 망하는 것을 앉아서 보고만 있겠는가.'

만력제의 속셈은 왜군이 명나라 땅까지 쳐들어오는 것을 막는 데 있었다. 조선과의 인연보다는 조선이라는 울타리가 무너질까 봐 원병을 보냈던 것이다. 자국의 이익을 철저하게 계산해서 보낸 파병이었다. 공경을 다하고 순종하는 조선을 위해 원병을 보낸다는 것은 만력제의 허세에 불과했다. 이순신은 그 점을 잘 알고 있었다.

"우리 조선에 원병을 보낸 것은 명나라의 이익 땜시여."

"명나라에 무슨 이익이 있습니까?"

"울타리에 불이 나믄 안채까정 불이 옮겨붙을 수밖에 읎으니께 그려."

"명나라 속셈을 이제야 알겠습니다. 우리 조선이 울타리라면 명은 안채가 되겠습니다."

"순망치한이란 말여. 입술이 읎어지믄 이가 시린 겨. 명나라는 우덜 조선을 입술루 보구 있는 겨."

그런데 명나라의 첫 원병은 호언하던 기세와 달리 평양성에서 참패하고 말았다. 압록강을 건너온 명나라의 군사 오천여 명은 김명원의 삼천여 명의 군사와 합세하여 7월 17일 꼭두새벽에 평양성을 공격했다. 그 무렵 평양성에는 고니시 유키나가의 만 팔천칠백 명의 군사와 구로다 나가마사의 만천 명의 군사가 있었는데, 때마침 구로다 나가마사의 군사가 황해도로 이동한바 이를 발견한 척후장 순안 군수 황원이 왜군의 주력부대가 성을 빠져나갔다고 잘못 보고하여 조명연합군이 평양성을 공격했던 것이다.

부총병 조승훈은 화포로 평양성 관문을 깨뜨리도록 지시했다. 선봉장이 된 유격장군 사유는 말을 타고 앞장서서 좌우부장들과 함께 관문을 지키던 왜적의 목 수십 개를 베었다. 그런데 평양성의 성문들은 모두 열려 있었고 왜적은 보이지 않았다. 왜적의 주력부대가 성을 빠져나갔다는 척후장 황원의 보고와 같았다. 선봉장 사유는 전공을 세우고 싶은 마음이 급해 조명연합군을 평양성 안으로 진격시켜 성 안쪽에서 조총을 들고 매복한 고니시의 유인작전에 말려들고 말았다. 조명연합군이 성안으로 들이치자 양편에 매복하고 있던 1선, 2선의 왜군들이 일제히 조총 공격을 가했다. 선봉장 사유가 먼저 조총의 총알을 맞고 전사했다. 사유 좌우에 있던 부장들도 집중사격을 받아 전사했고 멀리서 지휘하던 부총병 조승훈마저 부상을 입었다. 조명연합군 군사가 전멸하다시피 한 참패였다. 사유의 욕심이 부른 어처구니없는 패배였다. 가산으로 물러난 조승훈은 하루 만에 수십 기의 잔여 군사를 이끌고 요동으로 돌아가고 말았다.

"유격장군 사유가 책임이 가장 큰 겨. 소서행장에게는 평양성을 에워싼 채 지구전을 폈어야 혀. 그래야 성문을 열구 나와 노략질허는 것두 막을 수 있었구 말여."

"수사 나리, 왜 지구전입니까?"

"시간은 우리 편이니께 허는 말인 겨."

"왜적이 임금님 발밑까지 와 있는 형국인데 어째서 시간이 우리 편이란 말입니까?"

"평양으루 가는 바닷길의 보급선이 끊어졌으니께 허는 말여. 평양성 군량미 창고에 비록 십만 석이 있다지만 고것은 오래가지 못헐 겨. 무기를 공급받지 못허는 소서행장의 군사는 허깨비나 다름읎다는 말여."

"수사 나리, 제해권을 쥐신 수사 나리께서 왜적의 보급선을 끊어버렸다는 사실을 이제야 알겠습니다. 소서행장은 독 안에 든 쥐와 같습니다."

"제해권이 우덜에게 완전히 돌아온 것은 아녀. 왜선들이 부산포나 김해 포구에서 아적 설치구 있으니께 말여. 다음에는 부산쪽 왜선덜을 모다 섬멸허는 작전이 될 겨."

이순신은 남한과 대취하도록 마셨다. 행재소 쪽만 바라보면 울화가 치밀었다. 이순신은 상사를 잃은 남한을 위로할 겸 울적해진 마음을 술로 달랬다. 그래도 무거운 마음이 가시지 않자, 남한이 객사로 돌아간 뒤 숙직하는 동헌 문지기 수졸을 시켜 청매를 불렀다.

낯선 십자가

해가 바다안개 때문에 딱딱하게 마른 감자떡처럼 보였다. 바다 위로 두텁게 펼쳐진 안개는 아침 햇살을 막았다. 밀물로 접어든 눌차도와 이점등 사이의 바다는 물살이 빨라졌다. 파도가 고래 떼처럼 솟구치곤 했다. 눌차도 건너편의 이점등에 숨어 사는 솔봉이 솔숲 언덕으로 나갔다. 솔숲 너머는 바로 양산강 초입인 몰운대 바다였다. 참숭어나 돔을 잡는 데는 밀물이 방방할 때가 좋았다.

김해 포구나 부산포에 정박한 왜선들이 며칠이나 꿈쩍을 안 했다. 하루에 한두 번 아침저녁으로 탐망선인 듯한 중선이 나타났다가 사라지곤 할 뿐이었다. 한낮이 되면 왜군 수십 명이 가덕도나 거제도로 들어와 산기슭을 정찰한 뒤 중선을 타고 돌아갔다. 왜 수군이 석성을 쌓은 뒤 진지를 구축할 것이라는 소문이 파다했다.

이순신의 연합함대가 언제 나타날지 모르므로 왜선들은 남해도 바다까지 나가지는 못했다. 조선 수군을 먼저 자극하지 말라는 히데요시의 명이었다. 왜 수군 함대사령관 구키는 부산포와 양산강을 오갈 뿐 부하 군사들이 돌아다니는 섬 안으로는 들어오지 않았다. 이따금 쓰시마에서 왜군을 실은 왜선들이 들어오면 절영도 바다로 나와 점고만 했다. 보름 전부터 왜선들은 쓰시마에서 오는 왜군 보급선들을 엄호만 했지 조선 수군과의 전투는 피했다.

양산강 깊숙이 들어앉은 왜선들은 고슴도치처럼 며칠째 미동도 안 했다. 중선 한두 척이 바다에 떠 있을 뿐 다대포 등 해안 진지에서는 검은 봉화 연기만 피워 올렸다. 봉화 연기가 날마다 전운처럼 감도는 것을 보면 왜선들의 동향은 확실히 수상쩍었다. 하루 종일 양산강 쪽을 탐망하는 솔봉이 눈에도 그렇게 비쳤다. 봉화 연기가 오르고 난 뒤에는 반드시 서너 척의 왜선들이 무리 지어 양산강으로 들어갔다.

솔봉이가 삼으로 엮은 그물을 바닷물에 던졌다. 수군으로 나간 아버지 민개에게서 익힌 솜씨였다. 민개는 수군 중에서도 힘이 좋아 노를 젓는 격군이었다. 군관에게 거제도 영등포에서 활 쏘는 훈련을 받은 뒤 바로 우치적 만호가 지휘하는 판옥선을 탔던 것이다. 우치적은 원균의 부하였지만 이순신을 흠모하고 있는 장수였다. 원균의 지시를 따르고 있지만 언젠가 이순신 휘하에서 왜군과 싸우기를 원하고 있었다.

민개는 포작선을 타고 와 이점등 솔숲 너럭바위 위에 뒤웅박을 놓고 가곤 했다. 솔숲이 무성한 이점등은 모래밭이 많아 왜선이 함부로 접안할 수 없는 섬이었으므로 몰운대 등 왜군 진지가 바다 건너 눈앞에 있는데도 안전했다. 솔봉이에게 민개가 오지 않을 때는 다른 탐망 수군이 왔다. 뒤웅박 안에는 이점등에 사는 두 늙은이와 솔봉이가 먹을 보리쌀이 들어 있었다. 왜란이 발발하자 이점등 사람들은 포작선을 타고 모두 전라도로 피난을 갔지만, 그들은 미처 떠나지 못했던 것이다.

포작선을 타고 오는 영등포 수졸 민개는 탐망선장인 군관을 데리고 올 때가 많았다. 솔봉이에게 보리쌀을 주는 것은 왜선을 탐망하는 대가였다. 솔봉이는 왜선들의 동태를 탐망했다가 민개나 탐망선장이 오면 전해주었다. 민개는 아들이 걱정되어 늘 탐망선 격군을 자원했다. 이점등에 남아 있는 솔봉이 때문이었다. 민개는 한때 전라 좌수영으로 가고 싶었지만 아들 솔봉이 탓에 경상 우수영 소속인 영등포 수졸이 되어 해전에 불려 다녔다.

진작 왜군에게 끌려간 누이동생 피리 소식은 알 길이 없었다. 풀피리처럼 목소리가 가늘어서 이름을 피리라고 부르던 동생이었다. 솔봉이는 여동생을 왜군에게 빼앗긴 뒤로는 풀피리를 입에 대지 않았다. 풀피리를 불고 싶어 나뭇잎을 땄다가도 동생이 떠올라 바닷물에 던져버렸다. 그물을 끌어 올리던 솔봉이가 파닥거리는 아귀를 보고 중얼거렸다.

'얄궂데이. 와 물텀벙이 걸려드노.'

눈알이 튀어나온 아귀는 어른 짚신짝만큼 컸다. 솔봉이는 파닥거리는 아귀를 바다에 휙 던졌다. 아귀가 텀벙! 하고 사라졌다. 그래서 솔봉이는 어른들이 아귀를 물텀벙이라고 부르나 보다 하고 생각했다. 아귀는 어부들에게 쓸모없는 고기였다. 솔봉이는 그물에 걸린 고기를 보고 점을 쳤다. 여름철에 참숭어나 돔이 잡히면 그날은 운수가 좋을 것이라고 믿었다. 보리가 익는 봄철에 잡히는 숭어는 개펄 냄새가 나 꺼림칙했다. 아귀가 걸리면 하루가 막연하게 불안했다.

솔봉이는 그물을 바닷가에 다시 던졌다. 고기를 또 기다리려니 무료했다. 목덜미를 타고 들어온 바다안개가 무명 저고리를 축축하게 했다. 솔봉이는 모래밭에 소변을 보다가 진저리를 쳤다. 사춘기에 접어든 솔봉이의 오줌발은 힘이 있었다. 그러나 생미역에다 보름 내내 퍼런 쑥죽만 먹어서 오줌발이 노랬다.

오줌발이 모래밭에 감쪽같이 스며들었다. 바로 그때였다. 양산강 쪽 바다에 키조개처럼 거뭇거뭇한 배들이 떼를 지어 나타났다. 한두 척의 척후선이 앞에서 경계하면서 길잡이를 하고 있었다. 층각선이 있는 것으로 보아 왜선들이 분명했다. 왜선들은 절영도 바다 쪽에서 샛바람을 비껴 받으며 양산강으로 접근하고 있었다. 솔봉이는 몰운대가 더 잘 보이는 솔숲 언덕으로 올라갔다. 지금까지 보았던 왜선들과 달랐다. 양산강으로 들어가는 왜선들 중에서 가장 큰 층각선 돛에는 붉은색의 열십+ 자가 그려져 있었다. 솔봉이는 왜선들을 보고서는 가슴을 졸였다.

바다안개가 말끔히 걷히자 왜선들이 좀 더 또렷하게 보였다. 또 한 척의 층각선에도 난생처음 보는 열십자가 그려져 있었다. 열십자의 돛을 단 왜선들이 왜 양산강으로 거슬러 올라가는지 알 수 없었다.

잠시 후 다대포 몰운대에서 봉화 연기가 올랐다. 검은 연기 다발은 샛바람을 따라 길게 누웠다가 흩어졌다. 하늘을 찢어버릴 것 같은 함포 소리가 서너 번 들렸다. 쓰시마에서 온 왜선들이 쏘아대는 함포 소리였다.

"와아! 와아!"

눌차도 선창에 무리지어 있던 왜군들이 미친 듯이 함성을 내질렀다. 눌차도는 이점등과 가장 가까운 섬이었으므로 함성 소리가 바로 옆에서 들리는 듯했다. 눌차도 왜군들은 부산 쪽 바다에서 왜선들이 십여 척씩 들어올 때마다 함성을 질렀다. 이점등 안으로 날아온 수천 마리 갈매기 떼가 화들짝 놀라 날아갔다.

솔봉이는 그물코를 잡아당겼다. 그물에는 또다시 바다 바닥에서만 잡히는 아귀가 걸렸다. 솔봉이는 낙심한 채 아귀를 바다 멀리 던져버렸다.

'또 물텀벙 아이가. 재수없는 날이데이.'

솔봉이는 침을 뱉으며 서둘러 그물을 접어 솔숲에 숨겼다. 포작선을 타고 오는 아버지가 더욱 기다려졌다. 아무래도 왜선들의 움직임이 심상찮았다. 층각선 돛에 그린 열십자가 머릿속에서 뱅뱅 돌았다.

며칠 후에는 짙은 바다안개가 아침 내내 해를 삼켰다. 꼭두새벽부터 바다가 안개를 토해 냈던 것이다. 바다안개가 덮치자 눈앞의 솔숲까지도 그림자처럼 보이다가 사라졌다. 솔봉이는 아버지가 올 것을 생각하고 미리 바닷가로 나와 있었다. 솔봉이의 예감은 적중했다. 민개는 왜선을 피해 바다안개가 짙은 날 솔봉이를 찾곤 했던 것이다. 민개가 바다안개 속에서 짧게 소리쳤다.

"솔봉아, 이짝으로 오거래이!"

"예, 아부지."

솔봉이는 언제나 아버지를 바로 만난 적이 없었다. 아버지는 솔봉이가 서 있는 쪽을 한동안 지켜본 뒤 배에서 내렸다. 이점등 솔숲 어딘가에 왜군들이 매복해 있을지도 모르기 때문이었다. 민개가 바다안개 속에 묻혀 있던 포작선에서 뛰어내리더니 올라왔다. 그때까지도 포작선에서는 어부로 위장한 수군들이 화살을 겨누고 있었다. 민개가 뒤를 돌아보며 손짓하자 수군들이 겨누던 활을 거두었다.

"아부지, 큰일 났십니더. 배들이 부산 바다 쪽에서 양산강으로 들어갔데이."

"몇 척이드노?"

"수십 척이데이. 우짜노?"

"마, 놀랠 거 읎다."

"큰 배 돛에는 붉은색으로 열십자가 그려져 있었는 기라. 그기 뭐꼬?"

"왜적 우두머리가 좋아하는 부적이 아니겠노."

"수십 척 배들은 무슨 배고? 우리 배들과 또 싸울라꼬 하나."

"아닐 끼다. 아마도 거제도에 석성을 쌓을라꼬 대마도에서 온 군사들일 끼다. 우리 만호 나리한테서 들은 얘긴 기라."

"배에 부적은 우째서 달고 다니는교?"

"우리가 용을 달고 다니드끼 왜놈들은 그런 부적을 좋아하는 길 끼다."

"아부지, 저 배들이 가덕도에도 오는교?"

"가덕도, 거제도 등에 성을 쌓을라꼬 올 끼다."

경상 우수사 원균이 관내 군관들에게 히데요시의 명령서 내용을 이야기해주었으므로 수졸들까지도 왜군이 해전을 중지하고 섬에 석성을 쌓은 뒤 방어만 할 것이라고 다들 알고 있었다.

"그래도 마, 여기 이점등에는 오지 않을 끼다."

"우째서 안 온다꼬 하는교?"

"이점등은 수심이 얕은 모래밭인 기라. 왜선이 여기로 잘못 왔다가는 모래밭에 얹혀 디비질 끼라."

"피리는 언제 오노?"

"왜선을 잡아 수색해 보믄 우리 포로가 있는 기라. 그러니까 언젠가 피리도 찾을 수 있을 끼다."

"아부지, 내는 피리가 올 때까지 여기 있을 끼다."

"옥천사 스님들이 격군으로 와 있다, 아이가. 내가 소개하면 절에서 니를 잘 돌봐줄 끼라."

"중 되기 싫데이. 내는 여기서 피리를 기다릴 끼다."

민개는 솔봉이의 고집을 꺾지는 못했다. 누이동생이 올 때까지 이점등에 남아 있겠다고 하니 강제로 옥천사에 맡길 수 없었다. 뿐만 아니라 양산강과 몰운대 바다를 탐망하는 솔봉이의 역할은 우치적이 칭찬할 정도로 컸다. 우치적 만호는 솔봉이의 탐망을 인정하여 군량미를 보내주곤 했던 것이다.

이점등이나 눌차도, 가덕도와 거제도 양민들이 대부분 전라도로 피난 갔지만 솔봉이는 갈 생각을 안 했다. 들리는 소문에 의하면 전라도로 피난 간 사람들 일부는 지리산과 백운산으로 들어가 화전을 일구며 살았다. 전란 중에도 섬진강의 소금배와 옹기배는 하동 포구에서 보성강이 합수하는 잔수 나루터까지 오르내리며 피난민을 실어 날랐던 것이다. 섬진강으로 피난 온 사람들은 그나마 운수가 좋은 사람들이었다. 왜군들에게 끌려가 총알받이나 노예로 팔려가지 않았다. 이순신 함대가 섬진강 입구인 광양 바다를 방어하고 있기 때문이었다. 광양 바다는 전라도의 목[咽喉]인 데다 섬진강 상류로 올라가는 요해처였다. 그러니 광양 바다를 지키는 일은 전라도와 섬진강을 지키는 일이나 다름없었다.

"아부지, 물텀벙이 자꼬 잽히는 기 찜찜하데이."

"배고프면 물텀벙도 묵을 만헌 기라. 버리지는 말그래이."

"아니지예. 물고기 중에 제일 징그러운 기 물텀벙 아닌교."

"물텀벙이 와 징그럽노."

"부적을 단 배들을 봤으니까 그러지예."

"당장에 싸움을 할라꼬 온 배들이 아닌 기라. 그라고 싸움을 건다꼬 해도 우리가 잘 대비하니까네 걱정할 기 읎는 기라."

민개가 머리를 싼 수건을 벗었다. 상투를 튼 머리가 드러나자 키가 더 커 보였다. 얼굴은 검댕이 묻은 것처럼 검은 편이었고, 양미간 사이에는 탱자만 한 큰 혹이 나 있었다. 큰 입을 다물고 있을 때는 광대뼈가 더 튀어나와 보였다.

민개는 원래 거제도 보자기 출신이었다. 어느 날 포작선을 타고 조개를 캐러 이점등까지 왔다가 우물을 발견하고는 주인 없는 섬에 정착했던 것이다. 물이 나는 섬에서는 밭이 없어도 살 수 있었다. 민개는 조개를 줍거나 바닷속으로 들어가 미역 등 해산물을 채취하여 살아가는 보자기였으므로 어부 몇 사람과 이점등으로 들어와 살게 되었던 것이다.

그러나 이점등도 보자기들이 사는 데 마냥 좋은 섬은 아니었다. 태풍이 무섭게 몰아칠 때는 파도가 섬 전체를 휩쓸어버렸다. 민개가 아내를 잃은 것도 몇 년 전에 섬을 덮친 태풍 때의 파도 때문이었다. 아내가 성난 파도에 휩쓸려 사라져버렸던 것이다.

민개는 비록 보자기 신분의 격군이지만 유식했다. 양반이었던 그의 아버지가 거제도로 들어와 자식을 보았는데 자손들에게 글을 가르쳤던 것이다. 민개가 보자기로 살아가는 것은 아버지에게 물려받은 논밭이 한 뙈기도 없었기 때문이었다.

바다안개가 걷히자 몰운대 바다와 섬들이 더 가까이 다가왔다. 왜선 척후선이 거제도 바다 쪽으로 나아가고 있었다. 왜선들을 거제도나 가덕도로 인도하기 위해 정찰을 하고 있었다.

"솔봉아, 조만간 몰운대 바다에서 큰 싸움이 있을 끼다. 조심하그래이."

"아부지, 피리는 우짜고예."

"니도 섬을 떠나야 피리맨치로 안 잽혀갈 끼다."

"내만 말입니꺼?"

"아니다. 두 노인도 안전헌 디로 가야 허지 않겠노."

"아부지, 지는 어디로 가는교?"

"옥천사가 싫다꼬 하니까네 그라몬 전라도로 가거래이. 거기가 가장 안전하데이. 좌수사 사또님이 겨신 디가 제일 살기 좋은 기라."

"내는 여기에 남겠십니더. 피리가 오믄 갈 낍니더."

"잽힌 사람들이 대마도로 갔다는 소문이 있는 기라. 왜선에 끌려다니는 것보다 차라리 잘된 기라. 왜선 선실에 붙잽혀 있는 포로들이 더 불쌍한 기라."

왜군 장수들 중에는 잘생긴 조선 아이를 탐내는 사람이 많았다. 아이를 갖지 못한 불구자들이 양아들과 양녀로 삼기 위해서였다. 다섯 살 난 피리를 붙잡아 간 것도 그럴 가능성이 컸다. 쓰시마 도주 소 요시토시宗義智도 잘생긴 조선 아이를 탐하는 왜장이었다. 왜군 대장 고니시 유키나가의 사위인 소 요시토시는 출정 전에 이미 조선 아이를 데려오겠다고 아내 마리아와 이야기를 나눴던 것이다. 가토 기요마사도 소 요시토시와 다르지 않았다. 가토가 함경도로 들어갔을 때 욕심을 낸 아이는 임해군의 여섯 살 난 딸과 네 살 된 아들이었다. 포악한 임해군과 달리 아이들은 귀티가 흘렀고 영민하게 생겨 가토를 사로잡았다.

가토는 임해군의 딸과 아들을 손쉽게 얻었다. 양민을 살해하고 강간하는 등 패악질을 일삼던 임해군과 순화군은 토착민들을 위로하고 근왕병을 모집하라는 선조의 명을 받아 함경도로 들어갔는데, 토착민들을 위무하기는커녕 소를 잡아 바치라는 등 행패를 부리다가 반란의 괴수 국경인과 국세필에 의해 붙잡혀 두 왕자 모두 왜군 대장 가토에게 넘겨졌다. 스물한 살의 임해군이나 열세 살의 순화군은 가토 부하들에게 포로가 되어 토굴 등에 감금당했다. 다만 가토의 눈에 든 임해군의 어린 딸과 아들은 가토가 직접 데리고 다니며 보호해주었다. 가토의 부장도 임해군의 딸을 탐냈다. 가토에게 임해군의 딸을 자신에게 달라고 졸랐던 것이다.

솔봉이는 피리가 쓰시마로 갔을지 모른다는 말에 이점등에 남는 것을 포기했다. 조만간 큰 싸움이 벌어진다면 자신도 잡혀갈지 몰랐다.

"아부지를 따라갈랍니더."

"잘 생각했다."

"옥천사보다는 전라도로 데려다주이소."

"알았구마."

"근데 아부지예. 내도 판옥선을 타고 싶데이."

"니는 몸땡이가 약해 안된데이."

"몸은 약하지만 내는 글을 읽을 줄 아는 기라. 장수들 심부름이라도 할 수 있지 않는교."

솔봉이가 하고 싶다는 직책은 글을 읽을 줄 아는 전령이었다. 실제로 열다섯 살 난 솔봉이는 귀동냥으로 한문을 배워 알고 있었다. 할아버지가 정여립 모반 사건에 연루되어 가덕도로 들어와 이름을 숨기며 사는 어부가 됐지만 그의 가족은 대대로 『소학』과 『사서삼경』을 머리맡에 두고 살아온 양반 집안이었던 것이다.

“퍼뜩 두 노인을 모시고 오그래이. 안개가 걷힐라꼬 하니까네 섬을 떠나야 할 끼다.”

“아부지, 잠깐 기다려주이소.”

“시간이 읎으니까네 퍼뜩 서둘러뻬라.”

민개는 포작선이 떠 있는 바닷가로 내려갔다. 포작선에서는 수군들이 꾸벅꾸벅 졸고 있었다. 어선으로 위장한 배 안에는 밥풀이 붙은 사발이 뒹굴었다. 보리밥으로 간단하게 아침을 먹은 수졸들이었다. 탐망군들은 밤을 새우거나 이른 새벽에 진을 나서기 때문에 늘 잠이 부족했다.

곤룡포

선조는 의주 관아를 행궁으로 사용했다. 선조가 머무는 행궁이 곧 행재소였다. 그런데 목사가 수장인 의주 관아는 다른 고을에 비해 초라했다. 건물들은 망궐례를 올리는 객사까지 허름했고 성의 길이도 짧았다. 서문을 지나 산모퉁이 하나를 돌면 바다와 같은 압록강이 출렁거렸는데, 나룻배로 강을 건너면 바로 명나라 요동 땅이었다. 선조는 삐걱거리는 동헌 마루 호상에 앉아 집무를 보았다. 동헌 건물 역시 깨진 기왓장 사이로 망초들이 자라나 있었다. 임금이 머무는 행궁 치고는 군색하기 짝이 없었다.

선조의 상복常服이나 대신들의 관복도 하나같이 궁상맞았다. 파천 길이었으므로 그런 데까지 미처 신경을 쓰지 못했다. 관모나 관복을 제대로 갖춘 대신은 아무도 없었다. 선조를 호종해 오는 동안 관모를 잃어버렸거나 관복이 여기저기 찢기어 측은해 보일 정도였다. 그러한 관복마저 없는 대신들은 양민처럼 흰 바지저고리 차림으로 행궁을 드나들었다.

임금이라고 예외는 아니었다. 평양에서 의주로 오는 동안 임시 숙소에서 황급히 떠나는 바람에 면류관과 곤룡포를 잃어버렸다. 장맛비가 쏟아지는 한밤중이었다. 파천 길을 부랴부랴 재촉한 탓에 미처 챙기지 못했던 것이다. 물론 선조의 침실을 정리정돈하는 지밀상궁의 실수가 컸다. 나중에야 비변사 당상관 신잡을 내려보내 찾았으나 면류관과 곤룡포는 사라지고 없었다.

도적 떼가 관아의 동헌과 객사에 있는 물품들을 도둑질해 가버렸던 것이다. 그러니 면류관과 곤룡포는 도적 떼가 훔쳐 갔다고 봐야 옳았다. 탄금대에서 전사한 신립 장군의 친형인 신잡은 기가 막혔다. 도적의 우두머리가 곤룡포를 입고서 임금을 흉내 내고 있을지도 모른다고 생각하니 눈앞이 캄캄했다. 갑자기 오한이 들고 치가 떨렸다. 별별 생각이 다 들었다. 후환이 두려운 도적들이 면류관과 곤룡포가 부담스러워지자 길바닥에 내팽개쳐 버렸을 것도 같았다.

'아, 이 일을 어이할꼬!'

신잡은 의주로 돌아오는 길에 몇 번이나 눈물을 흘렸다. 신잡의 행색도 난민과 흡사했다. 그가 입은 관복은 꼬질꼬질했고 조랑말은 곧 쓰러질 듯 다리가 가늘고 엉덩이는 야위어 있었다. 지방관아의 관원들은 신잡이 행재소의 대신인데도 면담을 귀찮아했다. 관아의 구실아치나 관노들마저 신잡을 외면했다. 신잡은 당상관으로서 위엄을 부리지 못했다.

의주 동문 밖에서 신잡을 기다리던 가주서 강욱이 달려와 물었다.

"신 대감님, 전하의 곤룡포를 찾으셨습니까?"

"도적 떼가 가져간 것 같소."

"면류관도 말입니까?"

"기가 막힌 현실이오. 전하의 옷과 모자를 훔쳐 가는 세상이 돼버렸소."

강욱도 누더기 관복을 입고 있었다. 찢어진 팔꿈치 부분에 무명천을 덧대어 시골의 한사寒士 같은 행색을 하고 있었다. 강욱에 비하면 신잡의 관복에는 가슴과 등에 쌍학이 그려진 흉배가 붙어 있었다. 쌍학은 때가 절어 까마귀처럼 거무튀튀했지만 그래도 신잡의 관복은 소맷자락이 해어져 움직일 때마다 너덜거리는 강욱의 것보다 나았다.

"무도한 도적들이 무슨 짓을 할지 모르니 답답하오."

"무슨 짓을 한단 말입니까?"

"도적의 우두머리가 면류관을 쓰거나 곤룡포를 입고 있다면 어찌 되겠소?"

"신 대감님, 그것이 무엇인지도 모르는 무식한 도적이 어찌 임금 흉내를 내겠습니까?"

"버린다면 또 어찌하겠소? 전하의 면류관과 곤룡포가 도적의 손에 있다는 것이 끔찍하기만 하오."

두 달 전에 명나라 만력제가 비단 옷감을 보내준 것은 그나마 불행 중 다행이었다. 상궁들이 밤새워 저고리를 지어 올렸던 것이다. 그것이라도 없었더라면 선조의 위의와 체통은 크게 떨어졌을 터였다. 왕도에서 벗어난 옷을 우스꽝스럽게 입고 있을지도 모르기 때문이었다. 선조는 곤룡포를 구해 오지 않는 대신들에게 불만을 터뜨리곤 했다.

"사맹이를 불러오라."

"전하, 사맹이는 반란이 일어난 함경도를 살피고 오는 중이옵니다."

좌의정 윤두수의 말에 선조는 선전관을 보내 면류관과 곤룡포를 찾아오라고 명했다. 황망한 나머지 윤두수는 고개를 절레절레 흔들었다. 용이 새겨져 용포라고도 부르는 곤룡포를 잃어버렸다니 할 말이 없었다. 뒤따라오는 왜군에게 붙잡히지 않으려고 서두른 파천 길이 얼마나 급했던지 생각만 해도 머리끝이 쭈뼛했다.

"전하, 강계 군수를 선전관으로 지명하여 면류관을 훔친 자를 잡아 오는 것이 어떠하겠습니까?"

"그렇게 하시오."

잃어버린 곤룡포와 면류관에 집착한 나머지 마음이 답답해진 선조였다. 거기다가 초조하여 정신이 오락가락했다. 얼마 전에 정철을 삼도 도체찰사로 임명하여 내려보내놓고는 깜박 잊고 있었다. 승지 민준에게 지시했다.

"민 승지는 정철을 불러오라."

"신에게 보낸 편지를 보니 지금 영유永柔에 이르렀다고 하옵니다. 그러니 당장 행재소로 오기는 어렵사옵니다."

선조는 몹시 불안한 상태에서 정철을 찾고 있었다. 선조의 심중을 꿰뚫어보고 늘 시원하게 대답하던 정철이었다. 그러나 민준의 보고는 사실이었다. 곤룡포가 아닌 붉은 비단옷을 입고 있는 선조가 이상하게 보이기는 선조 자신뿐만 아니라 신하들도 마찬가지였다. 자신들이야 피난길이기 때문에 미처 관복을 갖추지 못하고 궁상맞은 꼴을 하고 있다지만 그래도 한 나라의 지존인 임금이 곤룡포 대신 명나라의 장사치처럼 비단 바지저고리를 입고 있다는 것은 민망한 일이었다.

십여 일 전이었다. 민준은 정철이 삼도 도체찰사로 임명받고 떠나는 날을 분명하게 기억했다. 정철을 보내는 날 민준 자신도 윤두수, 강욱 등과 함께 있었는데 선조가 변색이 된 익선관을 삐딱하게 쓰고서 눈을 감았다 떴다 하면서 물었던 것이다.

"왜적의 의도를 보니 팔도를 다 차지하려는 것 같다. 그렇지 않은가?"

"전라도만은 이순신의 덕으로 보전될 것이옵니다."

"적들이 벌써 전라도로 쳐들어갔을지 모르지 않은가?"

윤두수의 말에 선조는 갑자기 평양을 들먹였다. 이순신이 연승하고 있는 해전을 대수롭지 않게 여겼다. 선조의 마음은 평양 등 육전에서 빨리 이겨 한양 도성으로 돌아가고 싶을 뿐이었다. 그러나 평양성은 아직도 고니시의 수중에 들어가 있었고, 함경도는 가토가 임해군과 순화군을 붙잡아 인질로 삼은 뒤 노략질을 하고 있었다.

"왜적이 평양을 차지하고는 나오지 않는데 무슨 까닭인지 알

수 없구나."

"두려워서 감히 나오지 못하는 것이옵니다."

"과인은 그렇게 생각하지 않소. 반드시 간사한 잔꾀가 있을 것이오. 서늘한 가을철을 기다리고 있는 것이 아니겠소?"

그러나 의주에는 이미 가을이 와 있었다. 한낮의 햇살은 따갑지만 아침저녁으로는 강을 건너온 요동 들판의 찬바람이 불어와 쌀쌀했다. 한밤중에는 얼굴에 소름이 돋았다. 선조는 정철마저 행재소를 떠나는 것이 마음에 걸렸지만 장수가 부족하니 어쩔 수 없었다.

"경은 잘 가도록 하시오. 나라가 회복되는 것은 전적으로 경에게 달렸소. 종사관과 군관들은 경이 마음대로 임명하시오. 이곳에는 사람이 없으니 다른 곳에서 사람을 뽑아 임명하시오. 여기서는 보낼 사람이 없소."

행재소에는 정철의 수하가 될 종사관이나 군관들이 없었다. 신하들은 무리 지어 호종했다가도 온갖 이유를 대며 떠나거나 슬그머니 달아나버렸다.

"변변치 못한 신이 제대로 조치를 취하지 못할까 봐 걱정이옵니다."

정철은 행재소에 남아 있지 못하고 선조 곁에서 배척받았다는 기분이 들어 떨떠름하게 말했다. 선조를 호종하는 일도 고생이지만 행재소를 떠난다는 것은 더한 고초였다. 영유에 이르렀을 때 정철은 기생을 부르고 그런 마음을 술로 달랬다. 정철은 하소연하듯 민준에게 시 한 수를 보냈는데, 이는 싸움에서 이겨 한양으로 돌아가고 싶은 선조의 마음과는 사뭇 달랐다. 임금은 파천 길에 있고, 종묘사직이 폐허가 돼버린 암울한 형국에 기생과 술이 나오는 정철의 시를 본 순간 민준은 몹시 실망했다.

> 아리따운 여인이 청강의 일을 듣고자 하고
> 청강 일을 얘기하려니 눈물이 절로 흐른다.
> 한밤중 꿈속에서 천리 밖에 계신 님 그리나
> 북으로 가는 길은 첩첩 산이라 넘기 어렵네.
> 佳人欲聞淸江事
> 欲說淸江淚自潸
> 中夜戀君千里夢
> 北歸難渡萬重山

청강은 정철이 유배 간 강계의 다른 이름이었다. 강계는 정철에게 억울하고 분했던 유배지였는데, 또다시 선조 곁을 떠나 있으니 눈물이 난다는 시였다. 그런데 분명한 사실은 지금의 정철은 죄인이 아니라 선조의 명을 받은 삼도 도체찰사였다.

선조의 곤룡포를 훔친 도적 떼를 쫓던 선전관은 함경도로 들어갔다가 곧 돌아오고 말았다. 그곳 군관의 안내를 받아 찾은 면류관과 곤룡포는 차마 눈 뜨고 볼 수 없었다. 도적 떼가 길바닥에 버린 것을 떠도는 유랑민들이 짓밟고 다녔던 것이다. 면류관에 달린 금과 옥은 하나도 없고 사각 틀은 엉망으로 이지러져 있었다. 또한 곤룡포는 누군가가 다 찢어가버리고 손바닥 크기의 흙 묻은 비단 조각만 남아 있었다. 선전관은 그것만이라도 수습해 오지 않을 수 없었다. 도승지 유근을 만난 선전관은 눈물부터 뿌렸다.

"대감, 아무리 도적이라지만 어찌 이런 일이 벌어질 수 있습니까?"

"백성들의 원망을 어떻게 풀어야 할지 막막하오. 우리가 도성에 있었더라면 어찌 이런 일이 벌어질 수 있겠소? 우리의 허물도 큰 것이니 지금 당장에는 이 일을 전하께 보고하지 않겠소. 전하의 마음을 위로해드리지 못할망정 더 괴롭게 해서는 안 될 것이오."

유근은 선전관에게 곤룡포 사건을 비밀에 부치도록 지시했다. 면류관과 곤룡포가 도적 떼에게 도둑맞았다가 이리저리 떠도는 유랑민들에게 짓밟혔다는 것은 송구하고 부끄럽기 짝이 없는 일이었다.

윤두수가 명나라 군사를 요청하러 요동으로 건너간 뒤 선조는 더욱 불안해했다. 아침저녁으로 신잡을 불러 물었다. 신잡은 선조의 후줄근한 비단옷을 보기가 면구스러워 고개를 푹 숙이고 들었다.

"왜적의 형세가 어떠하오?"

"전라도에서 이순신이 막고 있으니 소서행장이 평양을 떠나 의주로는 쳐들어오지 못하고 있는 것 같사옵니다."

"만약 평양의 왜적이 의주로 쳐들어온다면 과인은 어떻게 해야 하겠소?"

"백성들의 마음이 조금 안정된 것은 전하의 행차가 여기서 머물러 있기 때문이옵니다. 그러니 선뜻 움직이시는 것은 아니 되옵니다. 평안도의 인심이 크게 어지러워진 것은 순전히 전하의 행차가 요동으로 건너가려고 한다는 소문이 났기 때문이옵니다. 강을 건너게 된다면 이곳의 인심이 어떻게 변할지 헤아리기 어렵사옵니다."

"그것은 지나친 말이 아니오?"

겉으로는 부드러우나 신잡의 태도 속에는 반골 기질이 있었다. 그의 둘째 동생은 신립이었고, 셋째 동생은 임진강에서 왜적을 방어하다가 전사한 신갈이었다. 그리고 둘째 아들 신경지는 작은아버지를 따라 탄금대에서 순절했던 것이다.

"전하께서 요동으로 건너가신다면 평민이 될 것이옵니다. 대신들도 마찬가지이옵니다. 차라리 여기서 평민으로 자처하시겠다는 각오로 버티신다면 난리를 피할 수 있을 것이옵니다."

신잡의 직언은 그의 동생 신립이 탄금대에서 배수진을 쳤듯 선조도 압록강 너머로 물러서지 말라는 뜻이었다.

"경의 말이 틀렸다고는 생각하지 않소. 왜적의 형세를 정확하게 알 수 없으니 과인은 대비하자는 뜻에서 하는 말이오."

"전하의 행차가 여기 의주에 있으면 그래도 한 가닥 희망이 있사옵니다. 그러나 만약 압록강을 건너 요동으로 가게 되신다면 그때부터는 통역관 무리도 복종하지 않을 것이옵니다. 전하만 믿고 싸우고 있는 나라 안의 의병들도 뿔뿔이 흩어질 것이옵니다. 분전하고 있는 여러 장수들은 패전을 두려워하는 것이 아니라 오직 전하께서 요동으로 건너가는 것만을 두려워하고 있사옵니다."

"과인은 어떻게 해야 좋을지 모르겠소."

"마땅히 수습할 방책을 생각해야 할 것이옵니다."

다음 날.

원병을 청하러 간 윤두수가 요동에서 건너왔다. 윤두수는 의주 서문으로 들어와 지체하지 않고 선조에게 아뢰었다.

"신이 강을 건너가서 동 총병[董一元]에게 원병을 청하면서 '평양의 왜적들은 명나라 군사가 성을 친 뒤로는 무서워서 감히 성 밖으로 나오지 못하더니 며칠이 지나고 나서는 날마다 나와서 노략질을 하고 있습니다. 왜적이 만약 요동으로 향한다면 이는 소국(조선)의 걱정일 뿐만 아니옵니다. 대인께서는 빨리 원병을 보내어 왜적을 쳐야 할 것입니다'라고 하였사옵니다."

"그랬더니 동 총병이 무어라 했소?"

"참으로 도량이 큰 동 총병이 '늦가을이 되어 길이 깨끗해진 다음에 군사를 내어 구원하러 가겠다'고 했사옵니다. 조급한 마음에 신이 원병을 빨리 보내달라고 재촉하자, 동 총병은 '전날 군사와 말들이 돌아올 때 군량과 말먹이가 부족했으니 반드시 더 많이 비축해놓으라'고 말했습니다."

십여 일 뒤에는 명나라 유격 심유경이 의주에 와 드디어 희소식을 전했다. 심유경 일행 세 명은 만력제가 보낸 은까지 가지고 왔다. 선조는 용만관 대청으로 나아가 만력제가 있는 곳을 향해 네 번 절하며 예를 갖추었다. 면류관과 곤룡포를 착용하지 않은 선조를 보고는 심유경이 뜨악한 표정을 지었다. 그런 뒤 도열한 대신들을 보고서는 혀를 끌끌 찼다. 대신들 모두가 예복은 고사하고 누더기 관복을 입고 있었기 때문이었다. 심유경이 악취를 맡은 듯 손으로 코를 막았다. 선조가 먼저 심유경의 표정을 살피면서 말했다.

"황제의 은혜가 그지없소이다."

"황제께서는 조선 왕이 지성으로 섬긴다고 하여 이미 동원한 칠십만 군사를 머지않아 보낼 것입니다."

"먼저 보낸 원병 육칠천 명으로도 적들을 쳐 없앨 수는 있었을 것이오. 만약 지체하면 많은 군사가 온다 하더라도 시기를 놓치게 될까 봐 걱정이오."

"오는 20일에 직접 평양으로 가서 적정을 알아본 다음에 거사하려고 합니다."

"장군께서 빨리 나아가 적을 쳐 없애기를 바랄 뿐이오."

심유경이 조급해하는 선조를 타박하면서도 선조가 측은했던지 원병이 늦어지는 이유를 말했다.

"귀국은 예의를 숭상하는 나라지만 군사 쓰는 법을 모르기 때문에 이렇게 간청하는 것입니다. 대체로 군사를 쓰는 법은 경솔하게 해서는 안 됩니다. 요동의 군사들은 저번 평양 싸움을 한 뒤 활과 화살을 많이 잃어버려 지금 한창 무기를 손질하고 있는 중입니다."

"오늘 원병을 청하는 것은 왜적들이 명나라 군사가 온다는 것을 알게 되면 감히 서쪽으로 향할 엄두를 내지 못할 것이기 때문이오."

심유경의 타박에 무안해진 선조는 명나라를 위해 원병을 요청하는 것이라고 둘러댔다. 심유경은 선조와 대신들의 꼬질꼬질한 행색에 질렸던지 서둘러 말하고는 물러설 태도를 취했다.

"군사를 쓰는 데는 병법이 있습니다. 위로는 천문 현상을 관찰하고 가운데로는 지리 조건을 보며, 아래로는 사람의 일을 살펴야 합니다. 전번 싸움에서는 이렇게 하지 않았다가 패하였기 때문에 황제께서 크게 화를 내셨습니다. 칠십만 군사를 동원하는 이유는 귀국을 회복할 뿐만 아니라 곧바로 일본의 소굴을 뒤집어엎고 쓸어버리는 것입니다. 아시겠습니까?"

선조는 요동을 미리 방어하기 위해 원병을 청했다고 하고, 심유경은 조선에 들어온 왜군을 섬멸함은 물론 일본까지 쳐들어가 항복을 받아내겠다고 장담했다. 그러나 심유경의 호언은 늘 큰소리만 치다가 뒤에 가서 꼬리를 내리는 명나라 장수들의 허세일 뿐이었다.

어쨌거나 대신들은 안도했다. 칠십만 원병이 압록강을 건너온다고 하니 안심이 됐던 것이다. 이제는 임금으로서 선조의 위의가 문제였다. 선조를 무시하는 듯한 심유경의 태도를 지켜보았던 윤근수가 참지 못하고 건의하였다. 윤두수의 동생이기도 한 그는 종1품 숭정대부에 오른 예조판서였다.

"전하, 면류관과 곤룡포를 이미 잃어버렸으니 갑인년의 전례

대로 명나라에 청하는 것이 좋겠사옵니다. 이번에 명나라 수도로 가는 사신이 청하도록 지시해야 할 것이옵니다."

곤룡포까지 명나라에 청하는 것은 부끄러운 일이었으나 선조는 허락했다. 임금의 옷을 만드는 상의원의 상궁들이 파천 길에 흩어져버렸으니 어쩔 수 없는 일이었다.

조헌과 영규

조헌의 천칠백 명 의병군은 청주성을 탈환한 뒤 거칠 것이 없었다. 호서 지방의 육지 전투에서는 최초의 승리였다. 지금의 기세라면 왜군이 득실거리는 한양을 뚫고 의주로 올라가 선조를 호위하는 근왕군이 될 것 같았다. 그러나 천칠백 명의 의병군으로 북진한다는 것은 무리였다. 조헌은 옥천 의병군이 한양을 공격하기에는 역부족이라고 판단했다. 원래는 고경명의 칠천 의병군과 합세하여 북진하기로 약속했지만 7월 9일 고경명이 금산 전투에서 전사하는 바람에 불가능한 일이 되고 말았다.

고경명이 금산 전투에서 승리했더라면 지금쯤 조헌의 옥천 의병군은 한양을 향해 북진하고 있을 터였다. 굳이 옆으로 새어 청주성 수복 작전을 펴지 않았을지도 몰랐다. 지난 6월 초에 청주성은 왜군의 수중에 넘어간 상태였다. 충청 방어사 이옥의 군사가 성을 지키고 있다가 왜군 제5군의 장수 하치스카 이에마사

蜂須賀家政가 이끄는 왜군의 공격을 받자마자 성문을 열고 도망쳐버렸기 때문이었다.

이후 충청 감사 윤선각이 연기에 진을 치고 있던 이옥과 조방장 윤경기에게 청주성을 탈환하라는 명을 내렸지만 소용없었다. 성을 공격했지만 칠천이백 명의 왜군을 거느린 하치스카는 이옥의 관군을 비웃듯 꿈쩍도 안 했다. 때마침 간헐적인 장대비로 관군은 비 맞은 생쥐 꼴이 되어 초라하게 퇴각하곤 했다.

한편, 의승장 영규가 이끄는 오백여 명의 의승군은 청주에서 시오 리 떨어져 있는 안심사에서 며칠째 대치하고만 있었다. 공격작전을 세우고 지휘할 조헌 같은 총대장이 없기 때문이었다. 의승군들이 가지고 있는 무기란 고작 낫이나 죽창뿐이었다. 단독으로 청주성을 공격한다는 것은 무모한 일이었다. 의승군은 며칠 후 청주성을 탈환하기 위해 온 조헌의 지휘하에 들어가고 나서야 힘을 발휘했다.

조헌은 관군보다 의승군을 더 믿었다. 조헌이 관의 수장을 믿지 못하는 것은 의병군을 경계하고 불신하기 때문이었다. 충청 감사 윤선각만 해도 조헌의 의병군을 탐탁지 않게 여겼다. 군사와 백성들이 조헌의 의병군에 가담하는 것조차 꺼려했다. 의병군의 세력이 커지면 전공을 세우는 데 관군이 불리하다고 생각했던 것이다.

실제로 의병군과 의승군이 청주성을 탈환하기 전의 일이었다. 윤선각이 충청도 각 고을에 공문을 보내어 의병의 부모와 처자를 잡아 옥에 가두었다. 그러자 의병군이 동요했고 일부는 부모

처자를 구하기 위해 흩어졌다. 천칠백 명이나 됐던 옥천 의병군은 규모가 천여 명 정도로 줄었다. 불같은 성격의 조헌이 가만히 있을 리 없었다. 당장 윤선각에게 글을 써 보냈다.

'세상 물정 어두운 서생은 처음부터 적을 잘 죽이지 못하리라는 것을 알고 있소. 허나 백성들의 원한과 분노를 의지하고 힘을 같이하여 적을 토벌한다면 산천의 귀신도 응당 하늘의 성냄을 도울 것이오. 임금님의 애통한 교서가 지척에 이르렀는데도 아직 받들지 않는 것은 무엇 때문이오. 내가 널리 군중들이 하는 말을 들어보건대 만구일담萬口一談으로 모두가 적을 죽이고자 하고 있소. 헌데 군사를 징집한 지 수개월 동안 군량을 다 소비하고, 수천 명의 군사를 가지고서도 강 밑에서 스스로를 지키고 있을 뿐이오. 적 토벌을 서두르지도 않고, 또 뜻을 두지 않으면서 완악한 놈, 협잡하는 놈의 말만 듣고 충신과 의사의 기운을 억누르니 감사의 뜻이 어디에 있는지 알 수가 없소.'

글을 받은 윤선각은 이후 조헌이 청주성을 탈환한 공을 애써 무시했다. 그의 공은 외면하고 의승장 영규만을 치켜세웠다. 행재소의 선조에게 올린 장계에 영규의 공만 써 올렸던 것이다.

'대부대의 적병이 청주에 들어와 군사를 나누어 약탈과 살육을 함부로 하자, 승 영규가 승도들을 많이 모았는데 모두 낫을 가졌고 군기가 매우 엄격하여 적을 보고 피하지 않았사옵니다. 드디어 청주의 적을 격파하니 연일 서로 버티어 비록 큰 승리는 없었다 할지라도 물러서지도 않았으니 적이 마침내 성을 버리고 달아난 것은 모두 영규의 공입니다.'

충청 감사의 지휘를 받는 이옥도 조헌과 사사건건 부딪쳤다. 성을 탈환한 뒤 조헌이 성안에 있는 곡식 수만 석을 난민들에게 나누어줄 것과 우마 수백 마리를 여러 마을에 분배하여 농사짓는 데에 이용할 수 있게 하자고 요청하였으나 이옥은 윤선각과 상의한 뒤 성중의 양곡을 모조리 불태워버렸던 것이다.

조헌은 참지 못했다. 그 역시 선조에게 장계를 올려 충청 감사 윤선각과 방어사 이옥의 부적절한 처신을 비난했다.

'신과 충청 감사 및 방어사는 모두 평소에 교분이 있었기 때문에 청주의 적을 치던 날 서로 서신을 통하여 계고한 것이 여러 번이었사옵니다. 그러나 관찰사 윤선각과 방어사 이옥이 나오지 않고 심로하기만 하였으며, 그 막하 비장들이 그들을 종용하여 권하는 말을 많이 하였지만 의병장은 감사와 방어사의 지시를 받아야 한다고만 하였사옵니다. 출병할 즈음 사람을 시켜서 누차 독촉하였으나 이옥의 비장들은 서로 바라보기만 하고 앞으로 진격하지 않으니 신이 북을 쳐서 제군의 출진을 독촉하지 않았더라면 신 또한 고경명과 같은 죽음을 면치 못했을 것이옵니다. 이와 같이 호서의 장수들이 교만하고 사졸들이 나태한 모습을 신이 보았는데 이를 그대로 두고 책하지 않으면 비록 십 년 동안 군사를 모은다 할지라도 결코 회복할 이치가 없을 것이옵니다.'

옥천 의병군은 이옥의 방어사에게 청주성을 물려주고 나와 온양에 며칠째 머무르고 있었다. 조헌은 앞으로의 작전을 위해 온양에 임시 진을 쳤다. 추석이 가까워지자 밤이 되면 어느새 목덜미가 움츠러들었다. 조헌은 취침 전에 장수들을 불러 작전 회의를 했다. 의병장으로 청주성 전투에서 힘써 싸운 전 찰방 박춘무, 의승장 영규가 조헌 옆에 앉았다. 그만큼 그들과의 신뢰가 깊었다. 의병들을 모집한 모의장 이광륜과 전 봉사 임정식, 김천일의 종사관인 송제민과 조헌의 아우 조범, 아들 조완기도 참석했다. 조헌이 의병군의 좌우부장들을 쳐다보며 말했다.

"말고삐를 남쪽으로 돌려야겠소. 고경명 맹주님이 금산에서 패하여 전사하셨는데 의리를 지켜야겠소. 난 맹주님과 공주에서 밤새 통음하면서 왜적을 한 사람이라도 더 죽이자고 맹세했소."

"그러니께 근왕하러 올라가는 것을 늦추잔 거지유?"

"금산에 왜적이 있음은 배 속에 병이 있는 것과 같소."

"시방 금산으루 진군허자는 말씀인가유?"

"청주성에서 싸워 왜적을 물리쳐봤으니 걱정할 거 없네. 청주성이나 금산성이 다를 게 무언가!"

송제민은 수원에 주둔하고 있는 김천일 나주 의병군으로 복귀할 계획이었다. 금산으로 같이 갈 수 없었다.

"중봉 성님, 지는 인자 수원으로 돌아가야 허겄그만이라우."

"그동안 고마웠네. 해광은 원래의 자리인 건재(김천일) 의병장님께 가보시게."

금산으로 출진하자는 조헌의 의견에 모든 장수들이 찬성하지는 않았다. 반대하는 별장도 있었다.

"의병덜이 대꾸 돌아가버리니께 군사가 부족허구먼유."

"내려가면서 모으면 되네. 우리들이 청주성에서 승리함으로

해서 호서 민심이 안정되고 있으니 의병들이 지원해 올 것이네."

"금산에 있는 왜적은 정예한 군사만두 만이 넘는다구 허는디 워쩔라구 그런대유."

"정신일도하사불성精神一到何事不成, 마음만 한곳으로 모은다면 이루지 못할 일이 어디 있겠는가?"

"의병덜을 모아 규모가 커진다 혀두 오합지중烏合之衆일 뿐이지유."

조헌이 침술에도 능한 박춘무와 영규에게 동의를 구했다. 조헌과 박춘무, 송제민은 이지함 문하에서 함께 공부한 사이로 스스럼이 없었다.

"박 찰방과 대사께서는 왜 내 얘기를 듣고만 있소?"

박춘무는 가타부타 말이 없었다. 침술 기구를 만지작거리기만 할 뿐 입을 다물고 있었다. 그러자 의승장 영규가 말했다.

"소승은 공을 믿으니께 명을 내리시믄 함께허겄구먼유."

"대사의 승군에게 당해낼 왜적은 없을 것이오. 청주성 서문을 공격할 때 죽음을 무릅쓰고 달려드는 그 날카로운 기세를 보고 왜적이 북문으로 도망쳤던 것이오."

8월 1일, 하루 내내 의병군과 의승군이 서문과 남문을 거세게 공격하자 왜군이 더 버티지 못하고 밤중에 북문을 통해 퇴각한 것은 사실이었다. 그때 캄캄한 데다 눈을 뜰 수 없을 정도로 소나기가 쏟아져 성을 바로 탈환하지는 못했지만 비가 그친 틈을 타 왜장 하치스카가 부하들의 시신을 모아 불태우고 도망쳤던 것이다.

의승장 영규.

속성俗姓은 박씨, 공주 판치 출신으로 호는 기허당騎虛堂이다. 일찍이 계룡산에 입산한 뒤 묘향산 서산대사의 문하로 들어가 대사에게서 호를 받았다. 이후 서봉사, 낙가산사, 갑사 주지를 맡아 제자들을 가르쳤는데, 임란 전에는 공주 청련암으로 옮겨 무예를 연마했고 왜군이 쳐들어오자 옥천 가산사에서 승려 삼백 명을 모아 봉기한 인물이었다.

영규의 동의를 얻은 조헌은 서둘러 금산으로 내려가 일전을 벌인다는 결론을 내렸다.

"지금 임금님이 어디에 계시오? 임금님이 욕을 당하면 신하는 죽는 것이 마땅하오. 나는 한 번 죽음이 있는 것만 알 뿐이오."

조헌은 장수들이 돌아간 뒤 전라 감사 겸 순찰사가 된 권율에게 8월 18일쯤 금산을 협공하자는 편지를 써서 전령 편에 보냈다. 그러나 수일 뒤 조헌의 편지를 받아 본 권율은 공격 날짜를 조금 늦추자고 회답했다. 전략상 서로가 의견이 좀 달랐다. 왜군을 토벌하자는 데는 뜻을 같이했지만 권율은 금산으로 나아가 공격하기보다는 전주를 지켜내야 하는 방어 계책이 시급하다고 판단했다. 7월 22일에 이광의 후임으로 전라 감사가 된 권율은 광주 목사나 남원 수성장 때와는 입장이 달랐다. 무슨 일이 있더라도 호남의 수도인 전주성을 지켜야 했다.

결국, 조헌은 옥천 의병군과 영규를 따르는 승군만을 거느리고 금산으로 내려갔다. 행재소에서는 선조가 영규의 전공을 높이 사 첨지중추부사에 명하고 비단옷을 한 벌 하사하여 선전관이 가지고 오는 중이었다.

마침내 조헌의 옥천 의병군과 영규의 의승군이 금산성에서 십 리 되는 곳에 이르렀을 때였다. 조헌이 꿋꿋하게 따라온 영규의 충절에 감탄하며 물었다.

"대사는 생사를 어찌 생각하오?"

"공은 한 번 죽을 뿐이라구 말씀허시지만 소승은 다르쥬."

"무엇이 다르다는 말이오?"

"불도는 생사를 초월하여 영원히 사는 사람이니께 죽고 사는 것이 자유로운 사람이지유."

"조금도 두렵지 않다는 말이오?"

"공께서 두렵다니 믿어지지 않는구먼유."

"부하들의 목숨이 내 손에 달려 있는데 어찌 두렵지 않겠소."

조헌은 자신의 심정을 솔직하게 말했다. 온양에서 출진할 때와 달리 금산에 다다르자 가슴이 뛰고 속이 울렁거렸다. 의병과 의승을 합쳐 고작 천이백 명인 데 비해 왜군은 만오천 명이 넘는 대군이었다. 그러나 조헌은 목숨이 하늘에 달려 있다고 여겼다. 자신의 목숨을 하늘에 맡긴다는 생각에는 변함이 없었다.

"대사는 무엇 때문에 승군을 이끌고 있는 것이오?"

"우덜 승군은 파사현정破邪顯正을 하구 있지유. 삿된 것을 부수어야 바른 것이 드러나는 법이지유."

"불법에 그런 말이 있소이까? 스승이 누구시오?"

"소승의 스승은 묘향산에 겨시는 서산대사님이시지유. 승군이 모이는 까닭은 스승의 격문을 보고 이심전심으루다가 맴과 맴이 계합혔기 때문이지유."

"격문을 내게 보여줄 수 없겠소?"

"부적멩키루 늘 품속에 넣구 다니지유."

영규는 품속에서 너덜너덜해진 한지 한 장을 꺼내 조헌에게 내밀었다. 서산대사 휴정이 팔도에 흩어져 있는 제자들에게 보낸 격문이었다.

'아, 하늘의 길이 막히도다. 나라의 운명이 위태롭도다. 극악무도한 적도賊徒가 하늘의 이치를 거슬러 함선 수천 척으로 바다를 건너오니 그 독기가 조선 천지에 가득한지라. 삼경三京이 함락되고 우리 선조들이 누천년 이룬 바가 산산이 무너지도다. 저 바다의 악귀들이 우리나라를 무참히 짓밟고 무고한 백성들을 학살하는 광란을 벌이나니 이 어찌 사람이 할 짓이랴? 살기가 서린 저 악귀들은 독사 금수와 다를 바 없도다.

조선의 승병들이여!

깃발을 치켜들고 일어서시오! 그대들 어느 누가 이 땅에서 삶을 얻어 받지 아니하였소? 그대들 어느 누가 선조들의 피를 이어받지 아니하였소? 의義를 위해 나를 희생하는바, 또 모든 중생을 대신하여 고통을 받는 바가 곧 보살이 할 바요 나아갈 길이라. 일찍이 원광법사께서 임전무퇴라 이르시니. 무릇 나라를 지키고 백성을 구함은 불법을 따른 우리 조상들이 대대손손 받들어온 전통이오.

조선의 승병들이여!

우리 백성이 살아남을지 아니할지, 우리나라가 남아 있을지 아니할지, 그 모두가 이 싸움에 달려 있소. 목숨을 걸고 우리나라와 백성을 지키는 일은 단군의 피가 혈관에 흐르는 한 누구나 마땅히 해야 할 바라. 이 땅의 나무와 풀마저 구하는 제세濟世가 바로 불법이 아니리까? 백성들이 적도의 창칼에 죽임을 당하고 그 피가 우리나라를 붉게 적시오. 나라가 사라지고 백성이 괴로워할진대 그대들이 살아남는 바가 곧 나라와 백성에 대한 배신이 아니리까?

조선의 승병들이여!

나이가 들고 쇠약한 승려는 사찰을 지키며 구국제민救國濟民을 기원하게 하시오! 몸이 성한 그대들은 무기를 들어 적도를 물리치고 나라를 구하시오! 모든 보살의 가피력으로 무장하시오! 적도를 쓰러뜨릴 보검을 손아귀에 움켜쥐시오! 팔부신장의 번뜩이는 천둥 번개로 후려치며 나아가시오! 참변에 울부짖는 백성들이 분하고 원통하오. 지체 없이 일어나 불구대천의 원수를 토벌 격멸하시오!

조선의 승병들이여!

조정 대신들은 당쟁 속을 헤매고 군 지휘관들은 전선에서 도주하니 이 아니 슬프오? 또한 외세를 불러들여 살아날 길을 꾀한다 하니, 우리 민족의 치욕이 아니리까? 이제 우리 승병만이 조국을 구하고 백성을 살릴 수 있소. 그대들이 밤낮없이 수행 정진하는 바가 생사를 초월하자 함이오. 또한 그대들에겐 거둬야 할 식솔이 없으니 돌아볼 바가 무엇이오? 모든 불보살이 그대들의 나아갈 길을 보살피고 거들지니, 분연히 일어서시오! 용맹의

연하게 전장으로 나아가 적도를 궤멸하시오! 적도의 창검 포화가 두려울 바 무엇이오? 전투 없이는 승리도 없소. 죽음 없이는 삶도 없소.

조선 팔도의 승병들이여 일어서시오! 순안의 법흥사로 집결하시오! 나 휴정은 거기서 그대들을 기다릴 것이오. 우리 일치단결하여 결전의 싸움터로 용약 진군할 것이로다!'

조헌은 찬물에 눈이 씻긴 듯 눈앞이 홀연히 환해졌다. 좀 전까지 뒤숭숭했던 마음이 구름이 걷힌 하늘처럼 공활하게 변했다. 조선에 휴정 같은 고승이 있었다니 놀라운 일이 아닐 수 없었다. 자신이 전국의 향교나 서실에 띄운 격문과는 차원이 달랐다. 조헌은 임시 군막에서 영규를 보내고 난 뒤 몇 번이나 중얼거렸다.

'죽음 없이는 삶도 없소.'

마치 휴정이 자신에게 던지는 당부의 말 같았다. 그 한마디에 조헌은 평상의 마음으로 되돌아왔다. 결전을 앞둔 날이었지만 마음은 평온하고 고요했다. 죽음 없이는 삶도 없다는 것은 만고의 진리였다.

다음 날.

찬 가을비가 내렸다. 조헌은 청주성 전투 때처럼 성을 공격하는 공성전攻城戰을 펴기 위한 작전을 세웠다. 그러나 공성전은 여의치 않았다. 밤부터 찬비가 내리고 있어 들판의 상태와 공격로가 엉망이었다. 의병군들이 비를 피하려고 바위와 나무 밑으로 들어가곤 하여 공격 대오가 흐트러지곤 했다. 비를 맞고 있는 의병들은 파고드는 한기로 몸을 떨었다. 입술이 멍이 든 것처럼 파랗게 질렸고 행동은 굼떴다. 왜군과 대치하고 있으니 모닥불을 피울 수도 없었다. 영규는 군사들의 모습을 심각하게 보고 말했다.

"비가 오니께 진영이 갖추어지지 않는구먼유. 이대루 싸울 수는 읎겄슈."

"규모로만 치자면 우리는 금산의 왜군과 대적할 수가 없을 것이오. 허나 내가 속히 싸우려고 하는 까닭은 오직 의병들의 충의가 격동되어 있는 이 시기를 이용하려는 것이오."

"군사는 준비가 철저해야지유. 걱정되는구먼유."

조헌은 비를 피하기 위해 물러나 있다가 적기를 놓치고 싶지 않았다. 공격 날짜를 늦추자는 권율의 군사는 언제 올지 알 수 없었다. 시간이 갈수록 의병군들의 사기는 저하된다고 믿었다.

왜군 제6군 총대장 고바야카와는 척후병의 보고를 받고는 조헌의 옥천 의병군과 영규의 의승군들이 진퇴양난에 빠졌다고 판단했다. 더구나 청주성에서 왜장 하치스카가 패퇴했다는 소식을 들은 바 있어서 고바야카와는 성을 지키는 수성전守成戰보다는 들판에서의 일전을 별렀다. 조헌이 성을 탈취하는 공성전에 능하다고 여겼던 것이다.

왜군은 조헌의 지시를 받는 선봉대 의병군들이 비가 멎기를 기다리고 있는 사이에 총공격을 했다. 군사가 많은 왜군은 세 부대로 나누어 돌아가며 달려들었다. 들판의 진창을 튀기며 왜군 기병들이 빗속을 먼저 뚫었다. 조헌은 의병군과 의승군에게 지시했다.

“오늘은 죽음이 있을 뿐이다. 죽고 살고 나아가고 물러감에 부끄러움이 없게 하라!”

의병군들이 일제히 화살 공격을 하자 왜군 기병들이 더는 달려들지 못하고 되돌아갔다. 말은 화살에 맞아 날뛰었고, 말에서 떨어진 왜군들은 의병군들의 창에 찔려 죽었다. 의병군들도 왜군 기병이 휘두르는 창에 찔려 죽었다. 두 번, 세 번의 전투는 의병군과 왜군의 백병전이었다. 들판 진흙 수렁에 의병들의 신발인 미투리가 들러붙어 벗겨졌다. 의병들은 맨발로 싸웠다. 잠시 후 들판에는 의병군과 왜군의 시신이 엇비슷하게 쌓였다.

그러나 의병군들의 화살이 떨어지자, 전세는 순식간에 역전이 됐다. 선봉대 의병군들이 영규의 지시를 받는 의승군 진까지 밀렸다. 그때였다. 의승군 뒤에서 왜군이 들이닥쳤다. 들판 한복판에서 협공을 당했다. 활이 없는 의병군들은 맨손으로, 의승군들은 낫과 죽창을 들고 싸웠다.

승기를 잡았다고 판단한 고바야카와는 총공격을 지시했다. 그러자 조헌의 대오는 태풍에 거꾸러지는 볏단처럼 허망하게 무너져버렸다. 조헌의 아들 조완기는 일부러 대장처럼 의관을 화려하게 하고 칼을 휘둘렀다. 왜군은 그가 조선군 대장인 줄 알고 먼저 달려와 죽였다. 마침내 왜군이 조헌의 막사까지 뛰어들어왔다. 다급해진 의병군 장수 하나가 조헌을 이끌며 피하기를 청했다.

“의병장님, 피신하셔야겄구먼유!”

"이곳이 내가 순절할 땅이네. 장부는 죽을지언정 구차하게 모면해서는 안 되는 것이네."

조헌이 피신을 거부한 뒤 칼로는 달려드는 왜군을 막으며 입으로는 싸움을 독려했다. 그러나 조헌은 끝내 왜군의 칼에 베이고 창에 찔려 쓰러졌다. 막사 안팎에서 조헌을 호위하던 장졸들 중 단 한 사람도 살아남지 못했다.

의승군들은 그때까지도 영규의 지시를 받으며 분투하고 있었다. 그러나 의승군들의 전투력도 곧 한계를 드러냈다. 대규모의 왜군이 노도가 밀려오듯 포위를 좁혀오고 있었다. 한 승장이 영규에게 달려와 소리쳤다.

"의병장님이 전사허셨으니께 인자 우덜은 물러가유!"

"죽으면 죽을 뿐인 겨. 워치게 혼자만 살 수 있는 겨!"

영규와 의승군도 조헌의 의병군 뒤를 따라 싸웠고, 죽었다. 단 한 사람도 물러서지 않고 싸우다가 의병군과 의승군의 반이 죽었다. 칠백여 시신이 질퍽질퍽한 금산 들판을 덮었다. 왜군이 금산성으로 돌아간 다음 날에야 조헌의 아우 조범이 피 묻은 의병군 깃발 밑에서 시신을 찾아냈다. 막사를 지키던 장졸들의 시신도 조헌 곁에 있었다.

배티재梨峙 전투

권율은 남원 수성장을 겸임하고 있는 동복 현감 황진의 군사와 합류하자 출진 준비를 명했다. 광주 목사 겸 남원성 수성장이었던 권율이 전라 감사가 된 이후 동복 현감 황진은 남원성 방어 임무까지 맡고 있었던 것이다. 남원 출신인 황진은 선조 9년(1576) 스물일곱 살에 무과 급제한 무부답게 칼과 활을 잘 다뤘고, 말을 잘 탔다. 권율의 지휘를 받는 장수들 중에 가장 완벽한 무장이었다.

황진이 명궁으로 소문난 것은 임란 전 선조 23년(1590)에 조선통신사 정사 황윤길의 무관으로 왜국에 따라갔을 때였다. 황윤길은 황진의 삼촌이었다. 왜국의 접빈사 무관들이 조선통신사 일행에게 활쏘기를 보여주고자 사정으로 안내했다. 황진은 보란듯이 왜국의 과녁 옆에 그보다 작은 과녁을 세워놓고는 명중시켰다. 그런 뒤 날아가는 새 두 마리를 화살 두 발로 떨어뜨렸다.

왜국 무관들이 박수를 치면서 '스바라시(굉장하다)!'를 외쳤다. 그 자리에 있는 모두를 놀라게 한 황진의 활쏘기 실력이었다.

귀국할 때는 노잣돈을 털어 왜국의 긴 칼 두 자루를 샀다. 그러면서 일행에게 "오래지 않아 왜적이 쳐들어올 터이니 이 왜적의 칼로 왜적을 베리라"고 말했다. 이후 그는 무예를 연마할 때마다 반드시 양쪽 옆구리에 두 자루의 칼을 차고 말을 탔다. 말이 처음부터 명마였던 것은 아니었다. 임란 전해 동복 현감으로 내려갔을 때 소금 수레를 끄는 여윈 수말을 보고 개인 돈으로 샀다. 그러고는 매일같이 동복의 적벽 모래밭으로 데리고 나가 훈련시켜 명군마로 만든 것이다.

황진 휘하에는 군량미 백 석을 가지고 들어온 의병장 소황과 소제 형제가 있었다. 그들은 남원 사람으로 황진의 처남이었다. 참모 중엔 천하장사도 있었다. 장흥 사람으로 거구인 위대기는 창검을 휘두르면 휙휙 바람 소리가 났으며 팔백 근의 활을 당길 수 있을 만큼 완력이 빼어났다. 의병을 모은 모의장 공시억은 동복 사람으로, 양응원은 곡성 사람으로 의병 수십 명을 데리고 온 참모였다.

호남을 점령하려는 왜군의 공격로는 뻔했다. 남원 쪽 공격로는 경상도 의령에서 곽재우 의병군에게 막혔고, 전주 모후산으로 진출하려던 공격로는 임실 운암천에서 고경명 휘하인 양대박 의병군에게 막혔으며, 곰티재에서는 왜장 안코쿠지의 만 명 군사가 김제 군수 정담이 지휘하는 관민 연합 의병군의 방어를 뚫지 못했다.

왜군 제6군이 전주성으로 오는 공격로는 이제 대둔산 산자락의 험준한 배티재[梨峙]를 넘는 길뿐이었다. 전라 감사 권율 역시 전주성을 지키기 위해서는 오직 배티재를 사수하는 길밖에 없다고 판단했다. 배티재는 권율의 조선군이나 고바야카와 다카카게의 왜군이나 서로 물러설 수 없는 외통수의 요해지였다.

권율은 전주성 수성장을 자원한 이정란과 마주 앉았다. 이정란은 선조 1년(1568) 문과에 급제하고서도 정여립과 맞섰다가 해미 현감, 양재 찰방, 개성 부도사 등 외지로 전전한 강직한 인물이었다. 충청도 향리에 내려가 은거중이다가 임란을 접해 스스로 이광 휘하의 수성장을 자원하였고 지난번 곰티재 전투 때 전주성을 확실하게 방어하는 공을 세웠다. 다만 예순셋이 된 그가 계속해서 전투를 치르기에는 체력적으로 무리였다.

"이번에도 공께서 수성장이 되어주신다니 든든합니다."

"순찰사께서 늙은 지를 믿어주시니께 고맙지유."

"지난번 전투 때 왜군이 전주성을 넘보지 못하게 한 공으로 전하께서 태상시 첨정에 제수하셨다는 말씀을 전해 들었습니다. 늦었지만 축하드립니다."

"감사허구먼유. 지두 늦었지만 공께서 순찰사가 되신 것을 진심으루 감축드려유."

선조가 용인 전투 패전의 책임을 물어 이광 순찰사를 해임하고 지난달 7월 22일 광주 목사 겸 나주 목사인 권율을 전라 감사로 임명했던 것이다.

"공께서 군기를 엄하게 하시고 불철주야로 순찰하시니까 물

샐 틈 없는 방어가 되었을 것입니다. 군사를 백여 명 성에 남기고 떠날 터이니 성을 잘 지키시기 바랍니다."

"성민만 델꾸 있는 것보담 훈련받은 군졸이 있으믄 더 안심이 되겄지유."

권율은 과거 급제 선배이자 일곱 살 많은 이정란을 깍듯하게 예우했다. 이정란 역시 부하로서 권율의 지시를 잘 받들었다.

"지는 순찰사의 군사처럼 일사불란하게 움직이는 군사는 못 봤지유. 관군과 의병이 섞여 있지만서두 참말루 강군이지유."

권율 휘하에는 광주 목사 시절부터 거느린 천오백 명의 군사가 있었다. 관군이라지만 대부분 농사를 짓는 양민들이었다. 광주 관아의 관군 오백 명과 전라도 지역에서 모아 온 의병 천 명이 그들이었다. 그러나 조직이 확실하고 군율이 엄한 데다 군관들에게 틈틈이 훈련을 잘 받아서 규모는 작아도 강했다.

장졸들은 권율의 군사라는 자부심이 컸다. 권율이 돌린 격문을 보고 자발적으로 달려온 장졸들이기 때문에 튼실한 부대가 됐던 것이다. 조선군의 패전 소식이 들려와도 흔들리지 않았다. 격문은 누가 썼느냐에 따라 모이는 숫자가 달랐다. 권율의 격문은 쉽고 호소력이 강했다.

'천운이 막히고 나라가 암흑의 운을 당하여 섬나라 왜놈이 틈을 만들어 백성들이 위급한 때를 당하게 되었다. 늑대의 어금니와 독사의 독이 전국에 깊이 퍼져서 닭이 우는 소리와 개가 짖는 소리를 들을 수가 없으니 삼천리강산의 위급함이 조석에 달렸노라. 슬프다. 이백 년 국가의 기초가 공고하지 못하여 임금님께서

평안도로 서천하셨으니 그 누가 통분하지 않으리오. 단신으로 이곳에 와서 나 또한 나라에 몸 바칠 뜻이 있는바 임금님의 원수를 어찌 잠깐 동안이라도 잊으랴. 신하 된 도리로 함께 물불 속이라도 뛰어들 각오이노라.

호남은 국가를 보위하는 근본이며 왕업이 창건된 곳이다. 도 순찰사는 군사를 거두어 움직이지 않으니 국가에 봉사하지 못한 죄를 피할 길이 없다. 백성들은 적을 만나 피해를 입었으니 어찌 어진 사람이 있는 나라라고 하겠는가. 아! 슬프다. 각 고을의 남아들은 모두 나서서 나라에 충성을 다하라.

나는 늘 나랏일을 생각하면 피를 토하고 눈물지으며 내 한 몸을 돌보지 않을 뿐더러 두려움이 전혀 없지만 이리 떼와 같은 적의 세력이 더욱 방자하고 광폭한 이때 오합지졸로는 적을 간단히 무찌르기 어렵다.

의병을 모집하여 피로써 맹세하고 왜적의 무리를 소탕하는데 있는 힘을 다하여 함께 무찌를 것이다. 우리들이 성심을 다하여 우리 선조 대대로 물려받아온 산천을 맑게 하고 다시 반석 위에 사직을 안정케 함으로써 우리의 공명을 길이 역사에 남기자. 나를 따라 왜적을 토벌할 사람은 속히 지정한 날짜에 모여주기 바란다.'

권율의 참모 장수들은 하나같이 '호남은 국가를 보위하는 근본이며 왕업이 창건된 곳이다'라는 말에 마음이 격동되어 달려온 사람들이었다. 장흥에서는 재야 선비 김율과 노홍 등이 자원해 왔고 의병을 모집하는 모의장과 군량미를 조달하는 모량장을 맡은 김율은 아들 김여숙과 조카 김여건, 김여홍과 함께였다.

열일곱 살에 모병에 호응하였고 훗날 이항복의 제자가 되어 무과 급제하는 정충신, 임진년에 무과 급제하여 방답진 첨사가 된 양재현 등은 광주에서 권율 휘하에 들어온 참모 장수들이었다. 나주에서는 스물일곱 살의 노인魯認이 가솔 백여 명을 이끌고 왔으며, 의병장 정봉수와 정현보는 무안에서 달려왔다. 박기수, 박홍남 형제는 남원에서 격문을 보고 온 의병장이었다.

권율의 참모 장수들 중에 조카인 권승경만 호남 출신이 아니었다. 권율과 같이 강화도 출신인 권승경은 권율의 넷째 형(권준)의 막내아들이었다. 쟁쟁한 참모들 중에 조카 권승경은 기병장 겸 전령으로서 장졸들에게 군령을 전했다. 작전 회의 때마다 배티재 전술 전략에 골몰했던 권율은 마침내 장졸들 선두에서 군마를 타고 전주성 성문을 나섰다.

늙은 수성장 이정란이 소리쳤다.

"우덜이 목숨 바쳐 지킬 거구먼유!"

성벽 위 화포대의 화포들이 일제히 연기를 뿜으면서 천둥소리를 냈다. 배티재로 떠나는 장졸들에게 무운장구를 기원하는 화포였다. 화포 소리가 그치자 성에 남은 모든 관민들이 성벽 위에서 창검과 죽창을 높이 들고 소리를 질렀다.

"전주는 걱정허지 말드라고잉!"

군마를 탄 권율은 뒤돌아보지 않고 성 밖의 민가를 빠져나갔다. 급조한 취타대가 북과 징, 꽹과리를 치고 나각과 피리를 불었다. 기패군들은 희고 붉은 깃발을 휘휘 저었다. 뒤따르는 장졸들은 전의가 솟구쳐 너 나 할 것 없이 함성을 지르며 나아갔다.

붉은 술이 달린 투구를 쓴 권율은 찬바람이 일 정도로 비장한 표정을 짓고 있었다. 고개를 약간 숙인 탓인지 눈초리가 더 치켜 올라가 보였다. 한일자로 꽉 다문 입이 큰 코를 떠받치고 있었다. 콧수염은 윗입술을, 턱수염은 목을 덮어 장졸들에게 위엄을 주었다.

전라 감사 겸 순찰사 권율.

그는 강화도에서 영의정 권철의 다섯째 막내아들로 태어났는데, 아버지는 굳이 막내인 그에게까지 과거 급제를 권하지는 않았다. 권율 역시도 명문가 자제로서 산천을 유람하며 호연지기를 기르는 데 관심이 있었을 뿐 공부와는 거리가 멀었다. 권율이 뒤늦게나마 벼슬길에 나아간 것은 선조 15년 마흔여섯 살 때였다. 중년의 나이에 과거 급제하여 승문원 정자가 된 그는 예조좌랑, 전라도 도사, 호조 정랑을 거쳤다. 그사이에 무남독녀 외동딸을 열아홉 살의 이항복에게 시집보냈다. 이항복은 임란의 해에 서른여섯 살로 도승지가 되었다.

권율은 이순신과 더불어 유성룡의 눈에 들었던 장수 가운데 한 명이었다. 선조 24년에 그는 유성룡의 천거에 의해 의주 목사로 특진했고, 임란이 일어나자 선조는 그를 광주 목사로 임명하여 보냈다. 왜군을 방어하는 데 있어서 광주가 전주 다음으로 호남의 중요한 고을이기 때문이었다.

한낮의 햇살은 따가웠지만 가을바람이 선들선들 불어왔다. 군사 장졸들이 행군하기에 더없이 좋은 날씨였다. 까마귀 떼가 들판에 앉아 있다가 도망치듯 날아가는 금마에 이르렀을 때였다. 고부 출신의 의병장 김제민이 달려왔다.

"김 군수를 여기서 만나다니 반갑습니다."

"지달리고 있었그만이라. 곰티재에서 아들이 죽고 지만 살아 참말로 여렵그만요. 자식이 몬자 갔으니 하늘의 뜻이 아닌 역리逆理지라."

화순, 순창, 함안 군수를 역임했던 김제민은 김흔과 김엽, 김안 등 세 아들은 물론 향리에서 의병을 모아 곰티재에서 왜군을 저지하고자 분투했는데 그날 막내아들인 김안을 잃었던 것이다. 김제민은 아들이 먼저 순절한 것을 하늘의 순리를 거스른 역리라 하며 몹시 부끄럽게 여겼다.

"순찰사께서는 으디로 가신당가요?"

"금산의 왜적이 넘어오지 못하게 배티재로 가고 있소."

"금산 왜적덜이라믄 지도 심을 보태야겄습니다."

"고맙소이다."

권율의 군사가 함열을 지날 때는 황박이 수십 명의 의병을 데리고 왔다. 황박은 곰티재 전투에서 김제 군수 정담이 죽고 자신만 살아 온 것에 대해서 괴로워하고 있었다.

"지도 죽었어야 허는디 살아 있그만요. 한 달이 지나가고 있는디 아적 악몽을 꾼당께요."

"순절한 장졸들은 귀신이 돼 우리를 지켜보고 있소. 그러니 살아 있는 우리들은 보란 듯이 의리와 충정으로 뭉치어 왜적을 토벌해야 하오."

"장졸덜이 흩어지지 않고 순찰사의 뜻을 따르는 것은 그런 까닭이겄지라."

"이해해주니 태산이라도 무너뜨릴 것 같소."

"곰티재에서 지가 모은 의병덜을 많이 잃어부렀지만 아적도 수십 명이 지를 따르고 있응께 순찰사 군사에 합세허겄습니다."

권율은 황박과 김제민의 의병들을 휘하에 편입시킨 뒤 쉬지 않고 배티재로 향했다. 왜군보다 먼저 유리한 지형을 선점하기 위해서였다. 전력이 열세이니 지형을 이용하는 전술을 선택할 수밖에 없었다. 권율은 대둔산 초입에서 임시로 진을 쳤다. 행군으로 지친 장졸들에게 휴식을 주기 위해서였다. 척후병은 대둔산 배티재 너머의 진산까지 보냈다.

밤중에 돌아온 척후장 권승경이 권율을 찾아와 보고했다.

"왜놈들은 아직 금산에 있는 것 같습니다. 진산에서는 왜놈을 한 놈도 보지 못했습니다."

"여기서 임시 진을 친 것은 잘한 일인 것 같다. 군사들이 휴식을 취한 뒤 꼭두새벽에 다시 배티재로 이동할 것이다."

권율은 척후장을 정충신으로 바꾸어 다시 보낸 뒤 장수들을 불러 작전 회의를 했다. 부대 편성은 권율이 직접 했다.

"선봉장은 동복 현감 황진, 후군장은 황박 의병장, 김제민 의병장이 맡으시오."

"예."

황진과 황박, 김제민이 동시에 복창했다.

"기병장은 권승경, 편비장偏裨將은 위대기, 공시억 장수가 맡으라."

"예."

젊은 장수답게 임시 막사가 떠나갈 듯 대답했다.

"경계장은 노인, 운량장은 소황, 소제 형제가 맡으라."

"예."

그들 역시도 사기충천한 목소리로 복창했다. 권율이 황박에게 곰티재에서 편 전술을 묻자 황박과 김제민이 번갈아가며 상세하게 설명했다.

"곰티재 초입 1차 방어선에 함정을 파고 목책을 쳤지라. 기병의 공격을 지연시킬라고 혔는디 효과가 컸지라. 2차 방어선에서는 석탄을 날리고 독뎅이를 갖다놓고 굴렸는디 지진이 난 거 같았지라. 3차 방어선에서는 화살 공격에다 백병전을 폈지라."

"황박 의병장 말씀이 틀림읎그만이라우. 곰티재에서 매복을 잘혔으믄 전과가 더 컸을 것인디 아숩당께요. 요번에는 매복을 들키지 않고 잘만 허믄 전과가 클 것이그만요."

"두 의병장의 경험담을 참고하겠소. 우리는 배티재에서 3차로 공격선을 쳐 공격할 것이오. 공격해 오는 왜군을 우리도 공격할 것이오."

무서리가 내리는 밤은 차가웠다. 진을 한 바퀴 도는데 군마도 추운지 진저리를 쳤다. 군졸들은 이부자리 없이도 곯아떨어졌다. 경계장이 권율을 찾아와 '경계에 이상이 없다'고 보고했다. 권율은 척후장 정충신을 기다리다 잠을 설쳤다. 정충신은 진산은 물론 금산까지 나가 왜군의 동태를 정탐한 뒤 새벽녘에야 돌아왔다. 정충신은 매우 민첩하고 영리했다. 양민으로 위장하여 금산성 서문 밖의 주막까지 접근해서는 고바야카와의 적정을 파악하고 재빨리 돌아왔던 것이다.

"왜장이 공격 부대를 뽑아 훈련시켜왔다고 합니다요. 그렁께 우리가 몬자 배티재로 가서 방어해부러야 헐 것 같습니다요."

"왜장이 벼르고 있음이 분명하구나."

"주모 야그로는 우두머리 왜장이 직접 나서서 그런다고 합니다요."

"우두머리 왜장이 나선다는 것은 그만큼 초조하다는 것이야."

"순찰사 나리, 각력멩키로 덤벼들믄 되치기로 받아치는 전술이 으쩌겄습니까요?"

"나는 절대로 물러서지 않을 것이야. 기병에는 기병, 화포에는 화포, 조총에는 화살로 맞설 것이다."

날이 더 밝아오자, 권율은 꼭두새벽에 대둔산으로 올라가 배티재를 바라보았다. 배티재를 넘어오는 산길이 능구렁이처럼 산허리를 휘감고 있었다. 지휘부는 배티재 정상에 두고 진산 쪽에서부터 1차, 2차, 3차 공격선을 치고 산길만 막으면 왜군이 제아무리 대규모라 하더라도 쉽게 통과하지는 못할 것 같았다. 임시막사로 돌아온 권율이 황진에게 지시했다.

"선봉장은 지금 군사를 데리고 가서 목책을 치고 함정을 파시오. 왜적이 곧 쳐들어올 것이오."

편비장 위대기와 공시억에게도 지시했다.

"산길 위쪽에 바위와 석탄을 모을 수 있는 대로 많이 모으게."

기병장에게는 3차 공격선에서 백병전을 대비할 것을 지시했다. 권율은 식사가 끝나자마자 장졸들을 즉시 배티재로 이동시켰다. 기패군은 배티재 주변 산자락으로 보내 깃발을 꽂도록 했다. 군사의 숫자를 과장하기 위한 위장 전술이었다. 취타대도 산자락으로 보내 전투가 시작되면 장졸들의 사기를 북돋우도록 명했다.

오후가 되자 금산으로 나갔던 척후병이 말을 타고 달려왔다. 왜군이 금산성을 막 떠났다는 보고였다.

"왜적이 이짝으로 오고 있그만요."

"군사의 숫자는 얼마나 되느냐?"

"이천 명은 될 것 같습니다요. 왜장은 흰색 깃발이 달린 말을 타고 있습니다요."

"흰색 깃발에 검은 매화가 그려져 있었다면 왜군 총대장일 것이다."

권율의 짐작대로였다. 가을이 돼서야 지친 심신을 회복한 노장 고바야카와가 직접 선발하여 뽑은 정예군을 진두지휘하는 모양이었다. 젊은 왜장 다치바나와 승려 출신 안코쿠지가 실패한 전주성 입성을 자신이 해내고야 말겠다는 자존심을 건 노욕, 그 이상도 이하도 아니었다. 권율 역시 전의가 솟구쳐 가벼운 흥분이 일었다. 권율의 목소리에는 벌써 힘이 들어가 있었다.

"기병장은 선봉장에게 먼저 전투준비 명을 전하라! 제장들에게도 전하라. 왜적이 금산을 떠났다고 알려라!"

권율의 명을 받은 권승경이 흙먼지를 일으키며 산길을 달렸다. 권승경은 방어선을 치고 있는 제장들을 찾아가 전투준비를 하라는 권율의 명을 전달했다. 권율은 승산이 있는 싸움이라고 확신했다. 배티재를 선점하고 있는 데다 고바야카와의 왜군과 전력이 엇비슷하기 때문이었다.

다음 날 꼭두새벽.

고바야카와는 진산에서 하룻밤 숨 고르기를 한 뒤 배티재를 향해 공격해 왔다. 산자락 여기저기에 산개해 있던 권율의 취타대 군사들이 요란한 소리를 냈다. 대둔산의 새벽 적막이 단숨에 깨졌다. 사전에 약속한 대로 기패군들도 산자락 군데군데서 깃발을 흔들었다. 위장 전술은 왜군을 위축시켰다. 공격 속도가 눈에 띄게 느려졌다. 조선군 대군이 배티재 산자락을 에워싸고 있는 것처럼 보였던 것이다.

그러나 고바야카와는 화포 공격으로 목책을 부수면서 다가왔다. 물러서는 왜군은 고바야카와가 직접 조총으로 쏴 죽였다. 고바야카와 역시 권율처럼 맞붙는 전술을 구사하고 있었다. 어느 쪽이든 치명타를 입게 될 싸움이었다. 배티재 초입에서 1차 공격선을 친 의병장 황박이 의병들을 독전했다. 곰티재처럼 방어만 하지 말고 공격할 것을 지시했다. 화살과 조총의 일전이 펼쳐졌다. 미리 파놓은 함정들은 순식간에 왜군의 시신으로 메워졌다. 그래도 왜군들은 고바야카와가 무서워 동료들의 시신을 밟고 조총을 쏘며 달려들었다. 권율도 화포 공격으로 응수했다. 던진 진천뢰가 굴러가다가 터졌다. 관군의 화포 공격은 황박의 의병들에게도 피해를 주었다. 의병들의 공격조가 흔들리자 황박이 이리저리 뛰어다니며 소리쳤다.

"물러서지 말라! 활을 쏴라!"

그때 총알이 황박의 가슴을 뚫었다. 황박이 피를 흘리며 쓰러졌다. 황박의 후손이 기록한 「죽봉황공유적竹峰黃公遺蹟」에 의하면 8월 28일의 일이었다. 황박을 덮치려고 쫓아오던 왜장도 눈에 화살을 맞고 나뒹굴었다. 황박 대신에 김제민이 나섰다. 공격조가 다시 견고해졌다. 후방에서 전투 상황을 지켜보던 늙은 고바야카와가 도리질했다. 공격을 독려하는데도 왜군들이 주춤하기 때문이었다.

이번에는 2차 공격선에 비밀 병기처럼 숨어 있던 선봉장 황진이 공격 선두에 나섰다. 원래는 황진이 먼저 왜군을 공격하려고 했지만 작전을 바꾸었다. 황박의 건의대로 그에게 1차 공격을 맡겼던 것이다. 편대장 위대기와 공시억이 황진의 좌우에서 엄호했다. 황진의 부대는 거칠 것이 없었다. 양 옆구리에 칼을 찬 황진이 맨 선두에서 공격했다. 그러자 황진 휘하의 장졸들이 물러서려던 왜군을 인정사정없이 덮쳤다. 왜군들이 비좁은 산길에서 산비탈 낭떠러지로 미끄러졌다. 산길 아래는 천 길 낭떠러지였다. 왜군들이 필사적으로 나뭇가지를 붙든 채 기어올랐다. 화살이 날아오자 한 손으로 조총을 쏘면서 버텼다. 황진이 소나무 참나무를 방패 삼아 화살을 날렸다. 화살통의 화살이 금세 동이 났다. 백발백중이었다. 처남인 소황과 소제가 화살을 가져와 건네주었다.

그런데 황진이 화살통에 또 화살을 채우려는 순간이었다. 왜군의 총알이 황진의 머리를 스쳤다.

"매부!"

"내 저고리를 찢어 싸매게."

솟구치는 피가 황진의 얼굴을 적셨다. 소황과 소제가 황진을 들쳐 업고 뛰었다. 그러자 왜군들이 괴성을 지르며 쫓아왔다. 위대기가 철퇴를 휘두르며 막았다. 철퇴를 맞은 왜군들이 박살 났다. 이때 매복해 있던 공시억이 나타나 화살 공격을 했다. 그래도 고바야카와는 승기를 잡았다는 듯 소리쳤다. 황진이 물러간 뒤에는 밀고 밀리는 치열한 공방전이 한나절이나 계속됐다. 배티재 산길이 왜군의 붉은 피로 물들었다. 권율이 말을 타고 달려와 황진이 없는 빈틈을 메웠다. 기병과 장졸들은 백병전을 폈다.

갑자기 장졸들이 마치 승리를 한 것처럼 함성을 질렀다. 업혀 갔던 황진이 머리를 싸매고 다시 나타났기 때문이었다. 권율이 위대기와 공시억의 엄호를 받으면서 고바야카와 지휘부를 향해 돌진했다. 순간 늙은 왜장 고바야카와가 비틀거렸다. 화살을 맞은 것은 아니었다. 왜군의 지지부진한 공격력을 보고는 충격을 받아서였다. 이번에는 적장이 들것에 실려 진산 쪽으로 실려 갔다. 그러자 왜군은 순식간에 전의를 상실했다. 화포 같은 무거운 무기와 시신을 버린 채 퇴각했다. 왜군의 시신이 배티재 산길을 덮었다.

배티재 싸움은 권율의 압승으로 끝났다. 곰티재에서 공을 세운 의병장 황박이 불운하게도 전사했을 뿐 장수들 모두가 무사했다. 곰티재에서 싸웠던 의병장 김제민은 누구보다도 감회가 남달랐다. 그는 곰티재에서 싸우다가 전사한 아들을 생각하며 울었다. 권율은 장졸들에게 순절한 장졸들의 시신을 깨끗하게 염한 뒤 전주로 옮기도록 명했다. 부상자들은 임시로 만든 들것에 실렸다.

황진도 들것에 들려 전주까지 갔다. 도중에 양민들이 쫓아와 말했다.

"황진 장군이 아니시믄 전주가 어찌케 무사허겄습니까요!"

전주로 돌아온 권율은 장계를 쓴 뒤 행재소로 올라갈 장수를 뽑았다. 그러나 장수들은 선뜻 나서지 못하고 주저했다. 경기도, 황해도, 평안도, 함경도 고을까지 왜군들이 분탕질을 하고 있기 때문에 행재소 가는 임무가 꺼려졌던 것이다. 이에 장수들 중에서 가장 어린 정충신이 자원했다.

행재소에서 선조를 보필하고 있던 이항복은 정충신의 용맹함에 감동하여 돌려보내지 않고 자신의 수하에 두었다. 선조는 머리에 부상을 당하고도 분투한 황진의 전공을 누구보다도 높이 치하했다. 황진을 동복 현감에서 익산 군수 겸 전라도 조방장으로 특진시켰다.

조식

아침 식사를 마친 오관 오포 수장들이 동헌에 모였다. 4차 출진에 앞서 동헌에 모이는 것은 이례적인 일이었다. 3차 출진까지는 작전 회의를 진해루에서 했던 것이다. 이순신 좌우로 조방장 정걸과 우후 이몽구가 앉았다. 나머지 장수들은 동헌방에 들어온 순서대로 자리를 잡았다. 장수들의 전의를 새삼 다지는 조식朝食을 치르기 위해서였다. 지금까지는 출진 전에 한 번도 행하지 않았던 조식이었다. 조식이란 피를 마시며 맹세하는 의식이었다. 조朝란 맹세하는 것이고, 식食이란 피를 마시는 행위를 뜻했다. 아침을 먹는 조반朝飯과 그 뜻이 전혀 달랐다. 이순신이 참좌군관 송희립에게 조식을 지시했다.

"송 군관, 조식을 준비혀."

"아무 짐승 피라도 될께라우?"

"흰 짐승이 원칙이여."

"구할 수만 있다믄 백마 피가 젤로 좋겄지라우."

"찾아보믄 있을 겨."

어금니와 송곳니가 빠져 빰 가운데가 홀쭉한 정걸이 자신의 수염 끝을 건들면서 말했다.

"백야곶 등 관내 목장에는 백마가 진작에 읎어부렀는디."

"조방장님, 그라믄 으쩔께라우?"

"남문 밖에 가믄 흰 닭을 키우는 보인保人이 있을 것이네. 아조 오래된 일이네만 흰 닭 모가지를 비틀어 조식헌 일이 있응께 염려헐 거 읎네."

"송 군관, 정 공 의견대루 흰 닭을 잡아 올 겨?"

"예, 수사 나리."

백전노장 정걸이 이가 없는 잇몸을 드러내며 웃었다. 이가 듬성듬성 빠져 볼이 쑥 꺼져 있었다. 비록 힘없는 늙은이로 보였지만 이순신이 믿고 의지하는 유일한 선배 장수였다. 이순신은 비변사에서 경장 자격으로 내려온 정걸을 극진하게 예우했다. 전투할 때 판단력이 빨랐고 임기응변이 뛰어났기 때문이었다. 조금 전만 해도 송희립이 당황하자 흰 닭이면 되니까 구해 오라고 임시변통을 재빨리 냈던 것이다.

"정 공, 이번 작전은 쉬시지유."

"장수가 멜갑시 쉬면 안 돼지라우."

"참말루 출전허시겄다는 말씀이구먼유."

"이 늙은이를 물짠 퇴물로 여기지 않고 이번 전장에도 써주신다믄 더읎이 고마운 일이지라우."

"조방장님 생각이 그렇다믄 본영을 지키는 유진장으로 남든 지유."

"장수란 싸우다 죽는 것이 훈장이랑께요. 이 공 옆에서 싸울 팅께 고런 말씸은 섭섭허그만요."

정걸은 손사래를 치면서 자신의 허연 수염을 가지런히 쓸었다. 이가 빠진 틈으로 침이 튀어나와 수염에 묻었던 것이다. 칠십팔 세의 나이에 전장으로 나간다는 것은 쉬운 일이 아니었다. 그러나 전쟁터에서 싸우는 정걸의 눈빛은 섬광 같았다. 장졸들은 그의 눈빛에 자극을 받아 용기를 냈다. 정걸을 따르고 뒤로 물러서지 않았다. 그가 있는 것만으로도 전력은 배가되었다. 지난번 싸움에서 정걸을 돌격선인 본영 거북선에 배치했던 것도 바로 그런 이유 때문이었다.

"날씨가 쌀쌀허니께 막걸리는 데워놓을 겨."

"찬 막걸리를 갖다 놓았는디라우."

"찬 피는 따뜻한 술에 타 마시는 겨."

유기종이 밖으로 나가 부엌데기 여종에게 막걸리를 데우도록 지시했다. 부엌데기 여종이 고개를 갸웃거렸다. 찬술을 즐겨 마시는 이순신이 따뜻한 술을 가지고 오라니까 의아했던 것이다.

부엌데기 여종이 술을 데우는 동안 송희립이 남문 밖에 사는 토병을 데리고 올라왔다. 토병의 양손에는 흰 닭 두 마리가 들려 있었다. 송희립이 동헌 나장에게 항아리를 가져오게 했다. 토병은 단도를 꺼내더니 송희립에게 이미 지시받은 듯 닭의 목을 순식간에 쳤다. 닭 머리가 돌멩이처럼 땅바닥으로 툭 떨어졌다. 토병은 능숙한 솜씨로 항아리에 피를 받았다. 또 한 마리의 닭도 같은 방식으로 죽인 뒤 항아리 속에 피를 채웠다.

"디진 달구새끼는 으쩔께라우?"

"보인에게서 면포 대신 가져왔응께 끓는 물에 넣어부러."

보인이란 정기적으로 면포 같은 물품을 본영에 바치고 군역을 면제받은 사람으로 토병과 달랐다. 토병은 마을에서 생활하다가도 본영에 불려 나가는 예비군이었다. 송희립은 남문 밖에 사는 보인에게 면포 대신 흰 닭을 가져온 것이었다. 닭 머리 두 개는 토병의 차지였다. 토병은 닭 머리 두 개를 호주머니에 넣고는 사라졌다.

송희립은 검대劍帶가 있는 이순신 뒷자리에 앉았다. 여종은 술이 든 항아리를 가져왔고, 뒤이어 나장이 흰 닭의 피가 든 항아리를 이순신 옆에 놓았다. 이순신부터 앞에 놓인 사발에 막걸리를 돌아가며 따랐다. 조방장 정걸, 순천 부사 권준, 낙안 군수 신호, 보성 군수 김득광, 광양 현감 어영담, 녹도 만호 정운, 방답 첨사 이순신, 사도 첨사 김완, 여도 권관 김인영, 발포 만호 황정록, 우후 이몽구 등의 사발에 막걸리가 채워지자 달달하고 시큼한 냄새가 동헌방에 진동했다.

흰 닭의 피는 이순신부터 우후 이몽구 등 막걸리를 따른 순서와 달리 반대로 돌았다. 흰 닭의 붉은 피가 섞이자 막걸리가 다홍빛으로 변했다. 다홍빛 피막걸리는 장수들의 심장을 짜릿하게 눌렀다. 조식의 예법으로는 향로에 향을 피우고 술을 세 번 올린 뒤 축문을 읽고 궐패 앞에서 사배를 하는 것이 원칙이었다. 그러나 이순신은 약식으로 피막걸리를 마시며 맹세하는 의식만 치렀다. 축문은 4차 출진을 앞둔 자신의 당부와 소회로 대신했다.

"우덜은 지난 5월 초나흘에 첫 출진혀서 한산도와 안골포 싸움인 3차 출진까정 모두 승리혔는디 이는 조상님덜의 음덕과 몸을 아끼지 않구 싸운 장졸덜의 공인 겨. 시방 우덜은 4차 출진을 앞두고 있는디 요번에는 왜적의 숨통을 끊어야 혀. 4차 출진은 부산포로 쫓아가서 왜적과 싸울 틴디 지금까지와는 다른 전투 형태가 될 겨. 왜적의 우두머리 풍신수길이 우덜 수군과 싸움을 피하라구 명령혔기 때문이여. 그러니께 우덜 작전은 추격전이나 소탕전이 될 겨. 쫓기는 쥐가 고양이에게 달려드는 형국이 될 수도 있으니께 더욱더 조심혀. 척후장이나 탐망장은 매의 눈이 돼야 실수가 읎을 겨. 알겄는가?"

4차 출진의 목적은 부산포와 양산강 일대에 숨어 있는 왜선들을 분멸시켜 남해 바다의 제해권을 완벽하게 차지하는 것이었다. 왜군의 호남 진출을 틀어막고, 해상 보급로를 끊어 평양에 있는 왜장 고니시의 군사를 고립시키는 작전이었다. 그러나 전투란 맞붙어야 승패가 나는 법인데 소탕전이나 추격전은 결정적인 승리가 없는 싸움이 될 수도 있었다. 그런가 하면 왜적이 특공대처럼 죽기 살기로 달려들면 의외로 아군이 큰 피해를 볼 수도 있었다.

피막걸리를 단숨에 들이켠 녹도 만호 정운이 벌떡 일어나 말했다.

"수사 나리, 녹도선이 제1선이 되어 나가 싸우겄습니다요."

"정 만호는 용맹 제일이여. 허나 나는 그때그때 전술에 따라 임무를 맡길 겨."

"무조건 대장선 앞으로 나가 싸우겄습니다요."

"그렇다믄 우부장이 좋을 겨."

첨자진 대오에서 이순신의 대장선 바로 앞에는 중위장이 타는 중군선이 있고, 중군선 앞의 좌우에는 좌우부장 전선이 있고, 그 앞에는 후부장, 또 그 앞에는 종대로 돌격선과 전부장, 중부장의 전선이 있었다. 그리고 대장선 뒤에는 횡대로 한후장, 유군장, 참퇴장의 전선들이 따랐다.

정운이 흰 닭의 피가 든 항아리와 막걸리가 든 항아리를 양손으로 들고 자리로 돌아가 앞에 놓인 사발에 넘치도록 따랐다. 옆자리 어영담이 흰 닭의 피가 튀자 얼굴을 뒤로 젖혔다.

"정 만호, 술이 아니데이. 조식은 한 잔만 하는 기라."

"성님, 닭 피를 섞은 술이 요로코롬 맛있는 줄 몰랐당께라우."

"수사 나리 말씸이 아직 안 끝났으니까네 얼른 마시그래이."

두 사람 말에 정걸이 잇몸을 드러내며 히죽 웃었다. 정걸 역시 술 생각이 나 있던 참이었다. 이미 모든 장수들의 사발은 비어 있었다. 이순신이 마저 한마디를 더했다.

"출진은 점심 이후 신시에 헐 겨. 출진 전에 모든 군사를 승선시키고 대기혀."

"예, 수사 나리."

"송 군관, 우수사는 워디 있는 겨?"

"침벽정에 와 있습니다요."

"정 공, 침벽정으루 함께 가지유."

이억기를 만나는데 굳이 정걸을 데리고 갈 필요는 없었지만 아껴둔 술로 정걸을 대접하고 싶었기 때문이었다. 술은 청매가 빚어놓은 매실주였다. 이순신은 위장이 안 좋아 식사 후 속이 더부룩할 때마다 매실주나 발효차를 마셔왔던 것이다. 송희립도 뒤따라왔다.

침벽정에는 이억기가 미리 와 있었다. 난간에 서서 바다를 응시하고 있던 이억기가 그 자리에 선 채 이순신을 맞이했다. 나이로 따지면 침벽정 아래로 내려와 이순신을 맞이하는 것이 옳았다. 이제 갓 서른두 살인 이억기는 이순신보다 열여섯 살이나 아래였던 것이다. 물론 벼슬로 치자면 수사로서 동급이었다. 왕실 후손인 이억기는 누구보다도 승진이 빨라 스물여섯 살에 온성부사가 됐고, 이순신은 겨우 서른두 살에 무과 급제하여 변방의 권관이 된 것이었다.

송희립이 양미간을 찌푸렸다. 이순신을 무시하는 것 같아 부아가 치밀었다. 눈치를 챈 정걸이 송희립의 옆구리를 쿡 찔렀다. 그러자 송희립이 침을 뱉듯 중얼거렸다. 자신보다도 일곱 살이나 어린 이억기가 눈에 거슬려 불쾌했던 것이다.

'어린 넘이 버르장머리 읎기는.'

그러나 무관의 상하는 문관보다 훨씬 더 엄격했다. 이억기가 송희립을 보더니 반말을 했다. 다행히 송희립이 중얼거리는 소리를 듣지 못한 것 같았다.

"송 군관, 잘 있었는가. 나도 송 군관 같은 부장이 있었으면 좋겠어."

"칭찬을 받았으니께 오늘은 우수사께 송 군관이 술 한 잔 올려야 헐 겨."

이순신의 말을 받아 정걸이 너스레를 떨었다.

"아따, 고럴 거 있겄습니까요. 송 군관을 우수사 밑으로 보내뻔집시다요."

"송 군관을 저에게 보내주신다면 더없이 고마운 일입니다."

이억기가 무슨 말인지 모르고 감사를 표하자 송희립이 한마디 대꾸도 못 하고 모래 씹은 얼굴로 도리질을 했다.

잠시 후, 승설과 청매, 부엌데기 여종이 점심상을 가져왔다. 간소한 점심이라기보다는 푸짐한 낮밥이었다. 이억기가 교자상에 가득한 음식을 보고는 크게 놀랐다. 상차림을 한 승설에게 말했다.

"이 음식들을 설명해줄 수 있겠느냐? 알고나 먹자꾸나."

"우수사님 말씸대로 야그해보그라잉."

정걸의 재촉에 머뭇거리던 승설이 손가락으로 음식을 하나하나 가리키며 말했다. 두산도에서 가져온 갓김치, 광양에서 보내온 전어회, 여수 서대회 무침, 흥양에서 보내온 장어로 곤 장어탕, 순천에서 온 벌떡게장, 보성 메주와 고춧가루로 만든 집장, 본영 수군들이 잡아 구운 청어 구이, 이순신이 별미로 먹는 노루육포, 낙지를 끓인 연포탕 등등 승설이 설명하는 동안 이순신은 속이 쓰린지 청매가 올리는 매실주를 두어 잔 먼저 마셨다.

"저는 좌수사님의 탁월한 전술과 전략으로 연전연승하신 줄 알았는데, 지금 보니 비결은 본영 장졸들이 먹는 음식에 있는 것 같습니다. 이 같은 음식을 먹고 힘을 내지 않는 장졸들이 어디 있겠습니까?"

"우덜 장졸덜이야 전시에는 국밥이나 주먹밥이지유. 으쨌든 군사덜이 배가 고프믄 싸움은 이미 지는 거지유."

정걸도 한마디 거들었다.

"전라도 군사덜이 잘 싸우는 것은 맛난 음석 배불리 묵고, 잘 자고, 칙간에 앉기만 허믄 오불오불 잘 싸뻔지는 데 비결이 있지라우."

우거지상을 하고 있던 송희립이 양미간을 풀었다. 이억기가 점심 전과 달리 이순신에게 마치 부하처럼 고분고분 대답을 공손하게 하고 있었다. 실제로 이억기는 이순신의 전략이나 전술을 반대한 적이 없었다. 그만큼 신뢰하고 따랐던 것이다.

"우수사, 요번 4차 출진은 소탕전이나 추격전이 될 거유."

"저는 좌수사님께서 지시하는 대로 움직일 것입니다. 사공이 많으면 배가 산으로 간다는 말이 있지 않습니까? 저는 오직 좌수사님을 믿을 뿐입니다."

그런데 이억기를 대하는 이순신의 행동은 과할 때가 많았다. 곁에서 직접 지켜본 송희립은 불만이 쌓일 수밖에 없었다. 지난 2월 13일에도 이순신은 이억기에게 대궐에 진상하는 화살대 백 다발과 여수에서 생산한 쇠 오십 근을 보냈는데, 이는 누가 보더라도 지나친 선물이었던 것이다. 더구나 화살대와 쇠는 비축해

두어야 할 군수물자였다. 물론 보은의 차원에서 이해를 못 할 바는 아니지만 넘치는 것이 문제였다. 본영 군관 중에서 송희립만 알고 있는 사실인데 이순신이 함경도 조산보 만호로 있을 때였다. 여진족의 침입으로 경흥 지방이 큰 피해를 입자, 당시 북병사 이일이 그 책임을 물어 경흥 부사 이경록과 이순신을 함께 하옥시켰던바, 온성 부사 이억기와 계청 군관 선거이가 적극 변호하여 풀려났던 것이다. 늦은 나이에 어렵사리 변방 무관이 되었지만 고향으로 돌아갈 뻔했던 사건이었다. 그러니 이억기는 이순신에게 갑자기 닥친 첫 위기를 무사히 넘기게 해준 은인이나 다름없었다.

"이 공, 참말로 본영 유진장으로 남지 않고 출전해부러야 속이 편헐 것 같습니다요."

"정 공께서 원하시믄 벨 수 읎지유. 조방장으루 지를 도와줘야지유."

무관들의 특징이 그렇듯 세 사람은 번개처럼 빠르게 점심을 먹고 반주로 매실주를 마셨다. 정걸이 매실주의 깊은 맛을 음미하며 한마디 했다.

"오메, 청매멩키로 시원헌 맛이 나불그만잉. 아침저녁으로 마실 수 있다믄 회춘도 허겄는디?"

"조방장님, 매실주 쪼깐 보내드릴까유?"

"아따, 이 공 말씸은 고맙지만 지 거시기는 덜렁덜렁 달고만 댕길 뿐이제 죽어분 지 오래돼야부렀그만이라우."

청매의 얼굴이 붉어졌다. 승설도 눈을 주지 못하고 허둥댔다.

그러자 송희립이 나서서 말했다.

"조방장님, 처자덜헌티 인기가 거시기헙니다요."

"아따, 송 군관 말을 듣고 봉께 으째 기분이 거시기해부네."

"조방장님도 젊은 시절에는 거시기가 대단했지라우?"

"허허, 거시기허게 그런 소리 말어. 인자 부랄 만져주는 여자도 읎는 늙은 쭉떼기헌티 말이여."

이억기가 웃다가 정색을 하고 이순신에게 물었다.

"좌수사님, 함대는 어느 때 출진합니까?"

"신시가 으쩌겄시유?"

"제 생각에도 해가 지기 전에 전선을 띄우는 것이 좋을 것 같습니다."

세 사람은 기분 좋게 점심 자리를 파했다. 정걸과 이억기는 각자의 전선으로 내려가고 이순신은 침벽정 활터에 섰다. 활터는 다른 곳과 달랐다. 과녁이 침벽정 절벽 아래 바닷가에 있었다. 바다에서 왜적과 싸울 때를 가상해서 만든 침벽정의 활터였다. 이순신은 장편 한 순을 쏘았다. 과녁이 멀어 흐릿하게 보였지만 감은 좋았다.

"다섯 발 모다 명중입니다요."

"아녀, 한 발은 과녁에 미치지 못혔어."

"어찌케 알아분게라우?"

"한 발은 팔심으루만 쐈으니께 그려. 과녁 앞에서 떨어졌을 거구먼."

"다섯 발 중에 네 발까정은 명궁수라 허지 않습니까요."

"명궁수 될라구 활을 쏘간디? 적 앞에서 내가 살어야 허니께 쏘는 겨."

이순신의 말은 정확했다. 화살을 뽑아온 수졸이 침벽정까지 뛰어올라와 소리쳤다.

"네 발 명중이그만이라우!"

과녁까지 날아가지 못한 화살은 찾지 못한 듯 네 발만 가지고 왔다. 이순신과 송희립은 바로 전선이 있는 굴강으로 내려갔다. 경계병을 제외한 수군 모두 승선한 듯 본영은 썰물 때의 바다처럼 조용했다.

이순신은 신시가 되자 예고한 대로 명령했다.

"모든 전선덜은 노량 바다루 출진혀!"

이순신과 이억기의 전선들이 장사진 대오로 소포 물목을 빠져나갔다. 노를 저어 소포를 지나면 바로 노량 바다였다. 연합함대는 관음포까지 들어가지는 않았다. 시간을 아끼기 위해서였다. 노량 바다에서 닻을 내리고 다음 작전을 짰다. 이순신과 이억기가 작전을 구상하는 동안 배식 당번은 저녁을 주먹밥으로 돌렸다.

이경을 넘어선 바다는 달빛을 받아 금빛으로 물들었다. 하현달이 달빛을 옹골지게 뿌렸다. 함대가 이동하는 데 지장이 없을 만큼 바닷길을 밝히는 달빛이었다. 이순신은 좌척후장의 보고를 받았다.

"사천 모사량포까정 갔는디 적을 발견허지 못했그만요."

"달빛이 아까우니께 닻을 올리도록 혀."

자정 무렵에 이순신은 연합함대를 사천 모사랑포로 이동시켰다. 연합함대가 모사랑포 어귀에 들자 먼동이 텄다. 그러나 안개가 짙게 낀 바다는 지척을 분간하기 어려웠다. 이순신은 전선끼리 충돌할 수도 있으므로 바다안개가 걷힐 때까지 모사랑포에서 임시로 결진하라고 지시했다.

"다음 작전지는 당포지라우?"

"근해는 암초두 많구 적덜이 숨어 있을지 모르니께 멀리 도는 바닷길이지만 당포로 갔다가 한산도루 가야 혀."

이순신 함대는 1차 출진부터 3차 출진까지 다녔던 익숙하고 안전한 미륵도 남단의 바닷길을 택했다. 이윽고 진시를 넘어서자 바다안개가 동녘의 해를 피해 달아나듯 서서히 걷혔다. 이순신은 지체하지 않고 이동을 지시했다. 연합함대가 조심스럽게 삼천포 앞바다에 들어설 무렵이었다. 원균의 부하인 평산포 만호가 달려와 자신의 직인이 찍힌 편지[公狀]를 바쳤다. 바로 그때였다. 당포에서 경상 우수사 원균의 배를 발견한 좌척후선이 돌아왔다. 이순신 연합함대는 원래 계획대로 미륵도 당포를 향해 첨자진 대오를 유지하며 남진했다.

불면의 밤

전라좌우도의 전선은 일흔네 척, 협선은 아흔두 척으로 다른 출진 때보다 보강된 전력이었다. 당포에서 사량도로 마중을 나온 경상 우수사 원균이 전라좌우도의 전선을 둘러보고는 부러워했다. 이순신의 함대는 익숙한 바닷길을 따라 당포로 가는 중이었다. 대장선으로 올라온 원균이 말했다.

"가덕 서쪽으로는 왜적들이 발을 붙이지 못하고 있습니다. 이 공께서 세 번씩이나 적을 토벌한 결과입니다. 그래서 오늘 정박할 당포가 안전한 것입니다."

"원 공께서 애써 싸우신 결과지유."

"그래도 왜적들이 벌집의 벌처럼 오글오글 김해강이나 양산강에 숨어 있어 걱정입니다. 대마도에서 지원군이 오더니 육지 위쪽에서도 내려오고 있다는 보고를 받았습니다."

"지도 순찰사 공문을 받았구먼유."

순찰사란 진주 관아에 있는 김수를 말했다. 김수가 '위로 쳐 올라갔던 적도들이 낮에는 숨고 밤에는 행군하여 양산 및 김해강 등지로 잇달아 내려오는데 짐을 가득 실은 것으로 보아 도망가고 있음이 분명하다'라는 공문을 전라 좌수영으로 보내왔던 것이다.

"내 판단으로는 도망가는 것이 아닙니다. 가덕이나 거제로 들어가 성을 쌓기 위해 모이는 왜적입니다."

"원 공의 판단이 맞구먼유. 풍신수길이가 올 때까정 성안에서 지구전으루 들어가겠다는 거지유."

"섬이나 해안에서 성을 쌓고 나오지 않으면 육전으로 바뀌어 버리니까 수군으로서는 적도를 섬멸하기가 힘들 것입니다."

"그러니께 전라좌우도 군사가 서둘러 온 거지유. 때를 놓치믄 원 공 말씀대루 심들어질 거구먼유."

"이 공, 그렇습니다. 적들이 섬으로 들어와 성을 쌓지 못하도록 가덕 부근의 적선들을 다 불태워 없애버려야 합니다."

이순신과 원균은 4차 출진의 공격 목표를 분명히 했다. 수군 수장으로서 공격 목표를 서로가 공유해야만 휘하 장졸들의 혼선을 줄일 수 있었다. 사량도에서 당포의 바닷길은 지척이었다. 남해안에서 먼 당포는 미륵도 남단 서쪽에 붙어 은폐되어 있는 조그만 포구였다. 가덕 쪽의 왜적이 위험을 무릅쓰고 넘보기 힘든 요해지였다. 이순신은 당포에서 일박할 것을 명했다. 연합함대는 경계병만 세우고 휴식을 취했다.

한밤중이었다. 이순신은 토막잠을 자다가 깨어났다. 빗소리가 벌 떼 소리처럼 웅웅거렸다. 그런가 하면 바다를 때리는 빗소리가 누군가의 속삭임 같기도 했다. 이순신은 비몽사몽간에 장대 밖으로 나갔다. 빗방울이 어두운 바다 위로 희끗희끗 스쳤다. 빗물에 흠뻑 젖은 대장선의 갑판이 번들거렸다. 어제저녁까지만 해도 원균의 대장선이 바로 옆에 있었는데, 지금은 녹도 1선이 밧줄로 매어진 채 흔들거리고 있었다. 녹도 1선은 4차 출진에서 우부장을 맡은 녹도 만호 정운이 지휘하는 전선이었다. 이순신은 순간적으로 머리끝이 쭈뼛했다. 녹도 1선 갑판 위에 누군가가 돌장승처럼 서 있었다. 경계병 수졸인가 싶었지만 아니었다. 투구를 쓰고 있는 것으로 보아 정운이 틀림없었다. 이순신은 정운을 나직하게 불렀다.

"우부장!"

"수사 나리, 으째서 나와 겨십니까요?"

"우부장헌티 묻구 싶은 말여."

"수사 나리, 건너갈께라우?"

"잠이 안 오는 겨?"

"이상허게도 빗소리가 사람 소리멩키로 들리는그만요."

"이리루 와. 이럴 때는 술 한잔 허는 겨."

편제상은 부하였지만 이순신은 두 살 많은 정운을 때로는 이심전심으로 통하는 동지같이 여겼다. 선조 24년에 유성룡의 추천을 받아 자신은 전라 좌수사로, 정운은 녹도 만호로 부임해 왔는데 그동안 함포 사격이나 전투 훈련 등 함께 호흡을 맞춰왔던 것이다. 이순신은 누구보다도 정운을 믿고 의지했다. 서로의 눈빛만 봐도 무슨 생각을 하고 있는지 이해하는 사이였던 것이다.

"누가 부르는 거 같아서 일어났는디 정 만호가 날 부른 겨?"

"빗소리를 잘못 들으신 거지라우."

"그려. 오늘 밤에는 빗소리가 사람 소리 같기두 허구 말여, 자박자박 사람 발소리 같기두 혀."

"수사 나리도 그런게라우? 지도 이 사람 저 사람이 부르는 거 같아부러서 일어났지라우."

"이 사람 저 사람이라니?"

"부모님부텀 시작해서 그동안에 만났던 사람덜이 급류멩키로 쏜살같이 흘러가뻔졌지라우."

"정 만호답지 않게 싸움을 앞두고 지나치게 긴장헌 거 아녀?"

"실지로는 맴은 아조 편한디 듣는 귀가 이상허그만이라우."

"정 만호나 나나 빗소리에 홀린 사람멩키루 이상혀."

누가 보더라도 이해할 수 없는 장면이었다. 한밤중에 일어나 술잔을 앞에 놓고 이야기를 주거니 받거니 하고 있으니 그럴 만도 했다. 승전한 뒤 자축하는 술도 아니고, 휴식하는 동안 출출해서 마시는 술도 아니었다. 그런데도 두 사람은 먼동이 틀 때까지 마셨다. 새벽에는 비와 바람이 섞여 몰아쳤다. 장대 안까지 빗방울이 흩날렸다.

정운이 일어서면서 갑자기 눈물을 흘렸다. 용장으로 소문난 정운이 눈물을 보인 것은 드문 일이었다. 감정이 복받쳐 흘리는 눈물이었다.

"수사 나리, 지를 믿어줘서 고맙그만요."

"정 만호, 무신 소리여. 다시는 안 볼 사람멩키루."

"수사 나리와 만난 지 일 년하고도 반이 지나부렀습니다요. 지는 그저 앞으로도 쭈욱 수사 나리와 함께 왜놈덜과 싸우기를 바랄 뿐이그만요."

이순신도 순간 콧잔등이 시큰했다. 충절과 기개만으로 따진다면 정운을 따를 장수가 없었다. 정운의 눈물을 보자 이순신도 마음이 약해졌던 것이다. 그때 송희립이 오지 않았더라면 이순신도 눈물을 흘리며 정운의 손을 맞잡았을지도 몰랐다. 정운에게 손을 내밀려고 하다가는 송희립을 보고 거둬들였던 것이다.

"우부장님, 으쩐 일이다요? 아칙 일찍부텀 으째서 대장선에 겨신다요?"

"잠이 안 와서 간밤에 나리와 술 한잔 해부렀네."

"자네는 워쩐 일인가?"

"시방 비바람이 불어분께 배가 출발하기는 에러울 것 같은디요, 으쨌든 수사 나리 지시를 받을라고 왔지라우."

비바람은 새벽부터 거세졌다. 바다가 꿀렁거리고 몸집을 불린 파도 때문에 정박한 전선과 협선들이 심하게 요동쳤다. 척후선을 띄울 수 없을 정도였다. 이순신은 망설이지 않고 송희립에게 지시했다.

"명이 있을 때까정 당포에서 그대루 정박혀."

"예, 수사 나리."

이순신은 아침을 먹지 않고 어두컴컴한 선실로 내려가 잠을 잤다. 부식 창고에서 퀴퀴한 냄새가 났지만 이순신은 곧 깊은 잠에 곯아떨어졌다. 정운 역시 녹도 1선으로 돌아와 간밤에 일어났던 일을 꿈꾼 것마냥 흘려버리고 깊은 잠을 잤다. 선실 안이 울릴 만큼 드르렁드르렁 코를 골았다. 장수가 쉴 때는 수졸들도 따라서 쉬는 법이었다. 녹도 1선 수졸들은 어제 그물로 잡아 올린 금풍쉥이와 서대를 간식거리로 요리했다. 금풍쉥이와 서대는 여수와 흥양 사람들이 좋아하는 바닷고기였다. 수졸들은 손바닥만 한 금풍쉥이는 구이로, 서대는 회로 만들어 먹었다. 금풍쉥이는 머리부터 아작아작 씹어 먹었고, 서대는 깍두기처럼 썰어서 싱싱하고 달달한 맛을 즐겼다. 특히 서대는 겨울에 살짝 언 홍시처럼 사각사각 씹히는 식감이 그만이었다.

비바람은 날이 저물녘에야 멈추었다. 이순신은 연합함대 장수들에게 발선을 지시했다. 연합함대는 미륵도를 돌아 거제도로 향해 나아갔다. 거제도 자을우치資乙于赤에 이르러서는 날이 어두워질 때까지 기다렸다가 밤을 이용하여 몰래 견내량으로 들어갔다.

견내량에서 다시 원균을 만나 작전을 구상했다. 순천 부사 권준도 함께 자리했다. 원균은 권준을 반갑게 맞이했다. 문관 출신이지만 권준의 계책이 뛰어나다는 말을 이순신에게 종종 들었기 때문이었다.

"이번에는 어떤 싸움이 될 것 같소?"

"이 수사님께서 이미 좌수영 장수들에게 당부한 바 있소."

"그것이 무엇이오?"

"추격전 내지는 소탕전이 될 것이라 했소. 왜적이 우리와 싸우려 들지 않을 것이기 때문에 그렇소."

원균과 권준은 나이가 엇비슷하여 서로 존댓말을 썼다. 물론 이순신도 권준에게는 예를 갖추어 말했다. 이순신이 전라 감사 조방장이었을 때 권준은 순천 부사로서 벼슬이 더 높았던 것이다. 그래서인지 이순신은 권준보다 무부 기질을 타고 난 권준의 동생과 스스럼없이 더 잘 어울렸다.

"권 부사께서도 이제 경상우도 바다 사정을 어지간히 알겠습니다."

"제 구역처럼 밝아졌다고는 하지만 아직은 이 수사님보다 어둡습니다."

이순신은 연합함대를 다시 옮겨 거제의 각호사 앞바다에서 밤을 보내기 위해 결진했다. 각호사로 탐망군 수졸을 보내 보고받기도 했지만 밤새 위험한 징후는 없었다. 비바람이 그친 밤바다는 요를 펼쳐놓은 것처럼 부드럽고 폭신한 느낌을 주었다. 그런데도 이순신은 또다시 불면의 밤을 보냈다. 몸과 정신의 상태가 달랐다. 정신은 흐트러진 적이 없었지만 몸은 젖은 소금가마처럼 무거웠다. 뒤척이는 이순신에게 밤은 더디게 흘렀고 새벽은 멀었다. 어제는 푸른 새벽빛을 오래된 친구처럼 기다리기도 했다. 날이 새는 동안 이순신이 내리는 첫 지시는 척후선이나 탐망선을 띄우는 일이었다.

거제의 각호사 앞바다에서 하룻밤을 보내고 난 뒤, 칠내도에 이르니 미리 나갔던 척후선이 돌아와 대장선으로 다가왔다. 송희립이 소리쳐 물었다.

"무신 일이오?"

"사또 나리를 만나고 싶다고 웅천 현감께서 와부렀습니다요."

그러자 이순신이 나서서 말했다.

"이종인 장수께서 오신 겨?"

"이름은 모르겄는디 웅천 현감이라고 합니다요."

"얼릉 안내혀."

협선을 타고 온 이종인이 대장선에 오르자 이순신이 장대에서 내려와 그를 덥석 껴안았다. 이종인도 반가워서 큰 소리로 말했다.

"이 장군, 얼마 만이요?"

"아, 구 년 만이 아니유?"

함경도 병마절도사 밑에서 군관으로 있을 때 만났던 이종인이었다. 그 역시도 무과 급제 이후 그곳 변방 군관으로 부임해와 있었던 것이다. 이순신이 그를 잊지 못한 것은 그의 호걸스러운 기질 때문이었다. 국경을 넘어온 여진족을 토벌할 때 이종인이 선두에 서서 비호처럼 추격전을 벌이곤 했던 것이다. 그의 호협한 성정과 무재로 보아 아직까지도 벼슬이 시원찮은 것은 이끌어주는 사람이 없거나 벼슬에 연연하지 않는 털털한 성격 때문인지도 몰랐다.

"이 수사를 만나고 싶었지만 기회가 여의치 않았소."

"이 장군 같은 호걸을 알아주지 않는 세상이 참말로 원망스럽구먼유."

"난 이 수사가 호주머니 송곳처럼 반드시 옷을 뚫고 나올 줄 알았소. 그때도 이 수사는 지와 용, 덕을 다 갖추고 있었소."

"아이고, 이 장군이야말로 나라가 필요로 하는 장수 중에 장수지유."

"나는 나를 잘 알지요. 용은 있으되 지와 덕이 부족해 일류가 되지 못하는 장수지요. 하하하."

이종인이 크게 웃는 바람에 대장선에 모여 있던 이순신의 부하 장졸들이 움찔했다.

"웅천의 사정은 워치게 돌아가구 있슈?"

"왜적들이 웅천 부근으로 모이고 있소. 지금까지 내 칼로 벤 왜적의 머리가 서른다섯 개나 되오."

"이 장군이 웅천을 지키구 있으니께 웅천 바다가 잠잠해질 거구먼유."

"이 수사, 이곳 웅천 바다는 안전하니 이곳에서 머무르시오."

"이 장군을 믿구 오늘은 이곳에서 정박허겄슈."

"이곳 웅천에서 바다로 내려가는 왜적들은 없을 것이오. 그러니 웅천 바다에서 편하게 보내실 수 있을 것이오."

"그동안 워디에 겨셨슈?"

"변방 같지 않은 외지만 돌았습니다. 지금에야 제자리를 찾은 것 같소."

"나라 전체가 혼란에 빠졌는디 그런 변방두 있슈?"

"싸움이 벌어지고 있는 변방이 진짜 변방이지요."

"하하하. 마치 물고기가 물을 만난 듯허구먼유."

이순신은 옛날 벗을 만나 회포를 푼 듯 크게 웃었다. 모처럼 이순신의 얼굴에 화색이 돌았다. 그러나 전시 중이었으므로 이순신과 이종인은 짧게 만날 수밖에 없었다. 이순신은 웅천 현감 이종인이 타고 온 협선이 보이지 않을 때까지 뱃머리에 서서 손을 흔들었다. 아쉬웠지만 마음속으로 재회를 기약할 뿐이었다.

'잘 가슈. 또 만날 날이 있겄지유.'

이순신은 날이 저물기를 기다렸다가 웅천의 제포 서쪽 원포를 지나 닻을 내렸다. 시간은 초저녁인 이경이었다. 갑자기 서늘한 서풍이 불어오자 얼굴과 팔뚝에 소름이 돋았다. 바다의 기온은 낮과 밤이 크게 달랐다.

이순신은 자리에 누웠으나 또다시 잠을 이루지 못했다. 어젯밤에 단둘이 술을 마셨던 정운과 오후에 왔다 간 이종인의 그림자가 머리맡에서 어른거렸다. 자정이 넘어서야 겨우 옅은 잠에 든 이순신은 꿈을 꾸었다. 머리를 무겁게 하는 악몽이었다. 꿈속이었지만 군사 중에 누군가가 목매 죽었다. 죽은 자의 시신이 나뭇가지에 매달려 흔들거렸다. 잠시 후에는 이순신 자신이 산중으로 옮겨지는 흰 상여 뒤를 따라가고 있었다. 이순신은 벌떡 일어나 도리질을 했다.

'국록을 받는 장졸이 나라의 은혜에 보답혀야 허는디두 목매 죽다니, 이건 용서받지 못할 불충인 겨.'

장대에서 내려온 이순신은 뒤숭숭한 머릿속을 정리하고자 장검을 칼집에서 빼어 들었다. 그런 뒤 적이 눈앞에 있는 것처럼 몇 번이나 허공을 갈랐다. 그래도 가슴이 답답하여 등에서 땀이 날 때까지 이리저리 칼을 휘둘렀다. 송희립은 평소에 보지 못했던 이순신의 모습에 감히 말도 꺼내지 못했다.

'무신 일이 생기신 것일까?'

이순신의 행동은 변덕스럽기까지 했다. 낮에는 이종인을 만나 껄껄 웃더니 밤에는 미친 듯이 칼을 꺼내 허공을 베고 있으니 종잡을 수 없었던 것이다. 그러나 이순신은 새벽까지 몇 번이나 장대에서 내려와 칼을 휘둘렀다. 이번 4차 출진의 부담감으로 그러는지도 몰랐다. 이순신은 4차 출진에서 왜 수군의 숨통을 무자비하게 끊어버리고 싶어 했다. 남해의 제해권을 완전하게 틀어쥐어야만 임란의 방향을 조선군 쪽으로 유리하게 틀 수 있기 때문이었다.

송희립은 보고할 사항이 생긴 뒤에야 이순신에게 다가와 말했다.

"수사 나리, 육지로 탐망 나갔던 수졸이 돌아왔습니다요."

"올려 보낼 겨?"

"벌써 대장선에 올라와 있습니다요."

탐망 수졸이 이순신 앞으로 와 보고했다.

"고성, 진해, 창원 등지에서 노략질허든 왜적덜이 밤중에 다 도망갔습니다요."

"직접 보았는겨?"

"진해, 창원 포작덜 몇 사람헌티서 들었습니다요."

"수고혔다."

탐망 수졸이 돌아간 뒤 송희립이 말했다.

"인자 우리덜이 나타나기만 해도 왜적덜이 겁을 묵는 것 같습니다요."

"풍신수길이 우덜을 피하라는 명을 내렸기 때문일 겨."

"이런 싸움은 첨이그만요."

"높은 산에서 망보던 적덜이 우덜 함대의 위엄에 놀라 아마도 배를 정박해둔 곳으로 도망쳤을 겨."

"왜적이 배를 숨겨둔 곳을 찾는 것이 급선무그만요."

"지금부텀 철저허게 수색허구 탐망혀야 혀."

이순신은 김해강과 양산강 앞바다로 발선을 지시했다. 탐망선도 곧바로 띄웠다. 왜적이 집결해 숨은 곳을 그쪽으로 짐작했기 때문이었다. 그러나 왜적에게 포로로 잡혀 있다가 탈출해 온 창원 구곡포 보자기 정말석의 말로는 왜선들은 이미 그곳을 빠져나갔다는 것이었다.

"김해강에 있던 배들은 떼를 지어 다 몰운대 바깥 바다로 가삐렀십니더. 소인은 적들이 도망치느라꼬 정신이 읎을 때 틈을 보아 탈출했십니더."

"니가 아니었드라믄 우덜이 헛심을 쓸 뻔했다. 송 군관, 정말석을 배불리 멕이고 보살펴줘야 혀."

"예, 수사 나리."

이순신은 공격 목표를 몰운대 바깥 바다로 잡고 장수들을 불러 연합함대의 위치부터 정했다. 연합함대는 가덕도 북변의 서쪽 기슭에 숨어 있게 했다. 그런 뒤 이순신은 방답 첨사 이순신과 광양 현감 어영담에게 가덕도 북단 양쪽에서 넓게 지키라는 명을 내렸다.

“이 첨사와 어 현감은 가덕도 바깥 양쪽에 잠복혀 있다가 적선의 동태를 잘 살펴야 혀.”

그리고 또 하나의 탐망조를 급히 짠 뒤 탐망선장을 불러 지시했다.

“양산강의 적선을 수색해야 혀.”

김해강은 정말석의 보고로 의심이 해소되었으나 양산강의 적정은 아직 파악하지 못했기 때문이었다. 해전에서는 전방보다는 후방이 더 두려운 법이었다. 오후 유시가 되어서야 양산강으로 나갔던 탐망군이 돌아왔다. 탐망 수졸이 보고한 바로는 적정이 김해강 상황과 비슷했다. 왜 수군 함대가 이미 양산강을 빠져나갔던 것이다.

“종일 살펴보았으나 왜놈덜 소선 네 척이 몰운대로 가는 것을 보았을 뿐입니다요.”

“우덜이 앞으로 나아가더라두 이제부텀은 뒤를 안심혈 수 있을 겨.”

왜선의 주력부대는 이미 몰운대 바다로 갔음이 틀림없었다. 이제는 후방을 걱정하지 않고 바로 몰운대나 부산포를 공격해도 안심이 되는 상황이었다. 이순신은 바다에 닻을 내리지 않고 바로 천성 선창으로 가 최후의 일전을 준비했다. 이순신의 결심은 확고부동했다. 몰운대와 부산포 사이에 있는 왜선들을 분멸해버리는 것이었다.

부산포 해전

천성 선창은 서쪽으로 열린 포구였다. 소쿠리처럼 생긴 천혜의 요해지로 포구 초입의 남쪽과 북쪽에 솟은 두 산이 샛바람이나 마파람을 막아주었고, 연대봉의 봉수대는 왜적의 출몰을 재빨리 알려주었다. 이순신은 천성 선창에서 하룻밤을 보낸 뒤 일찍 함대의 이동을 서둘렀다. 간밤 작전 회의에서 첫닭이 우는 시각에 배들을 발선시키라고 지시했던 것이다.

첫닭이 운다고 새벽이 바로 오는 것은 아니었다. 바다는 갑오징어 먹물처럼 비릿하고 캄캄했다. 그러나 짙은 어둠도 조선 수군의 연합함대가 이동하는 데 장애가 되지 않았다. 이순신은 가덕도 일대의 바닷길을 이미 훤하게 숙지하고 있었다. 물론 원균 역시도 가덕 일대 바다 사정을 세세하게 꿰뚫고 있었다.

"여그서부터는 원 공의 함대가 앞장서지유."

"이 공, 우리 배들이 향도하리다."

전라도와 경상우도의 연합함대는 양산강과 김해강이 흘러드는 바다를 향해 북진해 갔다. 좌측 특공대장 격인 좌별도장 이몽구의 전선이 원균 함대를 바짝 뒤따랐다. 이제는 모든 장수들이 뒤로 물러서지 않고 선두에 나서려고 했다. 연전연승의 경험으로 인한 자신감의 발로였다. 송희립이 대장선의 장대에 오르며 말했다.

"인자 소탕전이지라우?"

"두 강으로부텀 왜적의 주력 전선덜이 빠져나갔어두 워딘가 멫 척은 남아 있을 겨."

"낙오한 전선덜이라 쉽게 제압허겄지라우."

"그래도 최선을 다해 잡아야 혀."

이순신이 걱정하고 있는 문제는 따로 있었다. 왜 수군의 주력함대가 아니므로 해전은 걱정되지 않았지만 수심이 얕은 김해강과 양산강의 지세를 신경 쓰지 않을 수 없었다. 거북선이나 판옥선은 수심이 얕고 폭이 좁은 강에서는 전투력을 발휘할 수 없기 때문이었다.

"소탕전이 만족스럽지는 못헐 겨."

"우덜 전선이 강 짚숙이 들어가불지 못한께 그러겄지라우."

송희립은 이순신의 마음을 정확하게 간파했다.

"어차피 큰 싸움은 부산 앞바다에서 헐 겨."

"그땐 왜놈덜이 더 물러갈 디가 읎응께 발악을 허겄지라우."

먼동이 붉게 트고 날이 푸르스름하게 밝아왔다. 조선 수군 연합함대는 동래 땅 장림포 앞바다에 이르러 양산강에서 나오는 왜 대선 네 척과 소선 두 척을 발견했다. 뒤늦게 부산포로 돌아가는 왜선들이었다. 돌아온 척후병이 왜적의 숫자를 보고했다.

"삼십여 멩은 되는 것 같습니다요."

"아녀. 대선 네 척에다 소선 두 척이믄 삼백여 명은 될 겨."

이순신은 척후병이 왜선의 갑판에 나와 있는 숫자만 세어본 것으로 짐작했다. 대선이 네 척이나 되는데 왜군이 삼십여 명만 탔을 리가 없었다. 대선 한 척에 적게 잡아서 칠십여 명만 타고 있다 해도 네 척이니 이백팔십 명이 되는 것이었다.

그런데 왜군들은 조선 수군의 연합함대를 보자마자 배를 버리고 도망쳤다. 예상한 일이었다. 바다로 뛰어내리더니 개헤엄을 쳐서 모두 육지로 달아났다. 원균이 대장선으로 올라와 이순신에게 말했다.

"이 공, 왜놈들 추포는 우리 장졸들에게 맡기시오. 배를 불사르고 뭍으로 올라가 적을 잡아 목을 베겠소."

"원 공, 배는 불사르되 추격은 허지 마슈. 우덜은 시방 큰 싸움을 앞두고 있소."

낙오한 왜군을 쫓기보다는 주력함대를 찾아내어 싸우자는 이순신의 전략이었다. 그래도 원균의 부하들은 상관의 명을 어기고 전공에 집착했다. 왜 수군이 버리고 간 배들을 불 지른 뒤, 왜적을 추포하려고 육지로 올라갔다.

좌돌격장 이몽구도 양산강으로 다시 달아나는 왜 대선 한 척에다 화포를 연달아 쏘아대고는 바다에 뛰어든 왜적의 머리 한 개를 벴다. 강어귀는 예상한 대로였다. 강폭이 좁고 수심이 얕아

판옥선 등의 전선들이 좌우를 오가고 회전하며 싸우기에 적당치 않았다. 송희립이 판단하여 이순신에게 보고했다.

"수사 나리께서 짐작하신 대로그만요. 강으로 들어가믄 우리 전선덜 움직이기가 불리하겄그만요."

"겡상도 이짝은 원 수사 정보가 정확할 겨. 송 군관, 여그 바다와 지세에 밝은 원 수사의 말을 참고혀야 혀."

"수사가 수사다워야제 믿지라우."

"전장에서는 공과 사를 구분혀야 혀. 싸움에서는 이기는 것이 최선이여."

이순신은 4차 출진의 모든 작전을 원균과 상의했다. 원균이 경상 우수영 관내의 사정을 이순신보다 더 잘 알기 때문이었다. 물론 전라 우수영 수사 이억기도 참여시켰다. 세 사람은 가덕도 북변으로 되돌아와서 밤새껏 작전을 구상했다. 이순신은 불면의 밤을 작전 회의를 하며 보냈다. 원균은 주로 지세를 이야기했다.

"이 공, 부산포로 가려면 몰운대를 지나야 하오. 몰운대를 지나면 여러 곳의 포구가 있는데, 화준구미가 있고, 다대포가 있고, 서평포가 있고, 절영도가 있고 초량목이 있소."

"포구마다 왜선이 있다구 봐야지유?"

"퇴각하는 군사와 노략질한 물건을 실어 나르는 배들이 몇 척씩 있소. 주력부대가 아니니까 아마도 우리의 적수가 되지 못할 것이오."

이억기가 물었다.

"원 공, 주력함대는 어디에 있습니까?"

"부산포에 왜놈들의 대함대가 정박하고 있지요."

이순신이 두 사람의 대화에 또 끼어들었다.

"절영도 산속에 왜군이 숨어 있을지 모르니께 조심혀야지유."

"이 공 말씀이 옳습니다. 절영도를 놔두고 부산포를 마음 놓고 칠 수는 없소이다."

작전 회의라기보다는 마치 심야 정담을 나누듯 세 사람은 첫닭이 울 때까지 편안하게 이야기를 주고받았다. 이순신이 좋아하는 노루 육포를 안주 삼아 막걸리도 몇 사발씩 마셨다. 출출해진 빈속을 요기할 정도였다.

부산포 쪽에서 첫닭 우는 소리가 아련하게 들리자, 지척에 있는 크고 작은 섬에서도 닭이 울었다. 이순신은 어제처럼 함대의 발선을 지시했다. 달빛 한 점 없는 그믐날 밤이었으므로 사위는 칠흑처럼 캄캄했다. 전선에 부딪치는 파도 소리만 들릴 뿐 아무것도 보이지 않았다. 그러나 조선 수군의 연합함대는 익숙한 바닷길인 듯 정해진 방향과 순서대로 이동했다.

"몰운대까정 장사진으로 북진혀."

"수사 나리, 샛바람이 불고 있습니다요."

"샛바람도 인자 두려와헐 거 읎구먼."

샛바람, 즉 동풍이 왜국 쪽에서 불어오기 때문에 한때는 불길한 징조로 여겼던 때도 있었던 것이다. 앞서가던 우부장 정운이 녹도 1선을 대장선에 붙이더니 껑충 건너와 말했다.

"잠은 편하게 주무셨는게라우?"

"잠이 오지 않으니께 수사덜허구 밤새껏 야그를 나눴구먼."

송희립이 정운에게 말했다.

“성님은 겁이 읎어라우잉. 배끼리 부닥치믄 어쩔라고 녹도 배를 옆구리에 붙여부요. 그라고 또 아그덜멩키로 배가 심하게 움직여분디도 건너뛰어 와부요.”

“송 군관도 인자 봉께 겁이 많네잉.”

“멜치 똥멩키로 시커먼 바다로 빠지믄 시신도 못 찾응께 그라지라우.”

“나가 멜갑시 왔겄능가. 나리께 헐 말이 있응께 왔제.”

이순신은 정운을 반갑게 맞았다.

“워쩐 일루 왔는 겨?”

“부탁드릴 말씸이 있그만요.”

“부탁이라구? 말혀.”

“시방 지 임무가 우부장 아닌게라우.”

“임무를 바꽈달라는 겨?”

“지는 별도장으로 싸우고 싶은디 안 될께라우?”

“안 될 것은 읎는디…….”

이순신은 적진 깊숙이 들어가 싸우는 별도장이 되겠다는 정운의 충정을 마음속으로 고마워했다. 정운은 전투 때마다 뒤로 물러서지 않고 늘 앞으로 나서서 싸우려고 했던 것이다.

“좌별도장이 있는디 바꾸기는 쪼깐 그려. 그러니께 상황에 따라 정 만호 판단대루 별도장 역할을 허믄 될 겨.”

“알겄습니다.”

“여그까정 와서 굳이 고런 야그까정 헐 필요가 있는 겨?”

"장수덜이 지보고 전공 세울라고 앞장선다는 둥 오해를 해싼께 답답해서 왔그만요."

정운은 바로 돌아갔다. 앞으로 벌어질 싸움에서 앞서더라도 이순신만큼은 오해하지 말라는 뜻이었다. 가끔은 이순신도 정운이 저돌적으로 나서는 것을 막지 못할 때가 있었다. 정운의 행동을 막을 수 있는 사람은 오직 정걸뿐이었다. 정걸이 만류하면 대부분 수긍하고 태도를 누그러뜨렸던 것이다.

아침 해가 뜨는 진시가 되자, 조선 수군의 연합함대는 몰운대에 이르렀다. 날은 이미 밝아 몰운대 앞바다가 한 점 숨김없이 멀리 드러나 보였다. 파도는 뜻밖에 사나왔다. 김해강과 양산강이 바다와 만나면서 마치 샅바 싸움을 하듯 서로 밀어내기를 하고 있기 때문이었다. 때마침 샛바람이 거칠게 불어 파도가 크게 출렁거렸다.

연합함대는 모든 전선들의 돛을 내리고 힘껏 노를 저어 간신히 나아갔다. 간밤에 원균이 말한 대로였다. 노략질한 물건을 실어 나르는 왜선들이 포구마다 몇 척씩 정박해 있었다. 화준구미에 이르자 왜 대선 다섯 척, 다대포 앞바다에서는 왜 대선 여덟 척, 서평포 앞바다에서도 왜 대선 아홉 척, 절영도 앞바다에서 역시 왜 대선 두 척을 만났으나 별다른 저항은 없었다. 왜군들은 조선 수군의 연합함대를 보자마자 배를 버리고 산으로 줄행랑을 놓았다. 두 달 전에 히데요시가 조선 수군을 먼저 치지 말라고 명했기 때문이었다. 왜군이 배를 버리고 도망칠 때마다 정운이 탄 녹도 1선이 가장 먼저 선두로 튀어나와 왜선에 화포를 쏘고 불화살을 날렸다.

"불화살을 쏴부러라!"

"만호 나리, 기 현령이 방해를 해붑니다요."

"뭣이라고?"

"바닷물을 부어 불을 끄고 있습니다요. 기효근 군사에게 우리 군사가 다쳐불겄습니다요."

원균의 부하인 남해 현령 기효근이 왜 대선 안에 든 전리품을 탐해서였다. 기효근이 불붙은 왜 대선으로 다가가 바닷물을 부어 불을 끄고 있는 것이었다. 정운 부하 중에 한 수졸이 기효근이 던진 갈고리에 다치기도 했다. 정운의 부하들이 반발했다. 정운 역시 분격하여 소리쳤다.

"기효근아! 니는 어찌하여 심을 합쳐 적을 치지 않고 도리어 왜적을 죽이는 우리덜을 공격하는가! 적에게 효성 지극한 사람이 있다믄 바로 니로구나!"

정운이 소리치자 그제야 기효근이 물러갔다. 이순신의 작전도 정운의 생각과 같았다. 목표는 부산포의 왜선 함대를 섬멸하는 것이었으므로 지체하지 말라고 엄명했다.

"왜선을 쳐부수기만 혀. 배 위루 올라가 왜의 물건들을 끌어내지 말구 불 지르기만 혀."

이순신은 원균의 장수들이 산으로 도망간 왜군을 추포하자고 또다시 건의했지만 받아들이지 않았다. 부산포의 왜 수군 함대를 생각하면 그럴 시간이 없었다. 조방장 정걸도 이순신의 명령대로 왜 대선을 불 지를 뿐 그 이상의 공격은 자제하도록 지휘했다. 원균도 나중에는 이순신의 뜻을 받들었다.

"이 공, 왜놈덜이 전의를 완전히 상실했으니 쫓아가 목을 베기는 쉬운 일이나 그보다도 부산포의 왜놈덜을 쓸어 없애야 하니 별수 없소이다."

"우덜만 보믄 왜적덜이 달아나버리니께 그래야지유."

이윽고 연합함대는 절영도에 배를 대고 섬 전체를 수색했다. 그러나 절영도 섬 안에는 왜적이 한 명도 없었다. 이미 부산진성으로 돌아간 뒤였다. 이순신은 즉시 밀탐선密探船을 부산 앞바다로 급히 보냈다. 밀탐선이란 탐망선의 일종인데 어부의 포작선으로 위장하여 적진 깊숙이 들어가 정찰하는 배였다.

밀탐선의 탐망조장이 돌아와 보고했다.

"부산포 선창 동쪽 산기슭 언덕 아래에 오백여 척이 줄지어 있습니다요. 선봉대로 보이는 왜 대선 네 척이 초량목으로 나오는 것을 봤습니다요."

늙은 조방장 정걸이 놀랐다.

"오백여 척이나 된다는 말이냐!"

"지 눈으로 세 봤그만요. 괴기 두름멩키로 나라비 있어부러 세기가 편했습니다요."

이순신은 즉시 이억기와 원균을 불러 적정을 보고 받은 대로 알려주었다. 두 수사의 반응은 엇갈렸다. 원균은 예상한 대로라는 듯 덤덤했고 이억기는 놀란 채 이순신의 입만 바라보았다. 조선 수군의 연합함대보다 두 배 이상의 전력이니 이억기가 놀라는 것은 당연했다. 그러나 이순신이 믿는 것은 히데요시의 선제

공격 중지 명령이었다. 왜 수군은 조선 수군을 먼저 공격하지 말라는 히데요시의 명을 받은 바 있으므로 방어전에 치중할 터였다. 선제공격은 조선 수군 연합함대의 몫이었다.

"여그까정 와서 공격허지 않으믄 적덜이 우덜을 얕잡아볼 거구먼유."

"이 공의 말씀이 맞소이다."

"우덜 군사의 위세를 가지구 만약 지금 치지 않구 돌아간다믄 적덜은 반다시 우덜을 멸시하는 맴이 생길 거구먼유."

"여기서 물러간다는 것은 무부로서 비겁한 일입니다."

이억기의 말에 이순신은 공격 명령을 내렸다.

"우덜이 몬자 공격혀야지유."

원균과 이억기가 돌아간 뒤, 이순신은 중위장 순천 부사 권준에게 공격 명령을 전달했다. 그러자 권준이 나발을 길게 불고 독전기를 흔들며 공격 명령을 각 전선에 하달했다. 또다시 이순신 함대 특유의 돌격전이 벌어졌다. 거북선 돌격장 본영 군관 이언량, 전부장 방답 첨사 이순신, 좌부장 낙안 군수 신호 등이 지체하지 않고 돌진했다. 우부장 녹도 만호 정운의 녹도 1선이 선두로 나서서 공격했다.

"화포를 쏴라!"

이언량이 탄 거북선 용두에서 화포가 불을 뿜었다. 뒤이어 나선 장수들의 전선에서 화포 공격이 일제히 시작됐다. 천둥 번개가 치듯 함포 사격이 초량목 바다를 뒤흔들었다. 초량목을 빠져나오던 선봉대 왜 대선 네 척은 순식간에 연기를 피우며 불에 탔다. 배에서 뛰어내린 왜군들이 허우적거리며 육지로 헤엄쳐 달아났다. 다음 공격 목표는 부산포였다.

"장사진 대오로 이동하라!"

나발 소리에 맞추어 전선들은 장사진 대오를 지었다. 좁은 해협이므로 뱀처럼 줄을 지어 지나야 했다. 중위장 방답 첨사 이순신이 취타군과 기패군을 지휘했다. 취타군은 나발을 불며 징과 북을 치고 기패군들은 남색, 황색, 백색, 흑색 등 독전의 깃발을 흔들었다.

왜선들은 부산진성 동쪽 산으로부터 오 리쯤 되는 언덕 밑 세 곳에 분산돼 있었다. 대선과 중선, 소선을 합치면 사백칠십여 척쯤 되었다. 그런데도 왜군은 대부분 배를 버리고 산으로 올라갔다. 해전을 피하고 수성전으로 맞서겠다는 방어 전술이었다. 배 안과 성안, 산속 동굴에 있던 왜적들이 화포와 조총, 활을 가지고 산기슭으로 올라가 여섯 개조로 나뉘어 진을 쳤다.

지형 조건으로는 조선 수군을 내려다보며 방어하는 왜군이 더 유리했다. 왜군들이 괴성을 지르며 조선 수군에게 먼저 화포와 조총, 활을 쏘아댔다. 특히 편전이 빗발치듯 날아왔다. 송희립이 소리쳤다.

"편전이 우리 꺼멩키로 멀리 날아와부네!"

뿐만 아니었다. 모과만 한 대철환이 우박 쏟아지듯 날아와 전선에 떨어졌다. 그런가 하면 투석기를 이용한 듯 주발만 한 석탄이 전선 갑판까지 날아와 수졸들이 부상을 당했다. 철환에 맞아 죽거나 석탄을 맞아 중상을 입는 수졸들이 속속 생겨났다. 공방이 계속되면서 방답 1선의 사부인 순천 수군 김천회, 여도선의 분군 색리인 흥양 수군 박석산, 사도 3선의 격군인 능성 수군 김개문, 본영 한후선의 격군인 토병 노비 수배, 사공인 보자기 김숙련 등이 죽었다.

그러나 불리한 위치에 있으면서도 조선 수군의 공격은 밀리지 않았다. 거북선은 왜선 함대를 향해 돌진한 뒤 총통을 쏘아 부수며 불태웠고, 전선들은 언덕 밑으로 접근하여 산기슭의 왜적들을 향해 천자, 지자총통에다 장군전, 피령전, 장전, 편전, 철환 등을 쉬지 않고 발사하곤 했다.

공방전은 하루 종일 이어졌다. 왜 대선 백여 척이 불탄 뒤 가라앉았다. 조선 수군은 왜 대선만을 찾아 겨냥해서 공격했던 것이다. 왜 수군의 중선과 소선은 해전에서는 위력을 발휘하지 못했기 때문이었다. 그러자 산기슭 진지에서 화포와 활, 조총을 쏘아대던 왜군의 기세가 한풀 꺾였다. 이동하려면 배를 타야 하는데 백여 척이 수장돼버렸기 때문이었다. 그러니 왜군들의 사기가 절로 꺾일 수밖에 없었다.

그래도 조선 수군의 장졸들은 만족하지 못했다. 하루 종일 공방을 벌였는데 왜적의 수급이 다른 해전 때보다 적었던 것이다. 선조가 적의 수급으로만 전공을 인정해주니 아쉬움이 클 수밖에 없었다. 날은 차츰 저물고 있었다. 원균이 아쉬워했다. 사실 임금에게 표창받고 싶은 것은 모든 장수나 수졸들의 바람이었다.

"이 공, 왜놈들이 산 위로 올라가 있으니 머리를 베어 올 수 없소이다."

"이번 싸움의 목표는 왜선을 모다 분멸하는디 있으니께 참아야지유."

"왜놈들 산속 동굴에 가면 목을 많이 베어 가져올 수 있는데 날이 저물고 있으니 할 수 없습니다."

왜군들이 수많은 시신을 동굴 속으로 끌고 들어간 것은 사실이었다. 시신이 헤아릴 수 없을 만큼 많았던 것이다. 그러나 이순신은 왜선부터 먼저 쳐부술 것을 엄하게 지시했다. 휘하의 장졸들이 육지로 오르는 것은 만전의 계책이 아니라고 판단했던 것이다. 더구나 산으로 갔다가 날이 저물게 되면 앞뒤에 숨어 있던 적에게 포위당할 수도 있었다. 이순신의 마음을 읽은 정걸이 정운에게 말했다.

"정 만호, 날이 저물고 또 적의 기세가 아적 살아 있응께 형세를 살피다가 낼 싸우는 것이 으쩌겄는가?"

"조방장 성님, 요로코롬 좋은 기회를 으째서 버릴라고 허요. 시방 왜선덜을 모다 수장시키지 않으믄 은제 수장시켜뻰진다요."

"날이 저물고 있응께 내일 공격해뻰지자는 것이네. 왜놈덜은 우리덜 위세에 눌려 낼도 방어만 허지 않겄는가."

그런데도 정운은 발끈해서 왜군을 더욱 밀어붙이자고 주장했다. 평소에 정걸을 대하던 모습이 아니었다.

"조방장 성님, 적을 눈앞에 두고 물러나다니요? 나는 고로코롬 살지 않겄습니다요. 으째서 내일까정 지달렸다가 공격한단 말입니까요?"

이순신이 다가오자 정운이 하소연하듯 말했다.

"왜놈의 큰 배 한 척이 남아 있습니다요. 우리덜에게 총을 젤로 독하게 쏘아댄 배입니다요. 저 배를 놔두고 으째서 그냥 돌아간단 말입니까요? 지라도 혼자 가서 저 왜놈 배를 쳐부수고 오겄습니다요."

"아적도 대선이 남아 있다는 말인 겨?"

이순신은 왜 수군의 대선을 모두 불태운 줄 알고 있었던 것이다. 정운은 이순신의 허락이 떨어지기도 전에 왜 대선을 향해 나아갔다. 왜 대선은 녹도 1선의 화포 공격을 받고는 곧 불이 붙었다. 녹도 1선의 장졸들이 모두 갑판으로 나와 나발을 길게 불고 함성을 질렀다. 그런데 잠시 후였다. 빈 배인 줄 알았는데 왜 대선도 정운이 탄 녹도 1선을 향해 공격했다. 왜 대선이 검은 연기를 피워 올리며 반쯤 기울었을 때였다. 대장선을 향해 돌아오려던 녹도 1선의 정운이 왜 수군이 쏜 철환을 맞고 쓰러졌다. 수졸 몇 명도 부상을 당했다. 왜 대선에서 날아온 철환이 정운의 이마를 관통했던 것이다.

불길한 생각이 든 이순신이 녹도 1선으로 급히 송희립을 보내 확인했다. 그러나 정운은 이미 숨을 거둔 뒤였다. 이순신은 송희립의 보고를 받고는 장탄식을 했다.

"정 만호가 참말루 끝인 겨? 끝인 겨? 아, 시방 나는 내 오른팔을 잃은 겨."

이순신은 공격 중지 명령을 내렸다. 여러 장수들에게 배를 가덕도로 돌리도록 명했다. 그러고는 녹도 1선 선실에 누워 있는 정운의 시신을 깨끗하게 염한 뒤 본영으로 먼저 돌려보내도록 지시했다. 조선 수군 연합함대가 가덕도로 돌아왔을 때는 자정 무렵이었다. 정걸이 정운의 시신 앞에서 구슬프게 곡을 했다. 이순신과 녹도 1선의 모든 장졸들이 눈물을 흘렸다.

장계

남해 미조항 앞바다에서 전라도 연합함대는 갈라졌다. 이억기 함대는 우수영을 향해 갔고, 이순신 함대는 여수 본영으로 조용히 귀진했다. 이순신은 굴강으로 마중 나온 유진장에게 북이나 징, 나발을 불지 못하게 지시했다. 이전의 귀진 때와 달리 승전 의식을 생략했다. 북소리와 나발 소리가 없으니 마치 패전한 장졸들이 귀환하는 것 같았다. 전선에서 내린 장졸들은 진해루 앞에 모여 조촐한 해단식을 가졌다. 노획한 왜군의 물건들 중에서 쌀, 포목 등을 전공에 따라 나눠 받고서는 각 고을 수장의 지시를 받아 자신이 소속된 오관 오포로 돌아갔다.

차가워진 가을바람이 본영 마당의 흙먼지를 일으켰다. 낙엽을 재촉하는 회오리바람이었다. 유진장을 앞세우고 본영 성을 한 바퀴 돈 이순신의 얼굴빛은 여전히 어두웠다. 이순신이 비통한 표정을 풀지 않았으므로 유진장은 정식 보고를 하지 못했다. 그러나 이순신이 왜 그런지 눈치는 채고 있었다. 유진장은 4차 출진 동안 본영에서 일어났던 정식 보고를 뒤로 미루었다. 그는 이순신이 묻는 말에만 짧게 대답했다.

"이상 읎는 겨?"

"군졸들에게 벌을 주었습니다요."

"무신 일루?"

"밤에 조는 경계병들을 적발하여 처벌했습니다요."

"장졸덜이 바다로 나가 목심 걸구 싸우는디 성에 남아 조는 것은 있을 수 읎는 일이여."

"졸았던 토병은 옥에 가두었고 나태한 중은 절로 돌려보내뻔졌습니다요."

"잘혔어."

이순신은 유진장을 보내고 동헌방에 홀로 앉았다. 4차 출진의 승리에 대한 장계를 쓰기 위해서였다. 이순신은 동헌 일직 나장을 불러 먹을 갈게 했다. 나장은 보성에서 온 보자기였다. 동헌방에 묵향이 은은하게 번지기 시작했다. 이순신은 글을 쓰지 않으면서도 벼루에 먹을 갈 때가 있었다. 참숯 냄새가 나는 묵향은 칼이나 화살처럼 산만한 정신을 한곳으로 모으게 하는 마력이 있었다. 이순신은 세필 끝에 먹을 이리저리 묻혔다.

본영으로 귀진하는 동안 머릿속으로 이미 구상한 장계였으므로 머뭇거리지 않았다. 장지狀紙에 그대로 옮기기만 하면 되었다. 파지가 날 리 없었다. 더구나 행재소에서 선전관을 보내 종이를 올려 보내라고 요청하였으므로 장지 한 장이라도 소중하게 다뤘다. 행재소에 보낼 장지 열 묶음은 이미 마련해놓은 상태였다. 힘써 싸우고 있는 수사에게 종이까지 보내라고 지시하는 행재소였지만 이순신은 군관들 앞에서 조금도 불평하지 않았다.

나장은 동헌방 밖에서 보고하러 올라오는 군관들을 막았다. 장계를 쓰는 동안에는 누구도 동헌방에 들이지 말라고 이순신이 엄명했기 때문이었다. 이순신은 묵향을 맡으면서 다음과 같이 승첩 장계를 써내려갔다.

'부산에서 왜적을 쳐부순 장계[釜山破倭兵狀]

전라좌도 수군절도사 신 이李 삼가 적선을 무찌른 일로 아뢰나이다.

(중략) 무릇 전후로 네 차례에 걸쳐 적에게 달려가 열 번을 접전해 모두 승리하였지만 장수와 군졸들의 공로를 논한다면 이번 부산 전투보다 더한 것은 없사옵니다. 이전에 싸울 때는 적선의 수가 많아도 칠십 척을 넘지 않았는데, 이번에는 큰 적의 소굴에 줄지어 벌려 있는 사백여 척 속으로 군사의 위세를 크게 뽐내며 승리한 기세로 돌진했사옵니다. 조금도 두려워하지 않고 물러섬 없이 종일 공격하여 적선 백여 척을 부수니 적들은 간담이 오그라들어 고개를 들지 못하고 무서워서 벌벌 떨었사옵니다.

비록 왜적의 목을 벤 것은 없으나 힘껏 싸운 공로는 먼젓번보다 훨씬 더하므로 전례에 따라 공로를 참작하여 등급을 결정하고 별지에 기록하옵니다. 그중에서도 순천 감목관 조정은 의분이 북받쳐 스스로 배를 준비하여 종과 목자들을 거느리고 자진 출전하여 왜적들을 많이 죽이고 왜적의 물건들을 많이 노획했다

고 중위장 권준이 두세 번 보고해왔는데, 신이 보기에도 그와 같았사옵니다.'

승첩 장계를 쓰고 있는데도 이순신은 기분이 착잡했다. 붓을 놓고 깊은 한숨을 쉬었다. 부산포 싸움에서 전사한 녹도 만호 정운 때문이었다. 자신의 오른팔을 잃어버린 것 같아 허전하기 그지없었다. 그저 참통慘痛할 뿐이었다. 전투 때마다 몸을 아끼지 않고 앞장섰던 정운이야말로 진정한 최측근 장수였던 것이다.

정운은 이순신과 함께 유성룡의 추천을 받아 녹도 만호로 부임해 온 용장이었다. 이후 상관인 이순신과 호흡을 맞춰왔으며 이순신의 마음을 가장 잘 이해한 돌격장이었다. 이순신은 송희립을 불러 상례에 의거하여 그의 장례를 정중하게 치르도록 지시하였다.

"군관덜 중에서 호상護喪 군관軍官을 선정혀."

"예, 수사 나리."

"윤사공을 녹도 가장으루 보낼 거지만 장례는 호상 군관이 책임지구 치르야 혀."

송희립이 동헌방을 나가자 이순신은 앉은뱅이책상 앞에서 자세를 고쳐 잡았다. 그런 뒤에야 방금 쓰던 승첩 장계를 옆으로 미뤄놓고 또 다른 장계를 쓰고자 붓에 먹을 묻혔다. 정운의 혼백을 위로하는 추배追配 장계狀啓를 먼저 쓰기 위해서였다. 정해년 왜구 침범 때 순절한 이대원의 위패를 봉안한 사당에 정운을 배향하게 해달라고 청하는 장계였다. 이순신은 정운의 혼백을 기리는 마음으로 장계를 썼다.

'정운을 이대원의 사당에 배향하기를 청하는 장계[請鄭運追配李大源祠狀]

전라좌도 수군절도사 신 이李 삼가 아뢰옵니다.

녹도 만호 정운은 맡은 바 직책에 충실하고 담략까지 겸비하여 신이 어려운 일을 같이 의논할 수 있었던 사람이었습니다. 그는 사변이 일어난 이래로 의기가 북받쳐 나라를 위해 몸을 돌보지 않는 마음이 조금도 해이해짐 없이 변경 방어에 힘쓰기를 이전보다 두 배나 하였습니다. 그간 신이 믿고 의지했던 사람이라고는 다만 정운 등 두세 사람뿐이었습니다.

그간 세 번 싸워 이길 때 매번 앞장을 섰고, 부산의 큰 싸움에서도 몸을 가벼이 여겨 죽음을 잊고 앞장서서 적의 소굴로 쳐들어가 하루 종일 싸웠던바, 힘껏 화포와 활을 쏘아댔기에 적들은 꼼짝도 못 하였습니다. 이는 오직 정운의 힘이었사옵니다.

그러나 배를 돌릴 무렵 탄환에 맞아 전사하였는데, 그 늠름한 기운과 맑은 혼령이 부질없이 사라져 후세에 알려지지 못한다면 이야말로 지극히 애통한 일이옵니다. 이대원의 사당이 아직도 포구에 있으니 초혼하여 같은 제단에 함께 모시고 제사를 올린다면, 한편으로는 의로운 혼백을 위로함이 되고 또 한편으로는 다른 사람들을 경계함이 될 것이옵니다.'

장계 끝에는 부산포 해전에서 함께 싸운 장수들에게도 표창과 상 받을 사유를 밝히고는 특별하게 포상해줄 것을 주청하였다. 장계를 다 쓰고 난 이순신은 다모 승설에게 차 두 잔을 가져오게 하였다. 그러자 승설이 지극정성으로 우린 작설차 두 잔을 소반에 올려 가져왔다. 승설은 왜 두 잔을 가져오게 했는지 의아해하고 있었다.

"나는 시방 정운과 마주허구 있는 겨."

"무신 말씸이십니까요?"

"이 잔은 정운 만호의 것이라는 말여."

차는 달빛을 머금은 듯 황금빛이었다. 세작으로 만든 발효차였다. 단 두 잔의 차였지만 차향이 동헌방에 가득 퍼졌다. 차 한 잔은 정운의 혼령이 흠향하는 차였고, 또 한 잔은 이순신 자신이 마실 차였다.

이순신은 조금 전에 작성하다 만 부산포 해전 승첩인 「부산파왜병장」을 마저 끝까지 썼다. 승첩 끄트머리에는 장계를 가지고 올라갈 군관 송여종의 사람 됨됨이와 왜적에게 노획한 물건 목록을 상세하게 적었다.

'태인현에 사는 업무業武 교생校生(병법 교생) 송여종은 낙안군수 신호의 대변待變 군관軍官 (비상 대기 군관)으로 네 번이나 적을 무찌를 때 언제나 충성심을 발휘하여 남보다 앞서서 돌진하고 목숨을 바쳐 힘써 싸워서 왜적의 머리를 베었을 뿐 아니라 전후의 전공이 모두 일등에 해당한 자이므로 이 계본을 받들고 가게 하였습니다.

노획한 왜의 물품 목록을 삼가 갖추어 아뢰옵니다.

왜의 갑옷 다섯 벌 중에 한 벌은 금갑金甲, 왜의 투구 세 개, 왜의 긴 창 두 자루, 왜의 총통 네 정, 왜의 큰 촛대 네 개, 왜의 말안장 한 부, 왜의 어적於赤 한 부, 왜의 초상超床 한 부, 왜의 각색

옷 일곱 벌, 왜의 바라 두 척, 왜의 연철 이백삼십 근, 왜의 대나무 화살 열두 묶음 다섯 개, 왜의 장전 다섯 묶음 스물세 개, 왜의 무촉전 두 묶음 열한 개, 왜의 화로 한 개, 왜의 솥 한 개, 왜의 궤 한 개, 우리나라 장전 아홉 개, 낫 한 자루, 지자총통 두 대, 현자총통 두 대, 대완구 한 대, 무늬 새긴 가죽 한 영슈.'

장계를 품에 지니고 행재소까지 갈 군관을 정하는 일은 쉽지 않았다. 짐이 많을 때는 똑똑한 진무나 수졸들이 따랐다. 처음부터 송여종이 계청 군관으로 지목받은 것은 아니었다. 의주 가는 길에 왜군들이 겹겹이 진을 치고 있으므로 문안차 올라가던 관원들도 길이 막혀 중도에서 돌아오고 마는 형편이었던 것이다. 그러니 이순신은 여러 군관들에게 의사를 묻는 과정을 거치지 않을 수 없었다.

"아무나 장계를 모시구 가는 것이 아녀."

이순신은 장계를 모시고 간다는 말에 힘을 주었다. 임금에게 아뢰는 글이기도 하지만 임금이 펴서 보는 글이기 때문이었다.

"누가 모시고 가불라요?"

송희립이 동헌방에 모인 군관들을 둘러보며 물었다. 스스로 자원하여 모인 각 고을의 군관들이었지만 선뜻 나서지 못했다. 그러자 이순신이 장계를 지니고 행재소로 올라가는 군관의 특혜를 말했다.

"전하를 알현하는 은혜를 입는 겨. 그뿐이 아녀. 전하께서 내리는 포상두 받을 겨."

"수사 나리께서 점지한 군관이 있습니까요?"

"전공이 매번 1등이어야 허구 임금님께 충성허는 마음이 특출혀야 혀."

그때 여러 군관들이 약속이나 한 듯 송여종을 쳐다보았다. 전투 때마다 늘 1등급의 전공을 인정받은 군관은 송여종뿐이라는 표정들이었다. 이순신은 여러 군관들의 추천을 받아들이는 모양새로 송여종을 지명했다.

"적의 진영을 피해 돌구 돌다가두 낮에는 엎드려 숨어야 헐 겨. 밤에만 움직일 틴디 죽을 고비를 여러 번 넘겨야 임금님 겨시는 행재소에 당도헐 겨."

"예, 수사 나리. 명심허겄습니다요."

이순신의 말대로 송여종은 왜군을 만나 몇 번의 죽을 고비를 넘겼다. 그러고 나서야 의주 관아에 설치된 행재소에 도착했다. 송여종은 미투리 바닥이 닳아 맨발이나 다름없는 모습으로 선조를 알현했다. 선조 앞에 엎드린 송여종은 차마 눈뜨고는 볼 수 없을 정도로 상거지 꼴이었다.

선조는 송여종이 올린 장계를 다 보고 나서야 술을 하사하고 서부西部 주부主簿를 제수했다. 또한 선조는 초라한 행색의 송여종을 측은하게 쳐다보면서 이조판서에게 지시했다.

"전라 좌수사 군관 여종은 맨발로 걸어 천 리 먼 데서 왔으니 가상하다. 전라 방면의 수령 가운데 빈자리가 있으면 보직을 주도록 하라."

"전하, 남평 현감이 비어 있사옵니다."

"여종을 남평 현감으로 보내거라."

그러자 병조판서가 아뢨다.

"녹도 만호가 탄환에 맞아 죽었으므로 마땅히 그 후임을 제수해야 할 것이옵니다. 이미 여종을 남평 현감으로 제수하였사오나 일찍이 이순신의 관하에서 공을 세웠고 또 수전에 익숙하니 이 사람을 녹도 만호로 삼기 바라옵니다."

"그리하도록 하라."

송여종은 순식간에 남평 현감에서 녹도 만호가 되었다. 임금을 알현하게 되면 포상을 받을 것이라는 이순신의 말이 틀림없었다.

한 달 후.

이대원과 함께 정운의 늠름한 기상과 맑은 혼령을 잊지 말자는 이순신의 절절한 추배 장계는 행재소 대신들의 마음을 움직였다. 처음에는 정운에게 병마절도사를 추증하였다가 곧 병조참판을 가증加贈하였다. 벼슬이 추증되면 전시 중이라도 순절한 장수의 혼백에게 제사를 지내는 것이 당시의 풍습이었다.

이순신은 군관 편에 정운을 추모하는 제문을 지어 녹도 만호 송여종에게 보냈다. 송여종은 녹도진 장졸들을 쌍충사에 도열시킨 뒤 흥양 양민들 앞에서 이순신이 보낸 제문을 대독했다.

아, 인생이란 반드시 죽음이 있고
삶에는 천명이 있으니
사람이 한 번 죽는 것이야 진정 아까울 것 없으나

오직 그대의 죽음에 내 가슴이 아픈 까닭 무엇이오.

국운이 불행하여 섬 오랑캐 쳐들어오니
영남의 여러 성들이 바람 앞에 무너지고
몰아치는 왜적 앞에 막아서는 이 없고
도성도 하루저녁에 왜적의 소굴로 변했다오.

천 리 먼 길 관서로 임금님의 수레 넘어가시니
북을 향해 바라보며 장탄식할 때 간담이 찢어진다.
아, 나는 둔하여 왜적을 섬멸할 길이 없었는데
그대와 함께 의논하니 밝은 해 나타나듯 했다오.

작전을 세운 뒤 칼 휘두르며 배 저어 나갈 때에
죽음을 무릅쓰고 앞장서서 나아가니
왜적들 수백 명이 한꺼번에 피 흘리며 쓰러지고
검은 연기 슬픈 구름 동쪽 하늘에 드리웠도다.

네 번이나 싸워 이겼으니 그 누구의 공이던고
종묘사직 회복할 날도 얼마 남지 않은 듯한데
어찌 알았으랴, 하늘이 돕지 않아 왜적의 철환 맞을 줄
푸른 하늘이시여, 당신의 뜻을 알지 못하겠나이다.

배를 돌려 다시 쳐들어가 원수 갚고 싶었지만

날은 이미 어두워졌고 바람조차 고르지 않아
소원 이루지 못했으니 평생에 원통함이 이보다 더할까
이 일을 쓰고 있는 동안 나의 살이 에이듯 아프오.

오직 믿고 의지한 그대였나니 이제는 어이하리.
진중의 여러 장수들 원통하게 여기지만
백발의 늙은 부모님 장차 그 누가 모실는지
황천까지 닿은 원한 언제 가서야 눈감을까.

아, 슬프도다. 아, 슬프도다.

그 재주 다 못 펴고 덕은 높되 지위는 낮았으니
나라의 불행이고 군사와 백성들은 복 없음이로다.
그대의 충의야말로 고금에 드물었으니
나라 위해 던진 몸 죽었으나 오히려 살아 있구나.

아, 슬프도다.
이 세상에 그 누가 내 마음 알아주랴.
아, 슬프도다.
슬픔을 억누르며 지극한 정성으로 술 한 잔 바치노라.

온갖 제물을 진설한 제단 앞 향로에서는 향이 타올랐다. 그리고 향로 앞에는 정운의 기상인 듯 장검 한 자루가 놓여 있었다.

장검에는 정운이 직접 새긴 정충보국貞忠報國이란 네 글자가 선명했다. 곧은 절개와 충성을 다해 나라에 보답한다는 정충보국은 정운의 칼 이름[劍銘]이자 그의 인생관이었다.

이순신의 제문을 대독하는 녹도 만호 송여종은 물론 쌍충사에 모인 녹도진 장졸들과 정운의 가깝고 먼 친척들이 굵은 눈물을 흘렸다. 쌍충사 울타리 너머에 갈매기 떼처럼 희끗희끗 몰려든 흥양 양민들까지도 두 눈을 훔치지 않는 사람이 없었다.

소쇄한 가을바람이 불자, 쌍충사 솟을대문 앞의 장승 같은 은행나무 이파리들이 우수수우수수 떨어졌다. 독수리 한 마리가 정운의 혼령인 양 절이도 허공에서 쌍충사를 지켜보듯 선회하다가 서쪽으로 날아갔다. 서쪽에 있는 해남은 정운이 태어난 고향이었다.

의연곡

간밤에 된서리가 하얗게 내렸다. 본영 연병장은 바닷물이 마른 염전처럼 보였다. 성문 한쪽에서는 경계병 수졸들이 모닥불을 피우며 몸을 녹였다. 해가 막 뜨고 난 뒤에도 몸에 소름이 돋을 만큼 싸늘했다. 의주로 항해할 경강선은 굴강 밖에 닻을 내리고 있었다. 의연곡과 군수물자 선적을 모두 끝내고 하룻밤을 새운 경강선이었다. 몸이 불편한 정사준은 조카 정빈의 부축을 받으며 경강선에서 내렸다. 그들 뒤에는 정사준의 동생 정사횡이 뒤따랐다. 전 훈련 봉사 이의남은 그들보다 먼저 본영으로 올라가 객사에 들었다. 모두 순천에서 온 사람들이었다.

경강선에는 의주 행재소로 보낼 군량미 천 석이 실려 있었다. 천 석 모두 정사준 친족들이 모은 의연곡이었다. 순천 부사 권준이 보내는 비상용 군량미 백 석도 선적돼 있었다. 뿐만 아니라 행재소에서 보내달라고 요청한 편전과 장전, 종이 등도 실려 있었다. 정사준 형제가 거느린 집종 삼백여 명이 보름 동안 지게질하여 나른 의연곡과 군수 물품들이었다.

임란 전에 별시 무과에 급제한 뒤 훈련 봉사를 지낸 정사준은 아주 천천히 본영으로 올라갔다. 발에 밟히는 된서리가 사각사각 소리를 냈다. 정사준은 지독한 고뿔을 앓아온 상태였다. 아버지 정승복을 잃어 상심한 데다 복병장이 되어 섬진강 바람을 쐬면서 얻은 고뿔이었다. 상중임에도 불구하고 임란이 발발했던 때부터 이순신에게 복병장의 임무를 받고 광양의 요해지인 전탄錢灘(현 진월)으로 나가 몇 개월째 풍찬노숙을 했던 것이다. 힘들어하는 정사준에게 뒤따르던 정사횡이 말했다.

"성님, 몸이 불편하시믄 순천 집에 남아불지 그라요."

"임금님께 군량을 전하고 죽는 것이 내 소원인께 그런 말은 말어라잉."

"고뿔이 아조 심허신께 그라지라우."

"의주까정 갈 심은 아적 있어야. 쓰잘떼기읎는 소리 말어."

조카 정빈도 정사준의 의주행을 만류했다.

"작은아버님께서 앞장서서 의연곡을 모은 것만으로도 임금님께 충성은 다했지라우. 긍께 여그 남아 몸을 돌보셔야지라우."

"내가 또 은제 의주로 가서 임금님을 뵙겄냐. 내 몸은 아적 괴안찮은께 앞으로는 그런 소리 입 밖에 내지 말어라."

겉으로만 보아서는 정사준이 동생인 정사횡보다 더 건장했다. 장사와 같은 완력이 있었고 몸집도 형제 중에서 가장 컸다. 거기에다 전술 전략에도 조예가 깊은 편이었으므로 이순신과 통하는

데가 많았다. 이순신이 정사준을 경상도와 접경한 요해지에 선뜻 복병장으로 보낸 것도 그를 그만큼 신뢰했기 때문이었다.

객사에서 기다리고 있던 이의남이 정사준을 보자마자 향에 불을 붙여 향로에 꽂았다. 그러나 바닷바람이 불어와 향불을 꺼버리곤 했다. 향을 태우며 피어오르던 연기가 곧 사라졌다. 정사준은 문득 불길한 생각이 스쳐 도리질했다.

'으째서 저런당가? 바닷바람 기세가 거칠랑갑네잉.'

한참 만에 푸르스름한 향 연기가 용트림하듯 객사 천정으로 올랐다. 그제야 이의남과 정사준 형제와 정빈은 궐패 앞에 엎드렸다. 모두가 정성을 다해 조아리며 사배를 올렸다. 사배를 올리는 동안 정사준은 마음속으로 아뢨다.

'전하, 전 봉사 정鄭은 삼가 아뢔불라요. 신의 성제덜이 모은 의곡 천 석을 싣고 의주로 떠나불 것입니다요. 해로 천 리 가는 동안 풍세가 거칠고 해적이 나타나 위해할지 모르오나 신은 만난을 극복하고 반다시 의주에 도착해뻰지겄습니다요.'

정빈도 엎드려 혼잣말로 고인이 된 어머니를 위로했다.

'엄니, 나라를 위한 것인께 울지 마씨요. 선산의 일은 성님이 남아서 허시기로 했응께 안심하시고라우.'

정빈의 형은 정돈이었다. 정돈은 장남이란 이유 때문에 경강선에 합류할 수 없었다. 그래도 정돈은 동행하지 못한 것을 두고 몹시 낙담했다. 정빈은 형 정돈이 써 준 시를 저고리 속에 간직하고 있었다. 행재소에 도착해서 혹시나 정철을 만나게 되면 전해주기 위해서였다. 정철은 고경명과 시문을 나눈 문우였고, 정돈은 고경명 문하에서 공부한 제자였기 때문이었다.

괴로운 근심 깊은 곳에 또 다른 근심 솟구치네.
서도 행궁에 오랑캐 날뛴다니 차마 듣기 어렵네.
어느 날 오랑캐 치는 일 하다가 불운이 닥친다면
내 부모님 자식 형제간의 그 마음들은 어떠할까.

病愁殷處別愁井
忍聞西闕虜騎橫
縱日比行臣職分
其何父子弟兄情

동헌방에 든 정사준 형제와 이의남은 이순신의 격려를 받았다. 승설이 가져온 따뜻한 차도 마셨다. 특히 이순신은 정사준에게 고마움을 표했다.

"몸이 아프다구 들었는디 워떤 겨?"

"쉰께 몸이 쪼깐 개보아지는그만요."

"배를 타는 것두 고상이여."

"아적은 괴안찮습니다요."

"전탄에는 몇째 동상이 대신 나가 있는 겨?"

"시째 사정이가 대신 나가 지키고 있습니다요."

"사정을 복병장으루 임명해야겄구먼."

어머니 상중에 시묘했을 만큼 효성이 지극했던 둘째 정사횡과 셋째 정사정은 무부 기질이 강한 동생으로 정사준이 복병장으로 나가 있을 때도 좌우에서 도왔던 동생들이었다. 일찍이 무과 급제한 막내 동생 정사립도 무예와 지략이 형들에게 뒤지지 않았다. 뿐만 아니라 정사립은 네 형제 중에서 문장력이 가장 뛰어나 형들의 기대를 한 몸에 받았다.

정사준은 원래 여섯 형제였으나 위로 두 형이 죽는 바람에 큰형 노릇을 하고 있는 셈이었다. 장형 정사안은 이십 대 초반에 요절했고 둘째 형 정사익은 세 아들을 두고 임란 전에 별세했는데, 고경명의 수제자인 정돈이 장남이었고 고모부 안방준의 제자가 된 정빈이 차남, 정순이 삼남이었다.

"동상이 기특한 계책이 있으니께 왜적덜이 감히 전탄에 근접허지 못할 겨."

"단단히 일렀습니다만 실수가 읎기를 바랄 뿐입니다요."

"경험이 있는 디다 지세에 밝으니께 믿어두 될 겨."

"사또께서 겡상도 바다의 왜적덜을 토멸해분 뒤라 맴은 쪼깐 놓입니다요."

"광양의 전탄은 호남의 목구녕이 아닌감. 목구녕을 잘 지켜야 큰 탈이 읎는 겨."

이순신은 광양의 전탄을 호남의 인후, 즉 목구멍으로 인식하고 있었다. 목구멍은 숨통인바, 막히면 생사가 오락가락할 수밖에 없었다. 왜적이 소선을 타고 와 전탄에 잠입한 뒤 여수 본영까지 걸어와 정탐할 수도 있기 때문에 복병을 그곳에 상시 배치하고 있었던 것이다. 섬진강 맞은편인 하동 쪽의 두치에 복병을 상주시킨 것도 같은 이치였다. 광양현에서 다스리는 두치가 왜적에게 뚫리면 남원과 전주가 위험했다.

"매복허는 복병은 싸우는 군사가 아니니께 거느리고 있는 집종이나 전투 경험이 읎는 의승군을 보내는 것두 무방혀."

"사또 나리의 말씸이 옳습니다요. 전탄에 있는 군사는 대부분 저희 집 종덜입니다요."

정사준 형제들이 데리고 있는 집종만도 삼백여 명이 넘었다. 이번에 의연곡을 경강선으로 나르는 일도 집종들을 동원하여 무사히 끝냈던 것이다. 이순신은 정사준의 집안 내력을 소상하게 파악하고 있었다. 정사준의 선친 정승복에 대해서도 잘 알고 있었다. 을묘왜변 때 이준경 막하에서 전공을 세웠다는 것과 이후 어란진 만호 때도 추자도까지 나가서 왜구를 격파한 사실을 알고 있었다.

"정 군관 집안의 가풍은 충과 효라, 본영 장졸덜이 본받어야 혀. 충효가 읎는 군사는 오합지졸이여."

아버지 정승복 때부터 부모가 돌아가시면 지체 없이 벼슬을 버리고 산중으로 들어가 시묘살이를 했고, 또 사변이 일어나면 시묘 중에도 불구하고 세상으로 나와 싸웠던 것이다. 그러한 집안이 드물었기 때문에 이순신은 정사준 형제를 믿고 좋아했다.

"사또 나리, 경강선은 출발할 모든 준비가 다 됐습니다요."

"군사는 몇이나 델꾸 가는 겨?"

정사횡이 대답했다.

"칼을 제법 쓸 줄 아는 집종이 있습니다요."

"아녀, 해적덜을 만나믄 의연곡을 빼앗길 수두 있으니께 본영의 화포장이나 사부를 델꾸 가는 게 나을 겨."

"예, 그리하겠습니다요."

"해적두 그렇구 풍세두 운이 좋아야 혀."

풍세란 바람의 강도를 말했다. 바람이 거칠어지면 파도가 커지고 항해는 그만큼 힘들어지기 마련이었다.

"사또 나리께 인사드려라."

동헌방 한쪽에서 무릎을 꿇고 앉아 있는 정빈에게 정사준이 말했다.

"예."

정빈이 엎드려 이순신에게 큰절을 했다.

"순천 향교 교생 정빈입니다요."

"바닷길이 순탄치는 않을 겨. 숙부 몸이 불편허니께 잘 시봉혀야 혀."

"사또 나리, 명심하겠습니다요."

이순신은 순천 태생으로 무과 급제한 뒤에 훈련 봉사를 지냈던 이의남도 격려했다.

"본영 돌격장 이기남이 있는디 이 군관허구는 워떤 사인 겨?"

"친척이 아닙니다요. 이 군관 성제덜은 기(奇) 자 돌림입니다요. 기윤, 기준 등입니다요."

"아, 그려. 인자 생각나는구먼."

이순신뿐만 아니라 다른 장졸들도 이기남과 이의남이 형제인 줄 오해하곤 했다. 두 사람 모두 순천 출신인 것은 맞지만 집안은 서로 달랐다. 이의남은 순천에서 향병을 모은 의병장이었다.

그리고 이기윤과 이기준은 거북선 돌격장 이기남과 종형제 사이였으며 이순신 휘하로 자원해 들어온 군관들이었다.

이순신은 모처럼 근심을 덜었다. 각 고을의 수령들이 변란에 대비하여 쌓아둔 군량미 외에 따로 비축한 비상용 군량미를 배가 마련되는 대로 의주로 올려 보낼 계획을 세운 상태였고, 순천부사 권준은 아예 비상용 군량미 백 석을 이번 경강선에 함께 실어서 보내기 때문이었다.

이순신은 정사준 일행을 차만 마시고 보내기가 아쉬웠으므로 일직 나장에게 술을 가져오게 했다. 늙은 부엌데기 구실아치가 술 항아리를 두 손으로 조심스럽게 가져왔고, 일직 나장이 술잔을 돌렸다. 이순신이 사발에 손수 술을 따라 주며 권했다.

"자, 이 한 잔은 해로 천 리 무사 항해를 위해 마시는 겨."

"기필코 목심을 바쳐 행재소에 당도하겄습니다요."

그때 굴강에서 돌아온 송희립이 들어와 보고했다. 굴강에 취타대와 기패군을 집합시켜놓았다는 보고였다. 이순신이 자리에서 일어서자 정사준 일행도 뒤따라 나섰다. 정사준은 이순신의 각별한 격려를 받고는 마음이 격동되어 입술을 꽉 물었다. 이순신이 권하는 차를 마시고 나서 술까지 이어져 의기가 더욱 솟구쳤던 것이다.

본영 연병장에는 좀 전에 보이지 않던 승도들이 북적거렸다. 어림짐작으로 셈해도 몇백 명은 될 것 같았다. 어느 한 곳에 집결해 있다가 본영으로 사열을 받으러 온 듯했다. 삭발한 모습의

승도 옆을 지나치면서 정빈이 숙부인 정사준에게 물었다.

"여그 모인 중덜도 경강선을 타는게라우?"

"금시초문이다."

진해루 앞에 모인 승려들의 숫자로 보아 경강선을 타는 것은 불가능했다. 승선할 군사와 격군, 집종들은 이미 정해져 있었던 것이다. 무기를 다룰 줄 모르는 승려들이 경강선의 군사가 된다는 것도 이치에 맞지 않았다. 그렇다면 다른 목적으로 소집된 승려들이 분명했다. 정사준이 뒤따라오는 송희립에게 물었다.

"송 군관, 중덜이 무신 일로 모여부렀소?"

"아, 수사 나리께서 관내의 절이나 마을에 통문을 보내 모인 중덜이오."

송희립도 승려들의 숫자에 놀랐다. 지난달 전라 좌수영 관내의 각 사찰과 고을에 이순신 명의로 통문을 보내 숨어 있는 승려와 병적에 들어 있지 않은 사람들을 적발하도록 조치한바, 한 달 만에 승려 사백여 명이 모인 것이었다.

승려들 중에는 순천의 삼혜도 와 있었다. 이의남이 구면인 삼혜를 보고 아는 체를 했다.

"삼혜 대사, 여그서 만나다니 반갑소잉."

"봉사 나리, 경강선을 타고 의주로 간다는 말씸을 어저께 석보창에서 들었그만요."

삼혜는 송광사 주지를 지낸 승려였다. 그러고 보니 승려 사백여 명은 석보창에 모여 하룻밤을 보낸 뒤 본영으로 온 모양이었다. 한 무리의 승려를 거느리고 있는 광양 송천사 주지 성휘는 정사준 형제를 알아보았다. 정사준 형제가 광양의 전탄을 방어하고 있을 때 서로 안면을 텄던 것이다.

"복병장 나리, 오랜만이그만요."

"대사는 무신 일이오?"

"사또의 분부를 받고 왔지라."

전라 좌수영 관내의 주지들에게는 이미 직책과 임무가 부여돼 있었다. 순천의 삼혜 스님은 시호별도장豺虎別都將, 흥양의 의능 스님은 유격별도장遊擊別都將, 광양의 성휘 스님은 우돌격장, 광주의 신해 스님은 좌돌격장, 곡성의 지원 스님은 양병용격장揚兵勇擊將으로 임명했던 것이다.

이순신은 관노가 끌고 온 군마를 탔다. 그런 뒤 우후 이몽구에게 장수로 임명된 의승장 수하에 자원해 온 승려들을 나누도록 지시하고는 굴강으로 내려갔다. 굴강에는 기패군들의 붉고 노란 깃발이 펄럭였다. 이윽고 취타대의 북과 징이 울리자 정사준 일행과 이의남이 이순신에게 엎드려 절을 올렸다. 경강선에 승선하기 위한 의식이었다. 갑판으로 나온 경강선의 장졸들이 긴 나발 소리에 따라 함성을 질렀다.

이순신과 송희립은 경강선이 흥양 쪽 바다로 이동하는 것을 보고는 군마를 타고 본영으로 되돌아왔다. 군마가 남문을 들어서자마자 동글동글한 똥을 쌌다. 말먹이꾼 관노가 달려와 두 손으로 말똥을 치웠다. 충직한 관노였다.

남문의 누각인 진해루 단청은 바닷바람에 벗겨지기는 했지만 고색창연했다. 이순신은 진해루에 올라 웅성거리는 승도들을 향해 소리쳤다.

"본영으루 즐거이 모여든 승려덜이여! 관군이나 의병과 잘 협력혀서 변사에 대비헐 것을 명하노라. 나는 그대덜의 충의를 시방 보구 있지 않은가. 그대덜이 바루 백성덜을 지키는 신장이 아니고 무엇인감! 용맹과 지략이 뛰어난 의승장은 이미 정해졌는겨. 오늘 이후 승려덜은 의승장의 지시를 따르면 될 겨. 시호별도장 삼혜는 순천 교생 의병장 성응지와 순천성 수비 책임을 맡을 겨. 우돌격장 성휘는 두치를 빈틈읎이 파수혀야 혀. 유격별도장 의능은 본영에 머물며 방비허구. 좌돌격장 신해는 구례 석주로, 양병용격장 지원은 운봉 팔량치로 가서 지키구."

이순신은 승려의 무리를 거느리게 될 의승장들에게 구체적인 임무를 주었다. 그러나 의승장들의 임무는 고정된 것이 아니었다. 상황에 따라 바뀔 수 있음을 덧붙였다.

"의승장덜은 적의 형세를 보아 육전이 중대하거든 육전으루 가구, 해전이 중대하거든 해전으루 갈 겨. 알겄는가?"

순천의 의병장 성응지와 의승장 의능, 삼혜에게는 순천 선소와 본영 선소의 파손된 전선을 수리하고 있다가 이순신의 명이 내려지면 해전에 참전하라고 지시했다.

유시가 되자, 의승장들은 휘하의 의승군을 데리고 지체 없이 각자의 위치로 떠났다. 향병을 불러 모아 요해지를 수비하라는 임무를 받은 의병장들도 이순신의 지시를 받아 움직였다. 구례의 진사 방처인은 도탄으로 갔으며, 광양의 무사 강희열은 두치로 떠났던 것이다.

송희립이 초저녁에 동헌방으로 찾아왔다.

"수사 나리, 안 주무신게라우?"

"그려. 헐 말이 있는 겨?"

"드릴 말씸이 있어서 왔지라우."

이순신은 막 기름불을 끄려던 참이었다. 오전에는 경강선에 오른 정사준 일행을 맞이했고, 오후에는 석보창에서 온 의승군들의 사열을 받았던 하루였다. 종일 내내 쉬지 않고 공무를 본 셈이었다. 몸이 천근만근 무거워져 막 눈을 붙이려고 했는데 송희립이 찾아온 것이었다. 그래도 송희립이 용건을 말하니 방으로 들이지 않을 수 없었다.

"무신 용건인 겨?"

"수사 나리, 으째서 행재소에 묵을 의곡까정 우리덜이 책임져야 합니까요."

"고작 그 말 헐라구 올라온 겨?"

"행재소에서 묵을 곡식이나 군수물자는 행재소 대신덜이 현지 조달허는 것이 맞지 않는게라우?"

"그려, 우덜이 의곡은 몰라두 화살이나 종이까정 올려보내는 것은 문제가 있는 겨."

"한두 번이 아닙니다요. 행재소 대신덜이 우리덜 사정을 아는지 모르는지 원망스럽당께요."

본영 사정이 넉넉한 것은 아니었다. 작전이 있을 때마다 군량미와 무기를 걱정하는 처지였다. 최근에는 병들고 늙은 수졸들을 둔전으로 보내 농사일만 하게 조치한 것도 군량미를 확보하기 위한 궁여지책이었던 것이다.

"송 군관, 조정 대신덜이 원망스러운 겨?"

"솔직히 그라지라우."

"나두 그려. 우덜은 싸움 중이니께 은제 군량이나 무기가 떨어질지 물러. 행재소까정 우덜이 챙기는 건 무리란 말여."

이순신은 송희립의 불만에 대놓고 맞장구를 치지 못했지만 자신도 모르게 한숨을 쉬었다. 행재소의 요구는 자신의 어깨를 짓누르는 또 하나의 무거운 짐이었던 것이다. 이순신은 화제를 돌렸다. 의주까지 무사히 가야 할 경강선을 걱정했다. 정사준의 건강이 안 좋은 것도 새삼 마음에 걸렸다.

"정 군관이 무사헐까?"

"정씨 성제 중에서 질로 단단한 사람이 정 군관인디요잉."

이순신의 염려는 며칠 만에 현실로 나타났다. 경강선이 파도를 피해 서해의 어느 섬에 정박해 있을 때였다. 정사준이 고뿔에 시달려 기운이 떨어진 데다 지독한 뱃멀미로 초주검 상태가 돼 버렸던 것이다. 그러자 정사횡과 이의남은 결단을 내릴 수밖에 없었다. 경강선의 뱃머리를 돌려 본영으로 귀진시켰다.

다행히 본영에서 치료를 받은 정사준은 의식을 되찾았고, 세 달 후 경강선은 다시 정사횡과 본영 진무 김양간, 정빈의 책임하에 의주로 떠났다. 이때에는 행재소에서 동지와 설날에 사용할 토산물까지 실었다. 이순신은 의연곡을 보낸다는 장계를 또다시 써 보냈는데, 선조 25년 12월 25일의 일이었다.

장흥 의병

소나무와 참나무가 울창한 가지산 산중은 한여름에도 냉기가 똬리를 틀고 있었다. 백운암 아래로는 계곡물이 반석 위로 명주천처럼 하얗게 흘렀다. 아침 내내 궁술과 검술을 익히던 사내 몇 명이 웃통을 벗은 채 계곡의 소로 뛰어들었다. 장흥 부산면 출신인 문위세의 아들들이었다. 장남 원개, 차남 영개, 삼남 형개, 사남 홍개가 그들이었다. 둥그런 소는 숲 그늘이 드리워져 더 푸르고 검어 보였다. 물속에서 물개처럼 머리를 솟구친 장남 문원개가 말했다.

"모레쯤 우리 성제덜 모다 보성으로 갈 것이다. 긍께 더 부지런히 연마해부러라잉."

"성님, 보성으로 간다고라우?"

"보성서 장흥 의병, 능성 의병, 보성 의병이 모다 모이기로 헌 날이라고 그라드라."

"성님은 으디서 들었소?"

"아부지헌티 들었제 으디서 들었겄냐."

"능성 의병이 광주로 가지 않고 으째서 보성으로 온다요?"

"그짝 의병장 맴이제 누가 시켜서 오고 간다냐?"

남원 출신인 능성 현령 김익복이 능성 지역의 의병들을 모아 보성에 오기로 한 것은 다 아는 사실이었다. 능성은 화순 옆에 있으면서도 보성과 소통을 했다. 화순이 광주, 나주와 가까운 반면 능성은 보성, 장성과 인접해 있었던 것이다. 그러니 능성 의병이 보성 관아에 모이는 것은 자연스러운 일이었다.

백운암은 보림사와 다른 골짜기에 있었다. 보림사 승려들이 머무는 산내 암자가 아니었다. 일찍이 손죽도 해전에서 이대원 녹도 만호가 전사하고 난 뒤 문위세가 왜구 침입을 경계하자는 뜻에서 집종들을 데리고 직접 지은 암자였다. 정확히 말하자면 문위세가 자신은 도학을 궁구하고, 자식들에게는 사람들 몰래 검술과 궁술을 연마시키기 위해 지은 세 칸 초당이었다. 문위세는 스승 퇴계 이황에게서 배운 제갈량의 『팔진도八陳圖』 전술 진법을 자식들에게 가르치곤 했다.

소에서 땀을 씻은 문원개 형제들이 백운암으로 올라갔다. 암자 마루에는 문위세의 조카 문희개와 사위 백민수가 와서 더위를 식히고 있었다. 문희개는 문위세의 형 문위천의 장남이었다. 문희개가 부채를 부치며 말했다.

"동상덜, 얼릉 올라와 오이를 묵게."

"아따, 성님은 그라고 앉았응께 도골선풍이 따로 읎소잉."

"도골선풍을 말허자믄 여그 보림사 주지 스님이여. 이 글씨 쪼깐 볼랑가? 보림사 주지 스님 선필禪筆이당께."

문희개가 부채에 쓰인 글씨를 보여주었다.

> 청산 푸른 물은 번뇌 망상을 씻어주고
> 밝은 달 청풍은 도의 마음을 일으키네.
> 青山綠水消塵想
> 明月清風起道心

그러나 문원개는 도골선풍의 위인은 따로 있다고 생각했다. 장흥에 그러한 위인이 있다면 벼슬을 버리고 가지산 산중에 은거하며 도를 닦는 아버지 문위세라고 믿었다. 허연 구레나룻 수염에다 칼칼한 무명 바지저고리 차림의 풍모뿐만 아니라 학문도 감히 범접할 수 없는 경지에 가 있었던 것이다. 문위세는 오직 도학의 길만 걸어온 실천 유학자였다. 기묘사화 때 화를 입은 외숙부 귤정 윤구 밑에서 십일 세 때 『소학』을 배웠던바, 그때 윤구는 '이 아그는 반다시 대유大儒가 될 틴께 범상한 아그로 볼 수가 읎다'라고 칭찬했던 것이다. 윤구는 조카 문위세를 퇴계 이황에게 보냈다. 문위세가 십사 세 되던 때의 일이었다. 그러나 어린 문위세는 그곳 음식과 풍속에 적응하지 못하고 1년 만에 돌아온 뒤, 다시 이십오 세에 도산서원을 찾아가 수년 동안 본격적으로 학문을 연마했다. 삼십일 세 때 모친의 병환 소식을 듣고 급히 장흥으로 돌아왔지만 이듬해 막내 외숙부 윤복이 안동

부사로 부임하자 도산서원까지 수행했고, 삼십삼 세 때는 외종제 윤강중, 윤흠중, 윤단중 세 형제와 다시 도산서원을 찾아 스승 이황에게 『주자전서』에 대한 가르침을 받았다. 이황은 제자들 중에서 문위세를 유독 아꼈다. 문위세, 신내옥, 이재, 윤흠중 세 형제와 봉정사 입구에 있는 명옥대를 찾아가 피서하고 있을 때였다. 명옥대 바위 위로 흐르는 계곡물을 보고는 시를 짓더니 문위세에게 글씨를 쓰도록 했다. 또 제갈량이 병가의 진법을 발전시킨 『팔진도』를 해설한 뒤 그것을 베끼게 한 일이나, 『주객문답』 책을 보이며 제자들에게 '그대들은 이 학설이 어떠한지 논해 보그래이'라고 했을 때 문위세가 '이 책을 보믄 도학으로 들어가부는 것이 으떤 것인지를 알 수 있습니다요.'라고 말하여 이황이 바로 '그기 맞다'라고 인정해주었던 것이다.

입신양명을 버리고 도학자가 되기로 한 문위세가 과거에 나아간 것은 어머니의 바람 때문이었다. 삼십사 세 때 다시 장흥으로 돌아온 문위세는 전라 감영에서 보는 향시에서 장원을 했다. 그해 겨울에는 성균관으로 올라가 진사시에 합격했다. 그러나 문위세는 문과 급제에 대한 미련을 버리고 외숙부 윤구처럼 도학자의 길을 택했다. 유가에서 도학은 불가의 수행과 같은 것이었다. 도학은 성리학을 궁구할 뿐만 아니라 오로지 수신을 강조했다. 수신을 이뤄야만 대유가 될 수 있다고 믿었던 것이다. 문위세는 오십 세가 넘어서는 아예 가지산 골짜기로 들어가 다음과 같은 수신의 글들을 남겼다.

'군자는 위태로운 때 더욱 경계하고 스스로 반성하면서 조심하기에 힘써야 하며, 남이 보지 않는 곳에서 더욱 조심조심 깊은 못에 이른 듯, 엷은 빙판을 밟는 듯 조심해야 할 것이니라. 자빠지고 넘어질 때에도 살펴 헤아릴지니 가득한 물그릇을 받아 든 것처럼, 옥구슬을 쥔 것처럼 하여 순간이라도 사특한 마음이 일어나지 못하게 오직 경敬으로 그것을 막아낼 것이니라.'

'도道를 이룸에 있어서 부지런하기를 바라고 스스로 노력하여 쉼이 없어야 할 것이며, 도가 이루어지지 못함을 근심할 것이 아니라 나의 덕德이 높지 못함을 근심하고, 가난 그 자체를 즐거워할 것이 아니라 가난과 함께하는 나의 도를 즐거워하며, 도를 굳게 지켜 끝까지 하나로 가는 성인의 길을 우러러 고원한 데를 향하되, 근심함으로써 근심 없는 데 이르기를 기약하며, 시종여일 이것을 길이 잊지 않으리라.'

오이를 준비해 온 사람은 문위세의 형 문위천이었다. 그의 장남 문희개가 오이 보따리를 들고 왔던 것이다. 문위천이 동생이지만 문위세를 어렵게 바라보며 말했다.

"난 동상이 평소에 학문의 도나 닦음시롱 세상일을 잊고 산 줄 알아부렀는디 나라를 위해 요로코롬 큰일을 준비허고 있다니 놀랍기만 허네."

"성님, 지는 진작 알았어라우. 정해년에 왜구덜 노략질이 을매나 심했습니까요. 지는 그때 왜구덜이 또 은젠가 올 것이라고 판단했지라우."

"그래서 조카덜에게 검술을 갈쳤는가? 놀라운 일이네."

"지가 가르친 것은 아니고 지덜끼리 배우고 있지라우."

"심이 된다믄 희개도 보성으로 델꼬 가불게."

"장남인께 희개는 집을 지켜야 허지 않을게라우?"

"괴안찮네. 집안에 늙은 나만 있으믄 됐지, 동상 식구덜이 모다 보성으로 가는디 여그 남아 있을 염치가 있겄는가."

매미 소리가 크게 들려왔다. 왕매미가 참나무 등걸에 붙어서 고막을 찢을 듯 날카롭게 울어 대고 있었다. 매미 울음 사이로 간간이 뻐꾸기 울음소리도 아련하게 비집고 들었다.

"나라가 위기에 처한 것을 매미도 아는갑서라우. 미물이지만 뭣을 아는지 젓대 불드끼 다급허게 울고 있당께."

"아따, 동상은 말도 잘 갖다가 붙이네잉."

문위천이 동생 문위세를 정색을 하고 바라보았다. 그러자 문위세가 말했다.

"자형이 격문을 보내왔는디 한번 읽어보실라요?"

문위세가 말하는 자형이란 보성읍에 사는 손위 누이의 남편 박광전이었다. 죽천 박광전 역시 퇴계 이황 문하에서 수학한 뒤 문과 급제하여 선조 14년(1581) 광해군에게 경사를 가르치는 왕자사부가 되기도 했고, 이후 사헌부 감찰, 함열, 회덕 현감을 역임한 뒤 향리로 낙향하여 후진 양성에 힘쓰고 있는 인물이었다. 임진왜란이 일어났을 때 박광전은 육십칠 세의 고령으로 노환을 앓고 있었다. 병환 중이었는데도 그가 쓴 격문은 보성과 장흥, 능성 선비들의 마음을 격동시켰다.

'7월 모일에 전라도 전 현감 박광전, 임계영 등은 능성 현령 김익복과 더불어 삼가 두 번 절하며 열읍 제현들에게 통문을 돌리게 되었소.

아! 나라가 의심 없이 믿고 걱정하지 않았던 것은 하삼도인 경상, 충청, 전라도가 건재하였기 때문이었는데, 경상도와 충청도는 이미 무너져 적의 소굴이 되었고 오직 전라도만이 겨우 한 모퉁이를 보전하여 모든 군량의 수송과 군사의 징발을 이곳에만 의지하고 있으니 나라를 다시 일으켜 세울 기틀이 실로 여기에만 있도다.

요즘 한양이 위급하다 하여 순찰사는 정예병을 거느리고 바닷길로 올라갈 계획을 하고 있고, 병사兵使는 수만의 병력을 거느리고 이미 금강을 넘었으며, 두 의병장(김천일과 고경명)은 역시 근왕을 위하여 이미 전라도를 떠났도다. 열읍의 장사들도 장차 나가기로 결정되어 있는 형편이도다. 이제 도내에는 남은 군사가 몇 명 없으므로 적이 들어오는 중요한 길목의 방비가 극히 허술하고, 호서의 적이 이미 본도 경계선을 범했으니 머지않아 그들의 수중에 들어가고 말 형세가 눈앞에 닥쳤는데 장차 이를 극복할 희망이 무엇인가.

나라의 일이 너무도 위태하여 진실로 통곡할 일이니, 이때야말로 의사義士가 분발할 때이도다. 곰곰이 생각해보면 왜적이 성 밑에 당도하여 우리 장정들을 무참히 죽일 것은 뻔한 일이도다. 그러면 우리 민생이 몸 둘 곳이 어디이며 가족들은 어느 곳에 보내야 한다는 말인가. 영남이 이렇게 당한 것을 우리는 이미 귀로 들었고 눈으로 보았으니. 산중으로 도망가 숨을 수도 없고 구차히 목숨을 보전할 길도 없어서 우리는 결국 죽고 말 것이다.

기왕 죽는 것이라면 나라를 위해 죽지 않겠는가? 더구나 만에 하나라도 중요한 길을 잘 막아 왜적의 기세를 저지시킨다면, 사지死地에서 살아나는 것이요, 부끄러움을 씻고 나라를 회복함도 이때인 것이도다.

우리 도내에는 반드시 누락된 장정과 도망친 군졸이 있을 것인즉, 만약 식견 있는 선비들이 서로 격려해서 힘 모아 일어나 스스로 일군一軍을 만들어 왜적이 향하는 곳을 감시하여 요충지를 굳건히 지킨다면, 위로는 왕의 군사를 성원할 수 있을 것이요, 아래로는 한 지역 백성의 목숨을 보호할 수 있을 것이도다.

이 기회에 힘껏 도모하여 영남 사람들같이 무너져서는 안 될 것이도다. 영남 사람들은 왜적을 만난 초기에, 한마음으로 단결하여 막아낼 생각을 하지 아니하고 머리를 싸매고 미물처럼 도망쳤으니, 그것이 비록 허둥지둥하여 어찌할 바를 모르는 데서 나온 까닭이었다고 하나, 오늘날 생각하면 반드시 후회가 될 일이도다. 왜적의 기세가 등등하여 가옥들이 불타고 처자들이 능욕을 당한 뒤에야 영남의 의사들이 분연히 일어나서 많은 수의 왜적들을 목 베거나 사로잡았으니, 마음이 조금이나마 든든하다 하겠으나 이미 때는 늦었도다.

삼가 바라건대, 이와 같은 일을 징계 삼아 나태한 습성을 버리고 남보다 먼저 출발하여 기약한 날짜에 뒤지지 않게 달려오기를 바라노라. 우리들은 본시 활 쏘고 말 달리는 재주가 없고 병법도 알지 못하니, 지휘하여 적을 물리치는 데 있어서는 허술하다고 할 수 있으나 남보다 먼저 창의한 것은 한편으로는 의사의 뜻을 격려하고 다른 한편으로는 용사의 기운을 분발하자는 바라, 사람 마음이 한가지인 것은 일찍이 사라진 적이 없으니 반드시 떨치고 일어날 사람들이 있으리라.

이 격문이 도착하는 날에 즉시 뜻있는 사람들과 함께 온 고을에 알리고 깨우쳐서, 군사들을 데리고 이달 20일 보성 관아 정문 앞으로 모이지 않을 것인가. 한번 기회를 놓치면 후회한들 무슨 소용이 있겠는가. 임금이 치욕을 당했는데도 구원할 줄 모른다면 어찌 사람이라 하리오. 제현들은 처음과 끝을 생각하여 창의라는 것을 도모하기를 바라노라.'

박광전이 병석에서 쓴 격문이었다. 그러나 이때는 이미 고경명이 금산성 전투에서 순절한 뒤였다. 박광전이나 문위세는 고경명의 순절 소식을 아직 듣지 못하고 있었다. 고경명의 순절로 격발한 전라 우의병과는 달리 전라 좌의병은 이순신의 승전 소식에 고무되어 있는 편이었다. 전라 좌수영에서 들려오는 바다 싸움의 연전연승 소식에 육지는 우리가 지키자는 의식이 싹텄던 것이다.

"동상, 거사일까정 의병은 멫 멩이나 모을 수 있겄는가?"

"그동안 모은 숫자는 이백 멩입니다요. 연락하믄 즉시 관산 관아로 오기로 했습니다요."

"더는 안 되는가?"

그러자 문원개가 말했다.

"큰아부지, 집종 백 멩까정 합치믄 삼백 멩이그만요."

"원개야, 집종덜도 역할이 있는 것이냐?"

“지게를 지고 군량을 모으러 댕기고 있지라우.”

“먼 디도 갔겄제잉. 으디까정 갔냐?”

“배를 타고 강진, 해남, 영암까정 댕겨왔그만요.”

매미가 다시 자지러지게 맴맴맴 울었다. 매미 울음소리에 전라 좌의병의 거병일이 시시각각 다가오는 느낌이었다. 문위세는 백운암에서 더 이상 지체하지 않기로 결심했다. 사실상 출정 준비는 완료된 상태였다. 장정 이백 명과 집종 백 명, 그리고 군량미는 상당한 양을 관산 관아 창고에 쌓아놓았던 것이다.

“동상, 인자 하산할 때가 돼야불지 않았는가?”

“성님, 그렇지 않아도 오늘 마지막 훈련을 했어라우.”

“아부지, 시방 장흥으로 내려가실라요?”

“아니다. 맹주님께서 오후에 여그로 오시기로 했다.”

내일 관산 관아에 의병들이 집결하기로 했으므로 지금 내려가야 했지만 문위세는 이미 보성, 장흥, 능성의 전라 좌의병 맹주로 추대받은 임계영 때문에 백운암을 떠나지 않고 있었다. 원래 박광전을 맹주로 추대하려고 했으나 그가 병석에 누워 있었으므로 임계영이 대신 나선 셈이었다.

“맹주님 선친은 원래 장흥 사람인지 알지야? 장흥 임씨라서 여그로 더 오시고 잡은지도 모르겄다.”

“아부지, 선친이 누구신디요?”

나이가 어려 이마에 여드름이 불긋불긋 난 문위세의 막내아들 문홍개가 물었다.

“국담 임희중 어른이신디 생진사시를 다 합격한 분이여.”

임희중은 장흥에서 살다가 보성 조성으로 이거하여 두 아들을 두었는데 장남은 임백영, 차남은 임계영이었다. 두 아들 모두 진사시와 생원시를 합격한 뒤 문과에 급제한 수재들이었다. 임백영은 승정원 좌승지를 지내다가 임진왜란 때는 순창 군수로 나와 있었고, 임계영은 진보 현감을 지내다가 사직하고 일찍이 보성에 내려와 있었다. 육십 대 중반인 임계영은 박광전과 친구처럼 교유하면서 보성 지역의 후학을 양성하는 데 더 큰 보람을 느꼈던 것이다.

오후가 되자 약속대로 임계영이 백운암으로 올라왔다. 문위천과 문위세는 암자 밖으로 나가 임계영을 맞았다.

"맹주님, 겁나게 떱지라우?"

"날씨가 어찌케나 떠운지 산불이라도 날 것 같네그려."

"여그 산중은 시원헌께 마루로 올라오시지라우."

"모레까정은 보성 관아로 모이는디 이상은 읎겄제?"

"낼 관산 관아서 거병해가지고 떠날라고 합니다요."

암자 마루로 올라온 임계영은 문희개가 내민 부채로 땀을 식혔다. 문위천이 물었다.

"맹주님, 전라 좌의병은 몇 멩이나 될게라우?"

"장흥 숫자에 따라 다르겄제."

"장흥은 삼백 멩이라고 헙니다요."

"그라믄 보성 삼백 멩, 능성 백 멩인께 모다 칠백 멩이그만. 조직은 이미 짜놓았네."

임계영은 맹주로 추대받은 뒤 바로 전라 좌의병 조직을 구상한 듯했다. 의병장은 자신이 맡고 의병장 고문에는 병중인 박광전, 군량미 조달 책임을 맡은 문위세는 양향관糧餉官, 박광전의 장남인 진사 박근효는 참모장, 정자 정사제는 종사관, 양호兩湖 도체찰사 정철에게 파견 나간 박광전의 제자인 이십 세의 안방준은 전령으로 이미 점지해두었던 것이다. 다만, 아쉬운 부문은 아직 장수 출신의 전략 전술 참모가 없다는 점이었다.

"장흥 의병 상황은 으쩐가?"

"큰놈이 군량미를 모으고 있고, 강진 출신 이충량을 수하 부장으로 삼았습니다요."

"소문에는 문씨 일문이 다 참여허고 있다는디 참말로 대단헌 일이여."

임계영이 감탄할 만도 했다. 전라 좌의병 지도부 스물한 명은 장흥이 열 명, 보성이 아홉 명, 강진과 흥양이 각 한 명인데 장흥 출신 가운데 남평 문씨만 여섯 명이나 됐던 것이다. 문위세의 아들은 물론 조카와 사위, 그리고 종손인 문익명과 문익화까지 의병에 참여한바, 장흥 문씨 집안이 총출동한 것이나 다름없었다.

"내가 오늘 여그 온 까닭은 장표章標를 정하지 못해서 왔는디 의견들을 말해보시게."

"장표는 맹주님이 정하셔야 되지 않을게라우?"

장표란 부대 표시를 뜻했다.

"생각은 해보았네만 맴에 쏘옥 들지 않는단 마시."

"뭣인디 그랍니까요."

"호랭이를 깃발에 그려넣으믄 으쩔까?"

"좋습니다요. 전라 좌의병은 호랭이 부대가 되겄그만요."

"말허자믄 그라제."

문위천을 비롯해 모두가 박수를 쳤다. 전라 좌의병 장표로 이의가 없다는 뜻이었다. 임계영이 말했다.

"그라믄 누가 종이에다가 호랭이를 한번 그려볼랑가?"

문위세가 방에서 종이를 꺼내왔다. 그러자 막내아들 문홍개가 벼루에 먹을 갈았다. 벼루와 먹을 챙기는 것은 막내 몫이었다. 문위천은 아예 그림을 그리지 못한다고 붓을 놓았고, 할 수 없이 문위세부터 종이에 호랭이를 그렸다. 평소에 우스갯소리를 잘하는 삼남 문형개가 말했다.

"아부지, 으째 호랭이가 하나도 무섭지 않그만이라우. 왜놈덜이 보믄 도망가기는커녕 델꼬 놀겄습니다요."

"그러냐? 그림 소질이 읎는 내가 그린께 그란갑다."

문형개는 둘째 형 문영개가 그린 호랭이를 보고도 도리질을 했다.

"성님, 호랭이가 아니라 오소리 같그만이라우."

문원개가 그린 호랭이는 더 이상했다. 호랑이가 아니라 순한 부룩소가 돼버렸다. 그때 문위세가 임계영에게 말했다.

"맹주님, 그림을 그리기보다는 차라리 호랭이 호虎 자를 쓰믄 으쩔께라우?"

"글씨를 모르는 의병들도 많아불 틴디 괴안찮을까?"

"모다 호랭이를 못 그리고 있는디 으쩔 수 읎당께요."

결국 임계영과 문위세는 전라 좌의병 장표는 호 자를 쓰기로 정했다. 그것만도 임계영은 대단히 만족했다. 전국에 들불처럼 일어난 의병군의 장표 중에는 다행히 아직 호虎 자를 쓰는 데가 없었던 것이다. 호랑이 그림 대신 글자를 쓴 것이 아쉽기는 했지만 거병을 이틀 앞둔 시점에서는 어쩔 수 없는 일이었다.

전라 좌의병

능성현은 전라좌도와 우도 사이에 끼여 있는 땅이었다. 따라서 능성현의 장정들은 전라 좌수영이나 전라 우수영으로 차출돼 수군이 되기도 했다. 그런가 하면 광주 관아로 징발돼 육군이 되는 사람도 있었다. 의병도 마찬가지였다. 관의 징발이나 자신의 의사에 따라 움직였다. 그런 까닭에 능성 땅에는 군역에서 면제를 받은 늙은이와 모자라거나 병을 앓는 장정들만 남아 있는 형편이었다.

백여 명의 의병을 어렵게 모은 능성 현령 김익복은 전라좌도 의병장 임계영 휘하로 들어가기로 결심했다. 이번에 능성 관아로 모여든 의병들은 대부분 나이 든 사삿집 종들이었다. 젊고 건장한 장정들은 싸움터에서 흩어져 돌아온 군졸들이었다.

김익복은 짙은 안개가 걷히기를 기다렸다. 영산강 지류인 지석강이 밤새 강 밖으로 뿜어낸 안개였다. 불볕더위가 이어지는 며칠 동안 지석강은 밤마다 안개를 토해냈다. 안개는 예성산과 연주산 사이에 있는 능성의 너른 땅을 덮었다. 일찍이 김종직이 다녀간 강가의 영벽정은 물론 도학자 정여해의 혼이 서린 춘양의 해망단, 역참이 있는 이양의 금릉 인물역까지 점령해버렸다.

관아 마당에서 밤을 새운 의병들이 축축한 나뭇가지를 주워와 불을 피웠다. 관아의 색리들에게 붙들리어 의병이 된 사삿집 종들이었다. 그들은 의병이 됐지만 관아의 방에 들지 못하고 노숙을 했다. 곁불을 쬐는 관군 출신도 있었다. 병들어 귀가했거나 싸움에서 진 관군 군졸들이었다. 전라 감영이 있는 전주성의 문지기였다는 사내가 투덜거렸다.

"말이 관군이제 내가 칼이나 한번 지대로 잡어봤간디."

"창 들고 바우멩키로 꿈쩍 않고 서 있는 사람이 문지기 아닌게라우?"

사삿집 종의 물음에 사내가 대답했다.

"들고만 있었제 휘둘러본 적은 읎었네."

"그라믄 잘허는 것이 머시다요?"

"서서 자는 특기가 있어불제. 나가 문지기를 험서 터득한 기술이여."

전주 감영에서 문지기를 했다는 사내가 모닥불에 땔나무 가지를 던지면서 말했다. 밤안개에 떨었던 또 다른 의병들이 모닥불 주위로 몰려들었다. 순찰을 돌던 색리가 문지기 출신의 사내에게 주의를 주고 갔다.

"여그 불 쬘라고 온 거 아닌께 더 피우지는 말게."

"쬐끔만 쬐고 꺼불라요."

패잔병 군졸이 문지기 출신에게 물었다.

"아따, 풍이 겁나게 쎄부요잉. 어찌케 서서 잠을 잔다요."

"밤에 순시하는 군관이 지헌티 많이 속았지라. 서서 잠시롱 꿈까정 꿨당께."

그때 말 한 마리가 능성 관아로 쏜살같이 달려왔다. 말발굽 소리가 관아 정문에서 급하게 멈추었다. 말고삐를 세게 잡아당기는지 말이 비명을 지르듯 소리를 냈다. 말에 탄 사내는 호 자 장표를 찍은 깃발을 들고 있었다. 관아 정문에 서 있던 문지기 수문장이 가로막자 그가 눈을 부릅뜨고 소리쳤다.

"현령 나리를 만나러 왔응께 비켜라!"

"니가 누군디 현령 나리를 만난다는 것이냐?"

"난 임계영 의병장님 참모관이다."

"보성서 왔다는 말이여?"

"의병장님 편지를 가지고 왔응께 문을 열어라."

그제야 늙은 수문장이 문을 열어주었다. 말을 타고 달려온 사내는 임계영 의병장의 참모관 박근효였다. 박광전의 아들로 작년에 사마시에 합격한 진사였다. 말이 머리를 흔들며 한동안 진저리치더니 순해졌다. 안개가 걷히기를 기다리며 동헌 마당에서 서성이던 김익복이 박근효를 맞았다.

김익복은 즉시 박근효가 전해준 편지를 읽었다. 편지의 내용인즉 김익복이 능성 관아를 비우기 어렵다면 모병한 의병을 박근효에게 인계하라는 것이었다. 당장에는 전투가 없으니 고을 수장이 잠시라도 관아를 비워둘 수는 없기 때문이었다. 그러나 김익복은 자신이 모병한 의병들을 데리고 보성 관아까지 함께 행군할 생각이었다. 부장으로 임명한 유여완이 있지만 처음부터 그에게 지휘권을 넘기고 싶지는 않았다. 능성 의병들의 사기가 떨어질 수도 있었다. 김익복은 젊은 박근효에게 말했다.

"고을 수장이 잠시라도 관아를 비울 수는 읎는 일이네. 맹주님 생각도 일리가 있어부네. 허나 능성 의병덜은 나를 보고 모인 사람덜이잖은가. 보성까정 따라가 밥 한 끼 묵는 것은 보고 와야 맴이 놓일 것 같어부네."

"의병장님께서는 선의로 말씀허신 것인께 나리 맴대로 하시지라우."

"오해하는 것이 아니네. 고을 수장으로서 능성 의병덜허고 쪼깐만이라도 함께 고락을 나누고 잡아서 그러네."

"여그서 은제 떠나실랍니까요?"

"보성 관아에 다 모였는가?"

"장흥 의병덜은 이미 와 있습니다요."

"알겄네."

때마침 짙은 안개가 서서히 열어지고 있었다. 화순으로 흘러가는 지석강이 흐릿하게 보이고 영벽정이 드러나 보였다. 이윽고 김익복이 말 등에 올라 소리쳤다.

"능성 의병덜은 듣거라. 우덜은 왜놈덜을 토멸하기 위해 스스로 모인 충의지사다. 충의를 위해서는 목심을 바치기로 헌 의병덜이다. 시방 보성 관아로 출발할 것인디 떠나기에 앞서 물을 것이 하나 있다. 시방도 늦지 않응께 말하라. 몸이 아픈 사람이나 집으로 돌아가고 잡은 사람이 있으믄 나오라. 나는 느그 맴대로 해줄 것이다."

그러나 대열에서 이탈하고자 하는 의병은 한 사람도 없었다. 죽창을 든 채 모두 꿈쩍도 안 했다. 충 자와 의 자가 써진 깃발을 든 의병 전령들이 두리번거려 보았지만 의병들의 태도는 한결같았다. 김익복이 다시 한 번 더 소리쳤다.

"읎는가!"

그제야 대열 중간에서 젊은 장정이 앞으로 나왔다.

"으디서 온 누구냐?"

"쌍봉사 옆 조대감골에 사는 구가입니다요."

"병을 앓고 있느냐?"

"지는 병자가 아닙니다요."

"그렇다믄 으째서 못 가겄다는 것이냐!"

김익복이 칼을 빼어 들고 말에서 내렸다. 사열을 받던 의병들이 술렁거렸다. 김익복은 의병들의 사기 못지않게 군율도 중요하다고 판단했다. 김익복이 엄한 목소리로 꾸짖듯 다시 물었다.

"니는 진작 군졸로 나갔어야 했는디 이제사 나선 놈이다. 무신 까닭으로 귀가하겄다는 것인지 이실직고하라!"

"나리께 얼릉 말씸드리지 않고 멀 우물쭈물 허느냐?"

답답했던지 옆에 서 있던 색리가 나서서 다그쳤다. 그제야 젊은 장정이 말했다.

"중병 든 홀엄니가 겨십니다요."

"니가 사는 마실에는 이웃도 읎느냐?"

"성한 사람은 모다 징발돼 나가불고 읎습니다요. 마실에 남은 사람이라고는 거동허기도 심든 상늙은이뿐입니다요."

"네 이놈! 니보담 나이 묵은 사람도 싸움터로 나가는 판에 부끄럽지 않느냐? 색리는 이놈을 묶어 옥에 가둬뻔져라!"

비로소 의병들의 술렁거림이 멎었다. 서릿발 같은 김익복의 명에 의병들이 자세를 바로잡았다. 색리와 군교가 젊은 장정을 옥으로 끌고 갔다. 그런데 그가 김익복 앞을 지나치면서 울음 섞인 소리로 말했다.

"나리, 집사람이 만삭입니다요. 배불러 오늘낼 지다리는 만삭입니다요. 홀엄니는 거동도 못 헌디 지는 으째야 합니까요."

의병들 사이에서 누군가가 소리쳤다.

"나리, 지가 저 사람 몫까정 싸와불라요. 긍께 집으로 돌려보냅시다요."

"능성에 깐난애기 울음소리가 난 지 오랩니다요. 능성 경사입니다요."

김익복이 말에 다시 탔다. 그런 뒤 의병들을 천천히 둘러보았다. 젊은 장정에게 야유를 보냈던 의병들의 눈빛이 좀 전과 달랐다. 그를 그의 집으로 보내자는 것 같은 눈빛으로 변해 있었다. 김익복은 그 순간을 놓치지 않았다.

"나는 의병덜이 원하는 대로 할 것이다. 으째야 쓰겄느냐?"

"마누라헌티 보내야지라우!"

"좋다. 색리는 구가를 놓아주거라!"

순간, 능성 관아에 함성 소리가 울려 퍼졌다. 의병들이 죽창을 허공에 찌르며 소리를 질러댔다. 충 자와 의 자 깃발을 든 기수는 깃대를 이리저리 힘차게 흔들었다. 함성 소리는 잠시 동안 능성 관아를 뒤흔들었다.

"와아! 와아!"

젊은 장정이 김익복 앞에 엎드렸다.

"나리, 지 목심은 인자 나리 것입니다요. 애기를 보고 난 뒤에는 반다시 의병들을 쫓아갈 것입니다요."

"좋다. 니는 돌아거거라."

이윽고 능성 의병 백여 명은 보성을 향해 출발했다. 향도가 된 박근효가 선두에 서서 나아갔다. 그 뒤로 기수들이 따랐고 김익복은 능성 의병을 이끌었다. 부장 유여완은 대오 끝에서 참퇴장 역할을 했다. 참퇴장이란 이탈자를 벌하는 장수였다. 안개는 인물역을 지날 때쯤 완전히 걷혔다. 머리에 흰 띠를 동여맨 능성 의병들은 계당산 고갯길을 바라보며 걸었다. 계당산 고갯길만 넘으면 거기서부터는 보성 땅이었다.

김익복은 계당산 고갯길을 넘어가기 전에 휴식을 명했다. 의병덜은 웃통을 벗은 채 계곡물에 뛰어들어 땀을 씻었고, 말먹이꾼들은 말들에게 개울가 산자락에 웃자란 부드러운 풀을 먹였다. 김익복은 의병들이 휴식을 취하는 동안 박근효에게 전라 좌의병의 작전에 대해서 물었다.

"보성서 거병헌 뒤 으디로 갈 계획인가?"

"의병장님께서 일단 남원으로 갈 것이라고 했습니다요."

"전라도 성 가운데 남원성이 제일 중요허지."

"남원성을 가보신 적이 있으신게라우?"

"내 고향이 남원이라네."

전주는 조선 왕조의 본향인 데다 전라도를 관할하는 감영이 있으므로 중요한 고을이었다. 아직까지 조선 관군이 전주성을 수성하고 있다는 것은 임금이나 의주 행재소 대신들에게는 큰 위안이었다. 한양이 수도라면 전주는 왕도였다. 그러므로 왕도 전주는 조선의 자존심이기도 했다. 그런 이유가 있었으므로 전라 좌의병이 남원으로 올라가서 차후 작전을 편다는 것은 당연한 수순이었다. 남원성은 전주를 방어하는 길목으로서 1차 요해지였다. 경상도를 거의 점령한 왜 육군은 전주를 호시탐탐 노리고 있었던 것이다.

"남원은 은제 당도할 예정인가?"

"맴이야 빨리 가고 잡지만 군량미 땜시 늦어불 것 같그만요."

"그려. 의병 모병도 인자 쉬운 일이 아니지만 군량미가 더 큰 문제여."

의병군은 관군과 달리 군량미를 자체 조달한 뒤에야 작전이 가능했다. 관군처럼 비축해둔 군량미가 없기 때문이었다. 의병군은 군량미가 부족하면 작전지역으로 조금도 전진할 수 없었다. 그래서 그 지역에서 가장 존경받고 능력 있는 인사에게 군량미를 조달하고 운반하는 책임을 맡겼다. 전라 좌의병의 양향관을 문위세로 지명한 것도 바로 그러한 이유 때문이었다.

"보성 의병이 은제 남원에 도착할지는 알 수 읎겄그만."

"지 생각도 그렇그만이라우."

"군량미가 지대로 받쳐주믄 남원을 빨리 갈 것이고, 그렇지 않으믄 예상보다 지연될 수도 있겠네그려."

"일각이 여삼춘디 지지부진허믄 안 돼겄지라우."

"앞으로는 모병도 큰일이네. 다른 고을은 으떤지 모르겄네만 능성은 마실덜이 텅텅 비었네. 젊은 장정덜은 하나도 안 보이고 모다 늙은이덜뿐이란 마시."

"이러다간 의병이 모다 사삿집 종덜로 채워질지도 모르겄그만이라우."

"피난을 으디로 갔는지 마실에 사람덜이 읎어져부렀네."

"짚은 산으로 들어가부렀을께라우?"

"조사 나갈 색리도 도망쳐불고 읎는디 어찌케 행방을 자세히 알겄는가."

더위를 식힌 능성 의병은 다시 행군을 시작했다. 김익복은 계당산 고갯길에서는 말에서 내려 걸었다. 늙은 말이 힘들어했다. 말이 배 속의 것을 일부러 비워내듯 똥을 싸댔다. 박근효도 말에서 내렸다. 그의 말도 코를 벌름거리며 침을 질질 흘려댔다.

인물역의 찰방이 김익복에게 말을 주기는 했지만 가려서 보냈다. 왕실 목장에서 가져온 젊고 싱싱한 말은 공무에만 이용했고 늙거나 병든 말을 관아에 보내주곤 했던 것이다. 인물역의 살찐 말들은 임금의 허락을 받고 난 뒤 흥양 목장에서 가져온 수말이었다.

계당산을 넘어서자마자 산들바람이 불었다. 비릿한 냄새로 보아 봇재를 넘어온 바닷바람 같기도 했다. 김익복이 탄 말은 다시 기운을 냈고, 의병들의 발걸음도 빨라졌다. 두어 식경쯤 더 걸었을 때는 희끗희끗 성민들이 보였다.

"무신 사람덜인가?"

"성민덜이 북문 밖까정 나와 있는 것 같습니다요."

"사역을 하는가?"

"지도 가차이 가봐야 알겄습니다요."

잠시 후에는 꽹과리 소리와 징 소리가 났다. 좀 더 가깝게 다가가서야 능성 의병들의 입이 벌어졌다. 보성 농악꾼들이 북문 밖으로 나와 능성 의병들을 환영하고 있었다. 성민들은 북문에서 남문까지 줄을 서서 박수를 쳤다. 보성은 남문이 정문이었다. 남문으로 들어가는 양쪽은 토성처럼 동산이 있고, 관아 뒤쪽은 산이 막고 있어 성안은 솥단지처럼 좁았다.

능성 의병들이 남문을 들어서자 성안은 의병들로 더욱 북적거렸다. 칠백 명의 의병들이 보성 관아에 들어차기는 처음 있는 일이었다.

객사 앞 한가운데에 의병장으로 추대받은 임계영이 전복戰服 차림으로 서고, 그의 좌우로는 박광전, 김익복, 문위세, 정사제, 임제, 소상진, 문원개, 문영개, 백민수, 문형개, 문홍개, 문희개, 임영개, 염세경, 양간, 이충량, 김홍업, 선경룡, 김언립, 황윤기 등 지도부 전원이 도열했다. 병중인 박광전은 서 있지 못하고 동헌에서 가지고 나온 호상에 앉았다. 노환을 앓고 있는 양간은 얼굴만 잠깐 내밀고는 집으로 돌아가 아들 양자하를 보냈다.

문위세의 부장인 강진 태생의 이충량이 나직하게 말했다.

"전라 좌의병 지도부에 의병장님 가족덜이 다 나와부렀습니다요."

"우리 장흥파 문가덜이 모다 나를 따라주었으니 참말로 고마운 일이네."

"의병장님 매형, 사위도 있그만이라우."

"으디 나만 그런가. 죽천 가족도 눈에 띄네."

죽천은 박광전의 호였다. 전라 좌의병 참모관이 된 박근효는 그의 장남이었고, 박근제는 차남이었다. 그런가 하면 박광전의 제자 안방준도 연락 참모, 즉 의병장 전령으로 임계영 뒤에 서 있었다. 임계영의 친족 중에는 그의 조카 임제가 지도부에 이름을 올리고 있었고, 장흥에서 온 문중 사람 임영개가 눈에 띄었다.

김익복이 자신을 대신할 부장 유여완에게 당부했다.

"능성 의병을 자네가 잘 보살피게. 나는 능성으로 돌아가 공무를 봐야 하네."

"걱정 마시지라우. 지가 심껏 애쓰겄습니다요."

이윽고 임계영이 벗었던 투구를 쓰고 난 뒤 소리쳤다. 투구가 커서인지 두 눈이 보일락 말락 했다. 임계영의 목소리는 육십오세의 고령답지 않게 쩌렁쩌렁 울렸다. 그의 목소리에는 충절과 전의가 짙게 묻어 있었다.

"여그 앉아 겨시는 죽천 동지의 격문에 동감하노라. 나는 본시 활 쏘고 말 달리는 재주가 읎고 병법도 알지 못하니 이해를 구하노라. 의병을 지휘하여 적을 물리치는 데 어찌 어려움이 읎겄느냐. 허나 내가 의병장이 된 까닭은 오직 충의지사의 맴을 격려하고 여기 모인 용사들의 사기를 북돋기 위해서이노라. 남원성으로 가는 동안 예상되는 우리 의병의 가장 큰 난관은 관군과 달리 군량일 것이다. 그러나 그런 난관이 있다고 해서 여그서 멈출 수는 읎다. 지성이면 하늘이 감동헐 것이다. 하늘의 맴이 곧 백성의 맴이 아니겄느냐. 왜적을 무찔러 백성을 지키겄다는 맴이 절절허다믄 군량은 저절로 하늘이 내릴 것이니라. 의병덜이여, 나를 따르라!"

"예!"

장흥, 능성, 보성의 3개 의병군인 전라 좌의병은 임계영 의병장의 진심에 전의가 솟구쳤다.

그러나 조직 체계는 아직 완전하지는 못했다. 3개 의병군이 따로따로 움직이려는 기미를 보였다. 임계영 밑에서 3개 의병군을 장악할 만한 좌우부장이 없기 때문이었다. 그렇다고 출진을 지체할 수는 없었다. 이미 전라 우의병 의병장 최경회와 남원에서 회동하여 다음 작전을 펴기로 약속돼 있기 때문이었다.

임계영은 말에 올라탄 뒤 엄한 목소리로 명을 내렸다.

"전라 좌의병은 즉시 낙안으로 출발하라."

명을 받은 세 부장들이 서로 먼저 남문을 빠져나가려고 수하의 의병군을 움직였다. 순식간에 대오가 흐트러졌다. 임계영은 군사를 다뤄본 경험이 없었으므로 당황했다. 부장들에게 행군 대오와 순서를 하달해야 하는데 그것을 놓쳤던 것이다. 보성 관아에 남은 김익복이 자신도 모르게 혀를 찼다.

"쯧쯧. 세 개 의병군을 하나로 묶어내는 장수가 읎네그려."

그러나 다행히 남문을 통과한 뒤에는 장흥 의병이 선두를, 그리고 보성 의병, 능성 의병 순으로 행군의 질서를 잡았다. 그제야 임계영은 말고삐를 잡아당겨 앞으로 나아가 박근효를 통해 명을 하달했다.

"인자부텀 장흥, 보성, 능성 의병은 하나다. 내 휘하에서 하나로 움직여야 하느니라. 내 명에 반하는 사람은 반다시 처벌할 것이니라."

박근효는 부장들을 찾아다니며 임계영의 지시를 전달했다. 그제야 행군 대오는 흐트러지지 않고 남문이 보이지 않을 때까지도 질서를 유지했다. 살구나무 같은 유실수 밑이나 오이 밭을 지나면서도 민폐를 끼치지 않았다. 불볕더위에 시달렸지만 함부로 대오를 이탈한 의병은 한 명도 없었다.

순천 장수 장윤

보성 남문을 떠난 지 한나절도 되기 전이었다. 임계영 휘하의 의병군은 불볕이 내리쬐는 그럭재를 오르는 동안 지친 기색이 역력했다. 힘이 들기는 육십오 세의 임계영도 마찬가지였다. 무거운 투구와 두꺼운 전복을 훌훌 벗어버리고 싶을 정도였다. 그러나 의병장 임계영은 내색하지 않고 바로 뒤에 박근효와 정사제를 거느린 채 의병군을 이끌었다. 전라 좌의병군은 산길이 가파른 그럭재를 넘고 있었다. 갓 마흔을 넘긴 박근효도 땀을 뻘뻘 흘려댔다. 그럭재를 다 내려온 뒤 박근효가 임계영에게 말했다.

"군사덜이 더우를 묵을 것 같습니다요. 쩌그 그늘에서 쬐깐 쉬었다가 가는 것이 으쩌겄습니까요."

"행군도 훈련이네. 떠웁다고 전투를 안 헌가?"

"이탈허는 의병이 생기믄 사기가 떨어져분께 그라지라우."

"이럴 때일수록 앞에 가는 우리덜 태도가 중요헌께 절대로 심든 내색을 보이지 말게."

"의병들이 시방 모다 지쳐 있응께 한번은 휴식을 줘야 할 것 같습니다요."

"알겄네."

임계영은 박근효가 재차 건의하자 일단 보류했다. 행군도 훈련이라고 생각했고 남문을 떠난 지 한나절도 안 되었기 때문이었다. 전투에서 공격과 후퇴를 신속하게 하려면 행군 능력은 기본이었다. 임계영이 탄 말도 불볕더위를 견디지 못하고 힘들어했다. 이번에는 양향관을 맡고 있는 문위세가 다가왔다.

"참모관을 순천으로 보내 우리덜 출병을 알리는 것이 으쩌겄습니까요?"

"그러세. 순천뿐만 아니라 잠시 후 우리덜이 지나칠 낙안 관아에도 알려야겄네."

임계영은 즉시 박근효를 순천으로, 정사제는 낙안으로 먼저 보냈다. 낙안 관아는 순천성으로 가는 길목에 있었다. 낙안에서도 모병할 수 있다면 하루 이틀 정도는 더 머물 수 있었다. 그러나 낙안은 전라 좌수영 관할 지역으로 아마도 건장한 장정이라면 모두 수군으로 차출되어 갔을 터였다. 장정이 있다면 육군으로 징발돼 갔다가 패전한 전장에서 흩어져 내려온 산졸들일 가능성이 컸다.

그럭재를 넘어온 뒤 두어 식경쯤에 갈대밭 사이로 천이 하나 나타났다. 순천까지 흐르다가 바다로 들어가는 칠동천이었다. 임계영은 장흥과 능성 의병군의 부장을 불러 군사들이 휴식을 취하도록 지시했다.

“사방에 경계병을 세우고 쉬도록 하라!”

“예, 의병장님.”

“논밭에는 절대로 들어가지 말라.”

“주의를 단단히 주겠습니다요.”

“마실 여자덜을 희롱허지 말라.”

“예.”

칠백여 명의 의병들이 일제히 칠동천으로 뛰어들었다. 칠동천이 순식간에 흙탕물로 변했다. 의병 일부는 저고리를 빨아 갈대밭에 널기도 했다. 웃자란 갈대들이 숲을 이루고 있었다. 장흥과 보성 의병이 물속에서 수영 실력을 겨루기도 하고, 즉석에서 각력 시합을 했다. 의병장이 따라오지 않은 능성 의병은 헤죽거리며 구경만 했다. 부장 유여완이 사기를 북돋았지만 능성 의병군은 어딘지 기가 죽어 있었다.

각력은 수중 씨름이 됐다. 지는 사람은 물속에 넘어지므로 물을 먹게 되어 있었다. 장흥과 보성 의병의 실력은 막상막하였다. 서로 지고 이기기를 반복한 까닭에 최종 우승자가 쉽게 나타나지 않았다. 힘이 센 장사가 각력을 잘하는 것은 아니었다. 상대의 힘과 손발의 여러 기술을 이용해 겨루는 것이 각력이었다. 힘만 믿고 밀어붙이다가는 상대의 기술에 중심을 잃고 넘어졌다. 휴식 시간이 끝날 때까지 장흥과 보성 의병 선수들은 승패를 보지 못했다. 계속해서 힘이 더 센 황소 같은 선수가 나타났다.

시합이 좀 지루해질 무렵이었다. 능성 의병군의 부장 유여완이 웃통을 벗고 물속으로 들어갔다. 유여완은 통통한 몸집에 키가 작았으므로 마치 통나무를 잘라 놓은 듯했다. 그가 물속으로 들어갈 때는 통나무가 구르는 것 같아 보성과 장흥 의병군들이 웃음을 터뜨렸다. 그러나 능성 의병들은 갈대밭에서 기어나와 모두가 응원했다.

"부장님, 능성 사람덜 숨은 실력을 보여줘부쏘잉!"

"걱정 말어부러. 내가 멜갑시 나섰간디."

"각력 기술은 능성이 최고지라우."

"장흥이나 보성 각력 기술은 애송이여."

각력 시합에서 마지막까지 남은 장성과 보성 의병 선수 모두 키가 천하대장군만 했다. 유여완은 먼저 보성 의병 선수와 맞붙었다. 키부터 차이가 많이 나므로 보성 의병들이 능성 의병 선수로 나선 유여완을 드러내놓고 무시했다.

"바우 들드끼 들어서 홱 던져부러!"

"맴대로 안 돼아야. 심으로만 이기는 것이 각력이간디."

보성 의병 선수가 자기를 응원하는 의병의 훈수대로 유여완을 번쩍 들어 올렸다. 이른바 들배지기 기술이 들어갔다. 그러나 유여완이 보성 의병 선수의 몸에 거머리처럼 찰싹 달라붙어버렸다. 그러자 보성 의병 선수가 헛웃음을 지으며 유여완을 놓아준 뒤 잠시 서서 숨을 골랐다. 처음부터 힘을 썼기 때문에 호흡이 거칠어졌다. 바로 그때 유여완이 전광석화처럼 안다리걸기로 공격했다. 발로 보성 의병 선수의 발을 안에서 감아 밀어버렸다. 그러자 보성 의병 선수가 큰 나무토막 넘어지듯 첨벙 하는 소리를 내며 물속으로 나자빠졌다. 승부는 싱겁게 끝났다.

"짜고 허는 거여?"

"일부러 져주는그만잉."

이번에는 장흥 의병 선수가 나섰다. 그런데 보성 의병들은 누가 바람을 잡지 않았는데도 유여완을 응원했다. 능성이 장흥 의병군보다 군세가 약하기 때문에 동정을 받았다.

"능성 선수는 시방 심이 다 빠져부렀는디 바로 시합허는 것은 반칙이여!"

"일리가 있는 야그그만."

그러나 능성 의병 선수 유여완이 소리쳤다.

"괴안찮은께 시방 헙시다. 모다 같은 의병덜인디 이기나 지나 으쩔 것이요."

"상금이 있는 것도 아니고, 이기고 잡은 맴이 안 나부네잉."

장흥 의병 선수가 시합이 탐탁지 않은지 투덜거렸다. 보성 의병들이 들고일어났다.

"인자 기권허겄다는 거여, 뭣이여."

"기권이라니, 장흥의 황소 장사를 무시허지 말드라고."

잠시 옥신각신한 뒤 장흥 선수와 유여완이 샅바를 잡았다. 장흥 선수는 좀 전의 보성 선수보다 훨씬 더 침착했다. 함부로 힘자랑을 하지 않았다. 방어를 하면서 상대의 실수를 유도했다. 그러나 신체적으로 불리한 능성 의병군 부장 유여완은 말려들지 않았다. 장흥 선수가 앞다리치기로 공격하면 뒷다리치기로 맞섰다. 장흥 선수가 밧다리걸기로 들어오면 안다리걸기로 응수했다. 지구전으로 들어가면 몸집이 큰 선수가 먼저 힘이 빠지기 마련이었다. 장흥 의병 선수의 호흡은 벌써 거칠어져 뱃살이 벌렁벌렁했다. 유여완을 힘으로 눌러버릴 기회를 찾고 있었다. 유여완은 장흥 의병 선수의 호흡을 놓치지 않고 들으면서 판단했다. 예상했던 대로 장흥 의병 선수가 서서히 들배지기 기술을 시도했다. 키가 크고 힘이 센 장사가 좋아하는 기술이 들배지기였다. 그러자 유여완이 기다렸다는 듯이 장흥 의병 선수 밑으로 들어가 뒤집기 기술로 공격했다. 멧돼지처럼 자세를 낮추고 돌진한 기술이었다. 장흥 의병 선수는 힘없이 물속으로 넘어져버렸다.

"와아! 와아!"

"얼릉 행군 대오로 모여부러라!"

때마침 각력 시합이 끝나자마자 임계영의 종사관 정사제가 탄 말이 달려왔다. 정사제가 낙안 관아의 사정을 임계영에게 보고했다.

"의병장님, 낙안 군수 나리가 겨십니다요."

"뭐라고 허시드냐?"

"전라 좌의병이 출병하여 낙안을 지난다고 하니 지달리겄다고 했습니다요."

그러자 옆에 있던 문위세가 말했다.

"낙안에서도 계원유사를 구해야겄습니다요."

계원유사繼援有司란 계향유사繼餉有司라고도 하는데, 군량을 모으는 책임자를 뜻했다. 대부분 벼슬을 했던 재야 선비나 재력이 있는 토호 양반이 맡았다. 문위세는 장흥은 자신이, 보성은 박광전이 책임지기로 했지만 다른 고을은 아직 계원유사를 정하지 못했던 것이다. 문위세의 걱정거리는 오직 군량 확보였다.

"에렵지 않을까. 행재소로 보내기 위해 비축미까정 좌수영으로 보냈다는 야그를 들었네. 낙안에는 순천과 달리 큰 부자도 읎고 말이여."

"군수가 지달린다고 허니 행운이 있을지 압니까요."

"군수와 말은 통헐 것 같네만."

"으째서 그랍니까요?"

"신 군수는 선대부텀 고부에서 산 사람이네. 우리멩키로 전라도 사람이니까 통한다는 말이네."

"지는 겡상도 사람덜이 더 잘 통해불드그만요."

"풍암은 퇴계 선상 제자라서 그란가?"

풍암楓菴은 문위세의 호였다.

"안동서 공부함시롱 육칠 년은 보냈지라우. 거그서 아조 살아불 뻰했당께요."

"공부만 허는 한량인디 거그 사람덜허고 부대낄 일이 있었겄는가?"

임계영은 진보珍寶(현 청송) 현감 시절이 생각나 도리질을 했다. 말이 달라 소통하기도 힘든 데다가 음식도 입에 맞지 않고 그곳 유생들이 전라도 출신이라고 경원하는 바람에 현감으로 부임해 간 지 1년 만에 사직하고 말았던 것이다.

"그라고 봉께 맹주님도 겡상도서 살아부렀그만요."

"안동은 그래도 양반이시. 진보는 인심이 아조 사납드랑께."

"뭣이 심들었는게라우?"

"벼슬아치가 와도 외지 출신헌티는 웬만해서는 정을 주지 않드랑께. 그래분께 을매나 답답허겄는가. 향수병이 날 수밖에 읎어불제."

불볕더위는 조금도 꺾이지 않고 여전했다. 의병들의 바지저고리가 방금 물속에 들어갔다 나온 것처럼 다들 땀에 젖었다. 의병군 대오에서 시큼한 냄새가 풍기어 코를 찔렀다. 바람 한 점 없는 산길이었다. 그나마 위안이 되는 것은 마을을 지나칠 때마다 아낙네들이 물동이를 이고 나와 찬물을 마실 수 있게 해주는 것이었다. 찬물을 바가지에 떠서 지나가는 의병들에게 주었다. 의병들은 찬물을 마시기도 하고 머리에 붓기도 했다.

이윽고 멀리서 말 한 마리가 흙먼지를 일으키며 다가오고 있었다. 낙안 군수 신호의 군관이었다. 군관은 삼십 대 초반으로 보였다. 그가 임계영 앞으로 달려와 말했다.

"낙안 군관입니다. 나리께서 의병장님을 정중하게 모시고 오라 해서 왔습니다."

"나리께서 관아에 겨시다니 다행이네."

"하루만 늦었더라도 만나시지 못했을 것입니다."

"무신 일이 있는가?"

"본영 좌수사 나리께서 부르셨습니다."

"그란가? 보성서 서둘러 온 보람이 있그만."

신호와 만나기를 더 기대하는 사람은 문위세였다. 그는 낙안의 계원유사를 소개받을 생각뿐이었다. 문위세가 물었다.

"행재소에 낙안 비축미를 보내부렀다는 것이 사실이여?"
"본영으로 보냈습니다. 순천도 마찬가지입니다."
"낙안이나 순천 관아 창고가 다 비어부렀다는 말이그만잉."
"행재소에서 보낸 선전관의 지시인데 누가 거역하겠습니까?"
문위세의 얼굴은 금세 어두워졌다. 낙안과 순천에서 계원유사를 구한다는 일이 불가능해졌기 때문이었다. 군량은 일선의 관군에게는 무기와 같은 것인데 비축한 양식까지 행재소에서 긁어갔다고 하니 맥이 풀렸다. 문위세의 걱정은 곧 현실로 드러났다. 낙안에서는 기대할 것이 없었다. 오십 대의 신호는 성문까지 나와 임계영을 맞아주었는데, 정중했지만 군색한 말부터 했다.
"점심을 잘 대접해야 하는디 그러지 못해 미안하그만요."
"나리께서 한 끼를 해결해주신다니 고마울 따름이지라."
낙안 관군들은 처마 그늘에 삼삼오오 앉아서 점심으로 보리 주먹밥을 먹고 있었다. 행재소에서 쌀을 회수해 갔으니 군사는 보리밥으로 배를 채울 수밖에 없었다. 반찬도 군내 나는 젓갈에 무말랭이나 쓰디쓴 머위 겉절이뿐이었다.
"관군과 의병이 모다 똑같이 보리 주먹밥을 묵는디 무신 불평이 있겄습니까?"
"보리 주먹밥이라도 많이 내놓도록 조치해부렀습니다."
"후한 환대에 의병덜이 보람을 느끼고 심을 낼 것 같소."
의병들은 사령청에서 주는 보리 주먹밥으로 순식간에 요기했다. 보성에서 새벽 일찍 국밥을 먹고 아침나절 내내 쉬지 않고 걸은 탓인지 몹시 시장했던 것이다. 낙안 관아는 보리 주먹밥을 사령청 마루에 쌓아놓고 의병들이 달라는 대로 주었다. 신호는 함경도 조산보 만호 시절부터 자존심이 센 무장으로 소문나 있었지만 임계영에게는 고분고분했다. 마치 집안의 큰형님을 대하듯 깍듯했다.

"맹주께서 원하시믄 낙안에 더 머물러도 좋습니다요."

"오늘 순천으로 가야지라. 가능한 한 남원에 빨리 도착하기로 했응께."

임계영은 의병 전력을 강화시키려면 낙안보다는 순천이 낫다고 판단했다. 낙안에서는 단 한 명의 의병도 모집하기 힘들 것 같았다. 뿐만 아니라 군량은 생각할 수조차 없었다. 신호는 미안했던지 헛기침을 하면서 말했다.

"맹주께서는 칼을 빼어 들고 실제로 적과 싸와본 적이 있는지 궁금헙니다."

"경서만 읽어온 늙은 문사가 어찌케 병법을 알겄소?"

"활을 잡지 않고도 싸와 이기는 법이 반다시 있을 것입니다."

"그것이 뭣이요?"

"지가 오늘 비록 군량은 내어주지 못허지만 그 계책은 줄 수 있겄지라우."

"말씸을 얼릉 들어불고 잡소."

신호는 조산보 만호 시절 이미 조정의 대신들로부터 빼어난 검술과 궁술 및 전술가로 인정을 받은 인물이었다. 그런 신임이 있었기 때문에 도총부 도사가 됐다가 임란 직전 전라도의 요해지 중 하나인 낙안 군수로 내려오게 되었던 것이다.

"전장에서는 장수가 으뜸이지라우. 병법을 잘 아는 장수가 있느냐 읎느냐에 따라서 싸움의 승패가 갈려불지라우. 지가 부장을 한 명 소개해불겄습니다."

"우리 의병군에 그런 장수가 읎어서 한이그만이라."

"순천 사람인디 순천성 수성장을 자원한 장윤張潤이라는 장수지라우."

"지가 과문해서 그런지 첨 듣는 이름이오."

"호령이 공정허고 분명해서 사졸덜이 잘 따르는 장수지라우."

신호가 장윤을 추천하는 데는 그럴 만한 이유가 있었다. 신호는 자신보다 열세 살 아래인 장윤을 자신과 많이 닮은 무부라고 생각했다. 자존심이 강한 것이나 청탁 등으로 비굴하게 벼슬을 구하지 않는 것이 그랬고, 궁술과 무예를 좋아하는 무부다운 기질이 그랬다. 선조 15년(1582)에 무과 급제하여 발포 만호로 부임했으나 장윤은 강직한 성품을 굽히지 않고 상관인 전라 좌수사와 갈등하다가 사직하고 순천으로 돌아와버렸으며, 임란 직전에 사천 현감으로 제수됐지만 임란 발발로 부임하지 못하고 권준 부사에게 자원하여 순천성 수성장이 됐던 것이다.

"장윤을 부장으로 삼는다믄 맹주의 의병군은 으디서 싸우나 틀림읎이 이기는 군사가 될 것입니다."

"이제사 안심이 돼부요."

"맹주께서 원하신다믄 편지를 써 드리지라우."

"고맙소."

임계영은 즉시 문위세와 유여완을 불러 출발을 지시했다. 날이 저물기 전에 순천에 입성하려면 서둘러야 했다. 의병들은 낙안에서 요기한 보리 주먹밥 힘으로 행군 속도를 냈다. 때마침 불볕더위가 한풀 꺾이고 바람이 한 줄기 불어왔다. 순천 바다 쪽에서 불어오는 비린내 나는 바닷바람이었다.

의병군이 순천성 남문에 이르자 박근효와 장윤이 나와 임계영을 맞았다. 박근효와 장윤은 나이는 엇비슷했으나 풍기는 분위기는 전혀 달랐다. 박근효는 사마시에 합격한 몸집이 호리호리한 진사였고, 장윤은 팔척장신으로 무과에 급제한 무부였다. 나이는 박근효가 장윤보다 두 살 많았다. 임계영이 박근효를 통해 신호의 편지를 전했다.

장윤은 신호의 편지를 바로 읽더니 임계영 앞에서 무릎을 꿇었다.

"맹주 나리, 목심을 바치겄습니다요."

"자네를 부장으로 천거 받고 비로소 시름을 놓아부렀네. 제갈공명을 얻어분 것 같네."

"맹주 나리의 뜻을 받들어 왜적을 섬멸하는 디 앞장서겄습니다요."

"나는 부장이 잘 싸우도록 모든 지원을 하되 간섭은 하지 않겄네."

비로소 전라 좌의병은 군수 보급을 지원하는 임계영 의병장의 지휘부와 전술 전략가인 장윤이 의병군을 거느리고 일선에서 전투하는 편제를 갖추었다. 다른 고을에서 거병한 의병군과 분명 달랐다. 의병장은 후방에서 군수 지원만 하고 무인 출신인 장수가 권한을 갖고 전투를 지휘하는 체제였다.

임계영은 순천성을 바로 떠나지 못했다. 순천 부사 권준이 전라 좌수영에 가 있기 때문이었다. 장윤은 스스로의 의사에 따라 진퇴가 가능한 수성장이었지만 그래도 순천부의 수장인 권준 부사에게 양해를 얻고 떠나는 것이 도리였다.

"맹주 나리, 차라리 잘 돼야부렀습니다요. 부사 나리가 올 때까정 여그서 의병과 군량을 모을 수 있다믄 더 좋은 일이지 않겄습니까요."

"부장이 나에게 왔으니 인자 군량만 확보된다믄 무엇이 두려웁겄는가."

그날 밤 임계영은 여러 고을에 돌릴 격문을 하나 지었다. 군량을 모아 보내줄 계원유사들에게 호소하는 격문이었다.

'지금 군사를 이끌고 왜적이 있는 곳으로 가서 최경회崔慶會군軍과 협력할 준비가 급한데 군사를 먹일 양식이 없어지니 낭패이도다. (중략) 여러 선비들이여, 비록 질병이나 사고로 의병에 참여치 못한다고 하더라도 군량을 도와주는 일만은 힘써줄 수 있을 것이도다. 모름지기 군중軍中에서 비바람을 무릅쓰는 고생을 생각하고, 흉한 적이 분탕질하는 화禍를 생각하여 각기 분발하고 격려하여 마음과 힘을 다해 양식을 보내줌으로써 우리 의병으로 하여금 왜적을 무찔러 마침내 근왕의 뜻을 다할 수 있도록 바라노라.'

의병이 늘어날수록 걱정되는 것은 군량 확보였다. 임계영의 기우는 당장 현실로 나타났다. 다음 날부터 충의와 용력을 겸비

한 장윤이 전라 좌의병에 가담했다는 소문이 퍼지자 갑자기 의병들이 모이기 시작했다. 며칠 만에 승려와 사삿집 종, 백정 등 삼백여 명이 순천성으로 달려왔다. 전라 좌의병은 순천에서 머문 지 단 며칠 만에 천 명으로 불어났다. 이제 임계영은 의병의 숫자가 더 늘어나기 전에 순천성을 떠나야 했다.

전라 우의병

전라도 각 고을의 의병장들은 고경명의 담양 의병군을 담양 회맹군이라고 불렀다. 여러 고을의 의병장들이 고경명을 맹주로 추대하고 그의 휘하로 들어갔기 때문이었다. 능성 출신 문홍헌 의병장도 능성과 화순, 동복에서 모병한 삼백 명의 의병들을 이끌고 고경명의 담양 회맹군이 됐던 것이다.

문홍헌은 구희, 박혁기, 노희상 등을 참모로 삼아 고경명의 의병군에 합류했는데 본인은 정작 전투는 해보지도 못하고 모속관募粟官이 되어 동복으로 내려와 돌았다. 군량을 모으는 모속관이란 양향관과 같은 말이었다. 능성 현령과 화순, 동복의 유생들은 고경명의 금산 전투와 그의 순절 소식을 뒤늦게 들었다. 고경명의 종사관으로 참전했던 구희가 구사일생으로 살아남아 유랑민 같은 산졸들을 수습하여 능성으로 내려왔던 것이다.

능성 현령 김익복은 기가 막혔다. 며칠 전에 모병한 능성 의병군을 전라 좌의병에 합류시키고 돌아와 공무를 보던 참이었다. 고경명의 담양 의병군이 금산 전투에서 패전했다는 소식에 눈앞이 캄캄했다. 머리가 어질어질했고 도대체 믿어지지가 않았다. 그러나 금산성 패전과 고경명의 순절은 현실이었다. 산졸들은 며칠 동안 굶은 탓에 관아 마당에 들어와서는 전염병에 걸린 환자들처럼 하나같이 널브러졌다.

패잔병의 처지가 된 산졸들의 모습은 거지나 다름없었다. 구희는 찢어진 전복 차림이었고, 산졸들은 바지저고리도 제대로 갖춰 입지 못한 꼴이었다. 부상자들은 산발한 채 치료를 받지 못해 상처가 덧나 있었다. 찰과상을 입은 팔다리에서는 누런 고름이 흘렀다. 김익복은 구희를 보자마자 그를 끌어당겨 안았다.

"청계가 아니오?"

청계는 구희의 호였다. 구희는 기대승의 문하생으로 아직 벼슬길에 나아가지 못한 유생이었는데, 능성에 집성촌을 이루고 사는 구씨 중에서 큰 부자로 알려진 구현경의 아들이었다. 구희 집안에서는 구희가 고경명의 종사관이 되면서 군량미 백 석을 내놓기도 했다. 한 집에서 군량미 백 석을 내놓기란 결코 쉬운 일이 아니었다. 당시에도 부자들이 더 인색했던 것이다.

"현령 나리, 왜군 놈덜에게 져불다니 분하요."

"왜군이 으떤 놈덜인지 알았응께 앞으로 백배 천배로 갚아주믄 될 것이오."

"반다시 그랄 것입니다요."

"메칠 전에 능성 의병덜이 보성으로 떠났소. 전라 좌의병이 된 것이오."

"여징 성님은 동복에 있을 것입니다요. 아마도 여징 성님은 맹주님 순절 소식을 못 들었을 것입니다요."

여징은 문홍헌의 자였다. 구희는 습관대로 문홍헌의 호 대신에 자를 불렀다.

"청계가 여그로 온 줄은 모르겄지라."

"지가 살아 돌아온지는 모를 것입니다요."

구희는 자신보다 한 살 많은 문홍헌을 믿고 따랐다. 문홍헌의 호는 경암이었다. 비록 구희와 나이는 한 살 차이밖에 나지 않았지만 그의 인품과 도량이 뛰어나 능성의 모든 유생들이 따르고 흠모했다. 그의 아버지도 진사였는데, 그는 여덟 살 때부터 향교에 취학하여 경서를 외웠으며 장성해서는 율곡 이이 문하에 들어가 수학한 뒤 선조 15년(1582)에는 진사시에 급제했다. 능성에 조광조 서원이 건립된 것은 도학을 숭상한 그의 도움이 컸다. 서원 부지를 마련하지 못해 능성 유생들이 전전긍긍하자 그가 땅과 노비를 내놓아 서원 건립을 성사시켰던 것이다.

"오늘 경암이 관아로 올 거요."

"모의곡 땜시 오는그만요."

"내가 모은 군량을 넘겨주기로 했는디 담양 의병군이 패전했다니 으디로 보내야 헐지 모르겄소."

"경암 성님은 절대로 물러서불지 않을 것입니다요."

"청계도 또 나서불 것이오?"

"맹주님께서 순절허신 뜻을 어찌케 잊겄습니까요. 지 목심은 오직 하늘에 있을 뿐입니다요."

"능성에 경암과 청계가 있다는 것이 든든해부요."

능성의 아낙네들이 달려 나와 급히 주먹밥을 만들었다. 한쪽에서는 관졸들이 솥단지 몇 개를 걸어놓고 미역국을 끓였다. 산졸들에게 먹일 주먹밥과 미역국이었다. 산졸들은 주먹밥과 미역국 냄새만 맡고서도 기운을 냈다. 만신창이가 된 그들의 입가에 슬슬 웃음기가 배어나왔다.

산졸들이 배불리 주먹밥을 먹고 있을 때였다. 김익복의 말대로 문홍헌이 나타났다. 동복에서 능성 관아로 한걸음에 달려온 것이었다. 그러나 문홍헌은 거지꼴로 주먹밥을 먹고 있는 산졸들을 보자 충격을 받았다. 그가 모병한 부하들이었던 것이다. 문홍헌은 바로 김익복을 만나러 가지 않고 말에서 내려 능성 군졸에게 국자를 건네받았다. 산졸들에게 국을 떠주기 위해서였다. 그때 소매가 찢겨진 저고리를 입은 거지꼴의 말복이 쫓아왔다.

"나리, 쇤네 말복입니다요."

"니 옷이 으째서 그러느냐?"

"나리, 다시는 뵙지 못할 줄 알아뻔졌습니다요."

"니허고 함께 있던 군사덜은 으디 있느냐?"

"지는 디진 왜놈덜 시체 더미 속에 숨어 있다가 도망쳐 왔그만요."

"용감허구나."

"살아야 복수헐 수 있을 것 같아 그랬습니다요."

종 말복은 고경명이 왜군의 칼에 쓰러지자 시신들 속에서 죽은 체하고 있다가 밤중에 그곳에서 도망쳤다고 말했다. 고경명이 순절한 이후의 담양 의병군은 순식간에 오합지졸이 돼버렸다. 왜군들이 산짐승 몰이를 하듯 도망치는 의병을 쫓아다니며 샅샅이 죽였다.

"또 나서겄다는 말이냐?"

"지 목심이 붙어 있는 한 왜적을 한 놈이라도 더 죽이겄습니다요."

"니야말로 진정 나라를 생각허는 민초구나."

문홍헌은 말복의 충절에 어금니를 물었다. 문홍헌은 국자에 미역국을 가득 떠 말복이 든 사발에 부었다. 산졸들은 주먹밥을 다 먹은 뒤에도 국 솥단지 앞에서 줄을 섰다. 무쇠 솥단지에서 끓여낸 미역국이 꿀물처럼 달콤하고 시원했기 때문이었다.

그제야 문홍헌은 동헌으로 올라갔다. 동헌에는 김익복이 호상에 앉아 문홍헌을 맞았다. 김익복은 현령으로 부임하여 능성 양민들에게 칭송이 자자한 인물이었다. 특히 송사가 났을 때 공명정대하게 처리하여 당사자 모두를 만족시키는 고을 원님으로 유명했다. 그러니 그가 모병했을 때 그동안 계속돼온 징발과 차출로 능성 장정들의 씨가 말랐음에도 불구하고 백여 명이나 모여들어 전라 좌의병에 가담할 수 있었던 것이다.

"문 진사, 유생덜이 협조를 잘해줘 모의곡 이백 석을 마련해부렀소."

"현령 나리께서 선정을 베푸신께 가능했겄지라우."

"방금 청계가 다녀갔소. 노모를 뵈러 간다고 서둘러 여그를 떠났소.”

“청계가 왔다는 말씀입니까?”

“혼자 오지 않고 산졸덜을 한 식구멩키로 모아 델꼬 왔소.”

문홍헌이 능성에서 최초로 의병들을 모병할 때 가장 열성을 보인 사람이 바로 구희였다. 문홍헌과 구희는 생사를 함께하기로 맹세한 의형제나 다름없었다. 문홍헌은 구희의 소식을 듣자마자 동헌 마룻바닥에 눈물을 떨어뜨렸다. 문홍헌은 한때 자신의 부하였던 산졸들을 김익복에게 부탁하며 자리에서 일어났다.

“현령 나리, 산졸덜을 잘 보살펴주시믄 고맙겄습니다요.”

“탈이 없는 의병은 새 옷으로 갈아입혀 집으로 보내불고, 부상자들은 여그 관아 의원에게 치료받도록 할 생각이오.”

“동복에서 모은 군량을 필요허시다믄 보내드리겄습니다.”

“의병덜이 묵을 모의곡인께 관에서 쓰면 안 돼지라. 그냥 놔두믄 반다시 또 쓸 디가 있을 것이오.”

김익복은 문홍헌의 제의를 받지 않았다. 공사를 분명하게 구분하는 처사였다. 문홍헌은 김익복의 처사에 내심 감탄하며 관아를 나와 구희 집으로 향했다. 관아와 지척의 거리에 있는 구희 집은 구씨 집성촌 한가운데 있었다. 구씨 집성촌은 연주산 아래 지석강이 훤히 내려다보이는 곳에 있었다.

지석강 강변의 들은 무심할 정도로 파랬다. 일손이 부족한 난리 중임에도 벼들이 들판을 파랗게 뒤덮고 있었다. 이층 누각인 강변의 영벽정도 스스로 잘 자라고 있는 들판의 벼들을 내려다보고 있는 것만 같았다.

구희는 문홍헌을 보자마자 달려왔다. 그들은 서로 두 손을 맞잡고 흔들었다. 문홍헌이 말했다.

"이것이 꿈인가 생시인가?"

"성님, 생시지라우."

"하늘이 동상을 살려준 것은 다 뜻이 있을 것이네."

"지도 고로코롬 생각허요."

"최 정언은 살았는가, 죽었는가?"

최 정언이라 함은 작년에 문과 급제한 화순의 최홍재를 말했다. 화순 삼천리에 사는 진사 최경운의 장남이자 최천부의 손자였다. 최천부는 아들 삼 형제를 두었는데 장남이 최경운, 차남이 최경장, 삼남이 최경회였다. 최홍재가 담양 의병군에 가담한 연유는 고경명이 금산에서 최경회에게 편지를 보냈던바, 최경회는 모친상 중이었으므로 대신해서 조카 최홍재를 의병 수백 명과 함께 금산으로 보냈던 것이다.

"금산으로 가는 중에 고경명 의병장이 순절했다는 소식을 듣고 시방 화순으로 돌아오고 있다는 소문을 들었그만요."

"능성 산졸덜허고 최 정언 의병덜을 합쳐 다시 거병허믄 으찌겄는가?"

"지는 성님 생각대로 움직여불라요."

"허긴 우리덜은 살아도 같이 살고 죽어도 같이 죽자고 맹서허지 않았는가."

고경명의 편지를 받고 의병을 모은 뒤 담양으로 떠나기 며칠 전 밤이었다. 두 사람은 영벽정 활터에서 만났다. 반달이 인색하게 달빛을 뿌렸다. 달이 구름에 가릴 때는 과녁이 보이지 않았다. 두 사람은 활터에서 활을 몇 순 쏘았다. 그런 뒤 영벽정으로 올라가 서로의 손가락에 피를 내어 막걸리에 탄 다음 생사를 함께하기로 맹세했다. 불과 두 달 전인 지난봄의 일이었다.

"성님 요로코롬 있을 때가 아니그만요."

"그라네. 시방 화순으로 가 일휴당 부사를 만나불세."

"일휴당 어른이 나선다믄 다시 의병덜이 모일 거그만요."

"얼릉 달려가세."

일휴당은 최경회의 호였다. 그는 담양 부사 재임 중에 모친상을 당하여 화순에 내려와 있었다. 그는 유년 시절부터 진사 할아버지에게 가학家學을 익혔고, 십육 세에 교수 김원의 딸과 결혼했다. 이후 기묘명현인 학포 양팽손의 아들 양응정에게 도학을 익혔다. 양응정은 생원시에 장원한 뒤 문과 중시에도 장원급제하여 당대에 이름을 낸 호남의 명유였다. 양응정은 문하생인 최경회를 가리켜 '사람됨이 곧아불고 꼿꼿헌 것이 난리를 당해부러도 의연하게 대처할 자는 반다시 이 사람일 것이여'라고 칭찬하며 그에게만 병서를 권했다. 최경회가 문무를 겸비한 의병장이 될 수 있었던 것은 일찍이 병서를 익힌 덕분이었다.

최경회는 이십육 세에 광주의 기대승을 찾아가 교유했다. 최경회보다 다섯 살 연상인 기대승은 영남의 노장 선비인 퇴계의 주장을 반박할 정도로 성리학의 심오한 경지에 다다랐던 호남의 소장 명유였다.

이후 최경회는 삼십 세에 생진사 양시에 합격했고 마침내 선조 즉위년(1567)인 삼십육 세 때 문과에 급제하였는데, 실제로 관직에 나아간 것은 7년 뒤부터였다. 종6품 성균관 전적에서부터 담양 부사에 이르기까지 17년 동안 관직 생활을 했다. 내직보다는 외직에서 그의 능력은 빛을 발했다. 형조 좌랑에서 옥구 현감으로, 다시 장수 현감, 영암 군수, 영해 부사, 담양 부사로 갔는데, 그가 떠난 고을마다 송덕비나 선정비를 세워주었던 것이다. 특히 사십육 세 때 장수 현감으로 부임해 가 있는 동안 논개 모녀를 재판했던 사건은 그를 더욱 항직한 벼슬아치로 이름나게 했다.

논개가 태어난 곳은 장수현 주촌이었다. 아버지 주달문은 경상도 안의현 금당리 방지촌에서 살다가 전라도 장수로 이사 와서 훈장을 하며 생계를 꾸려가는 산중 한사寒士였다. 그런데 주달문은 불행하게도 논개가 어렸을 때 병들어 죽었다. 논개의 어머니 박씨는 살길이 막연하여 삼촌 주달무와 살림을 합쳤다. 주달무가 합치자고 권유한 데는 논개 모녀가 불쌍해서가 아니라 다른 이유가 있었다. 논개를 부잣집에 민며느리로 팔면 돈을 벌 수 있기 때문이었다. 실제로 주달무는 장수 토호 김풍헌에게 논개를 민며느리로 보내기로 하고 일찌감치 돈을 받아 챙긴 상태였다. 불구 아들을 둔 김풍헌에게 민며느리로 팔려간다는 사실을 알게 된 논개 모녀는 경상도 안의현으로 도망쳤다. 그러자 김풍헌이 장수 관아에 고발했다. 최경회는 장수 현감으로 부임해 와서 송사 기록을 검토하던 중에 김풍헌의 고발장을 보고는 아전을 안의현으로 보내 안의 현감에게 죄인을 체포하여 인도해달라고 요구했다.

마침내 최경회는 붙잡혀 온 논개 모녀를 심문했다. 그 결과, 논개 모녀는 무죄로 방면됐고 오히려 고발장을 낸 김풍헌과 주달무가 장형에 처해졌다. 그런데 그다음이 문제였다. 박씨는 안의현의 친정으로 돌아갈 수 있었지만 논개는 막상 따라갈 수 없었다. 혼사를 깬 파혼녀라 외가로 가 사는 것이 불편했던 것이다. 할 수 없이 논개는 최경회의 부인에게 가서 자신의 사정을 이야기했다. 다행히 부인은 논개를 내아에서 허드렛일을 하는 부엌데기 구실아치로 입적시켜주었다. 그런 뒤 2년도 안 되어서였다. 논개는 최경회의 눈에 들어 소실이 되었다.

그러나 최경회의 사랑은 거기까지였다. 내직인 호조 정랑에 제수된 최경회는 조정 대신들의 눈을 경계하여 논개를 데리고 가지 않았다. 이후 영해 부사, 담양 부사로 전전하면서도 마음에는 두고 있었지만 논개를 부르지 못했다. 소실을 데리고 다니는 벼슬아치라는 소리를 듣고 싶지 않았기 때문이었다. 뿐만 아니라 오십구 세 때 모친상을 당해 담양 부사를 사직하고 고향 화순으로 돌아오면서는 비통한 마음에 논개를 아예 생각조차 못 했다. 논개를 부를 수 없는 형편이 계속된 셈이었는데, 그동안 논개와 만나지 못한 세월은 12년이나 되었다. 당시 소실이란 남편과 함께 살면 아내 노릇을 했고 멀리 떨어져 있으면 남이었다.

문홍헌과 구희는 화순의 최경회 집을 찾았다. 능성과 화순은 아주 가까운 거리였다. 최경회 집 앞에는 의병들이 모여 웅성거리고 있었다. 능성에서 보았던 산졸들과는 달랐다. 바지저고리도 말쑥했고, 개중에는 창과 활을 든 사뭇 정예 군사 같은 모습을 한 의병도 있었다. 알고 보니 금산으로 가던 최홍재가 회군한 의병들이었다. 최홍재가 문홍헌을 알아보고 반갑게 쫓아왔다.

"여징, 기다리고 있어부렀소."

"여그서 만날 줄 상상도 못 했소."

최홍재가 구희에게도 말했다.

"청계, 또 요로코롬 만나다니 반갑그만."

최경회의 집은 궁궐 같았다. 화순과 능성, 동복에서 가장 큰 규모의 기와집이었다. 관아보다 더 격식을 갖춘 건물들이었다. 솟을대문 안에는 열댓 채의 기와집이 빼곡하게 들어차 있었다. 삼 형제와 그 자식 대에서 문과 급제자만 세 명, 진사시 두 명, 무과 급제자 한 명이 나왔으니 가세가 불붙듯 일어날 수밖에 없었다. 문홍헌과 구희는 최홍재를 따라 솟을대문 안으로 들어섰다. 최경회 모친의 위패를 봉안한 초가 움막으로 안내를 받아 갔다. 최경회는 상복인 삼베옷을 입고 문홍헌과 구희가 절하는 동안 곡을 했다. 진즉 조문했지만 또 절을 하는 것이 상례였다. 세 사람은 초가 움막 제단 앞에 앉아서 이야기를 했다. 문홍헌이 최경회에게 말했다.

"부사 나리, 광주를 근거지로 삼아 의병을 일으키믄 으쩌겄습니까?"

"상중이라 근신허고 있는디 가능허겄는가?"

구희가 말했다.

"나라를 구허는 충이나 부모에게 바치는 효는 같은 것이 아니겄습니까?"

"청계 말이 백번 옳네만 나는 너무 늙어부렀네."

"나이와 무신 상관이 있겄습니까? 김천일, 고경명 의병장도 다 육십이 넘은 고령에 나섰습니다요."

"자네덜이 심껏 도와준다믄 못헐 것도 읎겄지."

최경회는 그 자리에서 문홍헌 등이 맹주로 추대하는 것을 허락했다. 상중이지만 집안의 일은 두 형님에게 부탁하면 될 것 같았다. 문홍헌과 구희는 즉시 능성으로 돌아와 향교 유생들에게 거병한다는 사실을 알렸다.

맹주가 된 최경회가 격문을 돌리니 광주, 화순, 능성에서 스물한 명의 명망 있는 유생들이 모여들었다. 문홍헌, 구희, 최홍재 등 능성과 화순에서만 스물한 명 중 열한 명의 이름 있는 유생들이 참여했다. 며칠 사이에 모병한 의병은 팔백 명이나 되었다. 최경회는 모병한 의병을 전라 우의병이라고 불렀다. 전라 우의병의 장표로는 날카롭고 빠르게 먹이를 낚아채는 송골매로 정하고 송골매 골鶻 자를 깃발에 새겼다. 광주 관아에서 집결한 전라 우의병은 전라 좌의병 의병장 임계영과 약속한 대로 남원성으로 가기 위해 7월 26일에 길을 떠났다. 참모진은 가면서 정하기로 하고 행군을 시작했다.

남원 장수 고득뢰

전라 우의병은 남원으로 가는 도중 옥과현 합강촌에서 행군을 멈추었다. 합강촌 앞으로는 섬진강 지류인 옥과천이 흘러가고 있었다. 벼들이 일렁이는 푸른 들판 사이로 마치 능구렁이가 기어가듯 느리게 흘렀다. 햇살이 난반사하는 강물은 능구렁이의 서늘한 비늘처럼 번들거렸다. 행군을 멈추라는 최경회 의병장의 명이 떨어지자마자 의병들 수십 명이 강물로 뛰어들었다.

그러나 최경회는 의병군에게 휴식을 줄 생각은 없었다. 합강촌 앞에서 멈춘 까닭은 금산 전투에서 순절한 유팽로의 혼령을 위로하고 싶어서였다. 유팽로는 지난 4월 20일에 조선 최초로 의병을 일으켜 고경명의 담양 회맹군에 가담했고 금산 전투에서 고경명과 함께 장렬하게 순절했던 것이다. 최경회는 연락 참모인 조카 최홍재를 불러 말했다.

"여그서 쉬라고 멈춰분 것이 아니다잉."

“날씨가 겁나게 떠와분께 휴식을 줘야 쓰지 않을께라우?”

“여그가 유팽로 장수가 태어난 마실이다. 그런디 의병덜이 시끄럽게 떠들어서야 되겄느냐.”

“유팽로 학유學諭가 태어난 마실이 여그였그만요.”

“우리덜이 상례에 따라 조문헐 수는 읎겄지만 여그서 모다 엎드려 절은 허고 가는 것이 도리가 아니겄느냐.”

최홍재가 강물로 뛰어든 의병들에게 다가가 소리쳤다.

“의병덜은 자기 부대로 돌아가부러라!”

머리끝까지 강물에 흠뻑 젖은 의병들이 방게 무리처럼 눈치를 보며 천변으로 기어나왔다. 의병들이 광주, 화순, 능성 순으로 도열하자 말에 올라탄 최경회가 외쳤다.

“의병덜이여, 잘 들어부러라. 한 사람에게 상을 줘불믄 그가 헌 일을 천만 명에게 권장헐 수 있느니라.

금산서 의병군이 패배헐 때 유학幼學 안영 장수는 싸움 중에 고경명 대장이 탄 군마가 쓰러져뻔지는 것을 보자마자 달려갔느니라. 그라고 자기 말로 바꽈 타게 헌 다음 걸어서 뒤따라가다가 기꺼이 죽음을 당했느니라.

학유 유팽로 장수는 적의 칼날이 빗발치드끼 어지러와불 때 그의 집종덜이 모다 얼릉 물러나 적의 칼날을 피허자고 하자 화를 냄시롱 ‘내가 시방 만약 달아나불믄 대장은 어찌케 되겄느냐?’라고 해부렀다. 대장을 보니 주위에 군사가 읎어 말이 앞으로 가지 못허고 있었느니라. 그래서 유팽로 장수는 자기 집종덜에게 대장을 호위허게 허고 자신은 뒤를 따르며 적과 싸와불다가 적의 칼에 찔려 죽어부렀느니라.

이 두 장수의 충절과 의리에 주먹이 쥐어지고 가슴이 벅차불지 않는가! 의병덜이여, 이 두 장수를 본받고 잡지 않는가! 죽어도 산 사람이 있고 살아도 죽은 사람이 있는 것이니라.

아! 사람덜 맴이 변해부러 임금님을 배반허고 나라를 등진 채 자신만 살기를 도모허는 자들이 곳곳에 있으니 어찌 한심허지 않으랴. 임금님을 위하고 어른을 지키고자 왜적과 싸우다가 죽어부렀다는 이야기를 아조 들을 수가 읎도다. 오직 이 두 장수만 자신의 이익을 돌보지 않고 분연히 정의만을 위해 자신을 버렸도다. 의병덜이여, 그대덜도 이 두 장수멩키로 용감허게 싸우지 않겄는가.

바로 저 마실이 유팽로 장수가 태어난 마실이니라. 유팽로 장수의 뼈가 묻힌 마실이니라. 어찌 충의로 모인 우리덜이 이 마실을 그냥 지나칠 수 있겄는가. 의롭게 순절한 장수의 혼령을 위로허지 않고 우리덜의 맴을 격동시키지 않는다믄 어찌케 사기를 불러일으켜불겄는가. 다만 우리 팔백 의병덜이 한꺼번에 조문허기가 에러우니 여그서 엎드려 절허자는 것이니라. 그러니 모다 여그 엎드려 절하며 조문허는 것이 도리가 아니겄는가!"

"의병장님 나리 말씸이 옳습니다요."

의병들이 모두 죽창을 허공에 찔러대며 복창했다. 그러자 최경회가 말에서 내려 의병들에게 지시했다.

"저 마실이 유팽로 장수가 조선 최초로 의병덜을 모은 곳이니라. 의병덜은 유팽로 장수의 뼈와 혼령을 향해 절을 하라."

"예. 의병장 나리."

"생사를 함께 헌 안영 장수에게도 하라."

"예."

"담양 회맹군 고경명 대장에게도 절하라."

"예, 나리."

"금산에서 순절한 모든 의병덜에게도 절허는 것이 마땅치 않겄느냐?"

"예."

의병들은 모두 여덟 번 절을 했다. 팔백 명의 의병들이 일시에 절도 있게 엎드려 절하는 모습은 장관이었다. 전라 우의병은 절하는 동안 금산 전투에서 순절한 의병들의 혼령을 위해 복수를 하겠다고 다짐했다. 물론 건성으로 따라 하는 의병도 일부 있었지만 대부분은 주먹을 쥐고 이를 악물었다. 입술을 깨무는 의병도 있었다.

그제야 최경회는 조카 최홍재를 불러 의병들에게 휴식을 주라고 명했다. 잠시 후, 의병들이 옥과천 강물에 너도나도 뛰어들었다. 옥과천이 사람 반, 물 반으로 변했다. 의병들은 종아리에 거머리가 달라붙어 피를 빠는 것도 모르고 물장구를 쳤다. 최경회는 모속관인 문홍헌을 불렀다.

"경암, 조문을 빈손으로 헌 것 같아서 맴이 찜찜해분디 으째야 쓰까?"

"시방 싸움하러 나가는 우리덜에게 부조헐 물자가 으디 있겄습니까요."

"그래도 그냥 지나가불기가 미안헌께 허는 말이시."

"싸움이 끝난 뒤에 다시 와 십시일반으로 모아 부조허믄 으쩌겄습니까?"

"우리덜 목심을 모다 하늘에 맽겨부렀는디 여그를 다시 온다고 어찌케 장담허겄는가."

"대장님 말씸은 맞그만이라우. 낼 어찌케 될지 모르는 우리덜이 다시 여그로 온다는 보장은 읎겄지라우."

"경암, 미안헌 말인디 군량을 쪼깐 내놓고 가믄 으쩔까?"

"군량이라고라우?"

문홍헌이 깜짝 놀랐다.

"군량을 조달허는 책임자인 경암에게 차마 헐 소리는 아니네만 내가 오죽허믄 옹삭헌 말을 꺼냈겄는가."

"대장님, 군사덜이 묵을 군량인께 절대로 안 됩니다요."

문홍헌이 단호하게 반대했다. 그러나 최경회는 다시 오지 못할 것 같다는 예감이 들었는지 고집을 굽히지 않았다. 평소와 달리 강경하게 반대하는 문홍헌을 설득했다. 군량의 출납은 오직 문홍헌의 허락이 떨어져야만 가능한 일이기 때문이었다.

"군량 땜시 경암이 을매나 애를 쓰는지 잘 알고 있네."

"어처자고 고런 말씸을 허십니까?"

"나도 생각이 있어부러 에럽사리 꺼낸 얘기네."

최경회는 부조할 군량을 대책 없이 내놓으라고 할 생각은 없었다. 군사들에게는 정량을 먹이더라도 장수들의 끼니를 줄이면 되지 않겠느냐는 요량으로 말했던 것이다.

"나부텀 한 끼를 줄여불겄네. 동조허는 장수덜도 한 끼를 건너뛰어불믄 에렵지 않을 것이란 마시."

"대장님 생각이 정 그러시다믄 벨 수 읎지라우."

"고맙네. 집에서 처자덜이 단지쌀 모으드끼 허믄 못헐 바도 읎을 것이네."

단지쌀이란 전라도 양반집 아낙네들이 끼니때마다 쌀을 한 줌씩 덜어 단지에 넣어 모았다가 요긴한 데 쓰는 양식을 말했다. 곡간에서 나오는 양식과 달리 아낙네들이 용처가 생기면 마음대로 쓸 수 있었던 것이 단지쌀이었다.

"그라믄 지가 의병덜 서너 명을 델꼬 합강촌에 댕겨오겄습니다. 부조로 쌀 한 가마니 보내믄 되겄지라우?"

"시간이 읎응께 우리덜은 몬자 남원으로 떠나겄네. 바로 뒤따라와불게."

전라 우의병은 다시 행군을 시작했다. 늦여름 무더위가 의병들의 발걸음을 곧 무겁게 했다. 강물에 젖었던 의병들의 바지저고리는 금세 꼬들꼬들 말랐다. 그러나 그런 감촉도 오래가지 못했다. 의병들은 구례 논길을 지나면서 장대비를 맞은 듯 다시 땀범벅이 되었다. 섬진강으로 넘어가는 산길은 바람 한 점 없었다. 지난 장마 때 패인 자드락길의 돌멩이들은 달구어진 쇠붙이 같았다.

섬진강을 따라 이어지는 남원 가는 둑길에서야 강바람이 조금 일었다. 목덜미까지 시원해지면서 숨통이 트였다. 불볕더위에 숨죽이고 있던 버드나무 가지와 이파리들이 강바람에 휘휘 깨어났다. 최경회는 남원 입성을 앞두고 의병들에게 다시 한 번 더 휴식을 주었다.

“산을 넘어왔응께 심든 고비는 넘겼다. 여그서 잠시 쉬었다 갈 것이다. 강이 짚으니 함부로 들어가지 말라.”

의병들은 강변 풀밭에서 강바람을 쐬며 더위를 식혔다. 최경회는 말에서 내려 뒤따라오는 문홍헌을 기다렸다. 그런데 그때였다. 남원 쪽에서 흙먼지를 일으키며 말 두 마리가 달려오고 있었다. 남원 쪽에서 오는 사람이니 분명 문홍헌은 아닐 터였다. 남원에서 오고 있는 사람은 척후장으로 보냈던 구희였다. 뒤따르고 있는 또 한 사람은 투구를 쓰고 있는 모습으로 보아 남원의 무장이 틀림없었다.

구희가 앞서 달려와 최경회에게 보고했다.

“대장님, 고득뢰 전 방답 첨사와 함께 왔습니다요.”

“나는 그 사람을 모른디 무신 일인가?”

“고득뢰 첨사는 대장님을 흠모해 뵙고 잡당만요.”

최경회는 가뭄에 단비를 만난 듯 근심이 사라졌다. 휘하에 무관 출신이 없었으므로 고득뢰를 빨리 대면하고 싶었다.

“나도 첨사를 만나고 잡네.”

“고 첨사를 보시믄 신뢰가 갈 것입니다요.”

그때 머리에 쓴 투구가 작아 보일 정도로 기골이 장대한 고득뢰가 뚜벅뚜벅 걸어왔다. 어깨가 떡 벌어졌고 눈초리는 맹수처럼 매서웠다. 인중 양쪽으로 다듬은 수염이 날카롭게 보였다. 고득뢰가 먼저 말했다.

"남원 사는 고득뢰그만요. 대장님을 한번 뵙고자와 찾아왔습니다요."

"요로코롬 찾아와주니 고맙네."

최경회는 고득뢰 같은 무장이면 의병들을 이끌 만하겠다고 판단했다.

"나와 함께헐 생각은 읎는가?"

"평창 임지로 시방 가야 헐지 말지 망설이고 있그만요."

고득뢰는 자신의 처지를 숨기지 않았다. 그럴 줄도 모르는 사람이었다. 일찍이 무과 급제하여 어란 만호에서 방답 첨사로 가 있다가 어머니 상을 당하여 남원에 와 있던 중이었다. 그런데 어머니 상이 끝나자마자 평창 군수로 제수받아 즉시 임지로 가야 할 형편이었는데 하루 이틀 미루고 있었던 것이다.

"나는 그대와 같은 부장이 필요허다네. 남원으로 돌아가 다시 한 번 더 생각해보고 알려주게나."

"위급헌 디로 달려가 싸울 생각에는 변함이 읎지라우. 대장님께서 쬐깐만 지잘려주신다믄 결정을 내리겄습니다요."

"알겄네."

전라 우의병은 휴식을 끝내고 행군 대오로 정렬하여 남원 가는 길을 걸었다. 고득뢰가 최경회 바로 뒤에서 길을 안내하는 임시 향도가 되었다. 최경회가 고득뢰에게 물었다.

"전라 좌의병이 남원에 입성했는가?"

"아직 전라 좌의병을 보지 못했그만요."

고득뢰는 보성에서 거병한 임계영의 전라 좌의병이 순천부에서 떠난 것을 모르고 있었다. 약속한 날짜로 보아 전라 우의병과 전라 좌의병은 남원성에 앞서거니 뒤서거니 입성할 것도 같았다. 전라 우의병이 전라 좌의병보다 거병을 며칠 늦게 했지만 지체하지 않고 남원을 향해 행군했기 때문이었다.

"전라 좌의병의 대장은 누구인게라우?"

"보성서 떠나분 임계영 의병장이네. 우리는 서로 남원서 만나기로 편지를 주고받아부렀네."

고득뢰는 남원까지 오는 동안 최경회와 많은 이야기를 주고받았는데 자신이 알고 있던 것보다 최경회의 인품이 훌륭하다는 것을 느꼈다. 장수현 관아 앞에 세워진 선정비의 내용과 결코 다르지 않았다. 무엇보다 문관답지 않게 병서에도 밝았으므로 휘하로 들어가고 싶은 마음이 절로 들었다.

이윽고 전라 우의병이 남원성에 막 도착했을 때였다. 남원성 남문 안에서 꾀죄죄하게 생긴 한 관리가 달려 나와 고득뢰 앞에 머리를 조아렸다. 평창에서 고득뢰를 영접하러 온 색리였다.

"군수 나리, 이제 평창으로 떠나셔야 합니다요."

"난리 중에는 행동을 신중해야 헝께 그라네. 쪼깐만 더 지달리게나."

"나리, 집안사람들까지 이끌고 가시려면 바삐 움직여야 합니다요."

"나라가 위급헌께 짚이 생각허고 있는 것이네. 뭣이 신하 된 자의 도리인지 생각을 쪼깐 더 허고 있네."

"평창은 후미진 곳이라서 온 가족이 몸을 보전하기가 남원보다 좋은 고을입니다요."

"그런 소리 허지 말게. 나라의 녹을 묵고 사는 관리가 어찌 가족의 안위부텀 챙기겄는가."

"저는 나리를 영접하는 처지에서 말씀을 드렸을 뿐입니다요."

색리의 재촉에 고득뢰는 결단을 내린 듯 단호하게 말했다.

"왜적이 사나운 위세를 떨쳐 나라의 형세가 위태롭고 급박해 부네. 그런디 어찌케 나와 집안사람덜만 편안허게 지낼 생각을 허겄는가? 나는 임지로 가지 않고 최경회 대장님 밑으로 들어가 왜적과 싸우겄네."

고득뢰의 말을 듣고 있던 최경회가 의병들을 향해 소리쳤다.

"의병덜은 지금 이후부텀 고득뢰 부장의 지시를 따르라."

최경회가 고득뢰를 부장으로 임명하자, 의병들이 함성을 지르며 환영했다. 의병들의 함성이 남원성을 흔들었다. 그러자 한나절 만에 남원성 안팎에서 고득뢰의 명성을 듣고 수십 명의 의병들이 모여들었다. 한밤중에도 전라 우의병 진을 찾아왔다. 뜻밖에 모여든 의병들이었다. 남원에 입성한 지 하루 만에 전라 우의병은 천여 명으로 불어났다.

그런데 전라 좌의병은 아직 소식이 감감했다. 전령이나 척후장도 남원성에 나타나지 않았다. 그렇다고 최경회는 마냥 임계영을 기다리며 남원 관아에 진을 치고 머물 수는 없었다. 그럴 형편이 못 되었다. 남원 부사가 최경회에게 호소했다. 성을 지키는 관군뿐만 아니라 사방에서 모여드는 의병들의 숙식을 해결하느라 고충이 많다는 것이었다.

이틀 후.

최경회는 할 수 없이 남원에서 가까운 장수로 진을 옮기기로 결정했다. 더구나 장수현은 현감을 지낸 적이 있었으므로 토호들에게 도움을 받을 수도 있는 고을이었다. 부장 고득뢰도 최경회의 전략에 찬성했다. 물론 고득뢰가 장수로 진을 옮기자는 데 찬성한 이유는 따로 있었다. 전라 우의병과 이틀을 보내고 난 고득뢰는 의병들의 전력에 대해서 몹시 실망했기 때문이었다. 전라 우의병의 반은 오합지졸이나 다름없었다. 전투 훈련이 전무한 양민이거나 농사일을 하던 사삿집 종들이었던 것이다. 그나마 다행인 것은 의병군의 반 정도는 전투 경험이 있는 산졸들이라는 점이었다. 그들이라면 작전을 펼 수 있을 것 같았다. 고득뢰는 남원 성문을 나서면서 최경회에게 다가와 말했다.

"대장님, 그저께 낮부텀 이틀 동안을 지켜보았습니다만 일부 의병덜은 씬찮아서 싸울 수 읎을 것 같습니다요."

"원래 의병이란 무술보다는 의로움을 내세워 싸우는 군사가 아닌가."

"의로움만으로 싸와불다가는 위험을 자초헐 수밖에 읎습니다요. 싸와서 이겨부러야 의로움도 더 빛이 나지 않겄습니까요."

최경회는 말고삐를 잡아채며 정색을 했다.

"의병덜 전력이 아조 형편읎다는 말인가?"

"반은 오합지졸일 뿐입니다요. 시방부터라도 훈련시켜 강헌 군사로 맹글어부러야 싸울 때 심이 되겄지라우."

"그래도 반은 쓸 만허다는 것인가?"

"오백 명 정도는 델꼬 다님시롱 싸울 만헌 군사입니다요."

"산졸덜을 말허는 것인가?"

"예, 대장님."

"그렇다믄 부장이 의병덜을 둘로 나누어 지휘허게. 근디 둘로 나누믄 왜적과 싸울 때 군사가 적어 초라허지 않겄는가?"

"적을 치고 빠지는 유격전을 허는 디는 군사가 적어부러야 효과가 클 것입니다요. 적을 치고 빠지려면 신속허게 움직여야 헝께 그랍니다요. 유격전서는 군사가 많으믄 오히려 장애가 돼야 불지라우."

전라 우의병은 장수현 장안산 남쪽 산자락에 도착해서 두 부대로 나뉘었다. 전투 경험이 없는 의병들은 지휘 본부가 있는 진지에 남아 군사훈련을 받고, 산졸들로 편성된 유격 부대는 고득뢰가 직접 지휘했다. 전령 최홍재는 남원을 수시로 드나들며 남원성의 정보를 전했다. 구례를 떠난 전라 좌의병이 남원성 부근에서 야영하고 있다는 새로운 정보도 조카 최홍재가 전했다.

논개가 사는 주촌은 장안산에서 백화산으로 가는 중간의 산중 오지에 있었다. 최경회는 논개의 소식이 궁금했지만 의병들을 훈련시키느라고 지휘 본부를 벗어나지 못했다. 사실은 주촌으로 논개를 찾아가는 것도 마음속으로는 내키지 않았다. 무엇보다 자신이 장수현을 떠난 지 12년이나 흘렀으며, 논개가 장수현을 떠나 외가가 있는 경상도 안의현으로 갔는지 아니면 또 누군가의 소실로 들어갔는지 알 수 없었기 때문이었다.

무주 전투

짙은 안개 때문에 전주성이 그림자처럼 어렴풋하게 보였다. 장수에서 호기 있게 달려온 고득뢰 의병 부대는 전주성 지척에서 멈추었다. 아무런 연락 없이 성에 접근했다가는 화살과 화포가 날아올 수도 있었다. 왜군이 성을 호시탐탐 노리고 있기 때문에 전주성 관군들은 극도로 예민해져 있었다. 불과 한 달 전만 해도 왜장 안코쿠지 부대가 전주성 길목이 되는 곰티재(웅치)를 넘어오려다 관군과 의병군의 강렬한 저항에 부딪쳐 일부는 무주로, 주력부대는 금산으로 퇴각했던 것이다.

고득뢰가 화살에 골鶻 자를 쓴 종이를 달아 성안으로 쏘았지만 기별이 감감했다. 아마도 화살이 성안 건물의 지붕에 떨어졌거나 엉뚱한 곳으로 날아갔음이 분명했다. 할 수 없이 고득뢰가 말을 타고 성문 앞으로 달려갔다. 의병군은 고득뢰가 사라진 쪽을 모두 주시했다. 안개 속에서 말발굽 소리만 들렸다. 참모인 고대해와 채희징이 침을 꿀꺽 삼켰다. 아무리 전시 중이지만 단기單騎로 달려갔으니 사고가 날 염려는 없었다. 성문 앞에 다다른 고득뢰가 소리쳤다.

"나는 남원 사람 고득뢴디 순찰사님을 뵈러 왔다!"

"약속이 된 겨?"

성문 위에서 충청도 사투리로 되묻고 있는 사람은 전주성 수성장 이정란이었다.

"최경회 의병장님 지시를 받고 왔응께 열어주쇼잉."

"대장허고 같이 온 겨?"

"의병장님은 장수 진중에 겨시요."

이정란의 지시가 떨어졌는지 문지기 관졸들이 성문을 열었다. 고득뢰는 이정란 앞에서 무장해제하고 그를 따라 올라갔다. 무장해제라고 해봐야 칼을 잠시 수문 관졸들에게 맡기는 것뿐이었다. 아무리 친한 사이라도 순찰사를 만날 때는 손아래 사람일 경우 단검이나 장검을 몸에 지니지 못했다.

이정란은 고득뢰를 동헌까지만 데리고 갔다가 자신의 위치로 돌아갔다. 나졸이 고득뢰를 위아래로 훑어보면서 물었다.

"사또 나리께 으디서 온 누구라고 여쭐께라우?"

"남원 사는 고득뢰라고 허믄 아실 거네."

"고 뭣이라고라?"

"젊은 사람이 벌써 귀가 묵었는가, 고득뢰란 말이시."

고득뢰는 권율에게 빚을 진 것처럼 늘 미안함을 가지고 있었다. 광주 목사 권율이 남원 수성장을 겸임하게 되어 남원으로 와 머무는 동안 고득뢰를 서너 번이나 찾았지만 그때마다 응하지 못했기 때문이었다. 권율이 고득뢰를 부른 까닭은 사적인 용무가 아니었다. 남원성 관군들 검술과 궁술 훈련을 그에게 맡기고 싶어서였다. 그런데 고득뢰는 어머니 상중이었으므로 권율의 부탁을 들어주지 못했던 것이다.

나졸이 동헌방 쪽을 향해 고득뢰가 왔다고 소리치자 권율이 동헌 마루로 나왔다. 권율은 고득뢰를 보자마자 얼굴에 희색을 띠었다.

"자네가 어쩐 일로 나를 찾아왔는가?"

"늦었그만요. 순찰사 나리가 되신 것을 감축드립니다요."

"그 말을 하려고 남원에서 일부러 온 것인가?"

권율이 7월 22일에 정3품 광주 목사에서 종2품 전라 순찰사로 임명받았으니 보름쯤 지난 일이었다. 오십육 세의 고령이었지만 유성룡 등의 대신들에게 인정받아 자신의 능력을 서서히 펼치고 있는 권율이었다.

"또 사과헐 일이 있그만요."

"무엇인가?"

"지를 멫 번 부르셨는디 부응허지 못했그만요."

"고 첨사 어머니 상중이 아니었는가? 내가 그때 이해했던 일이네."

"두 가지를 모다 너그럽게 받아주시니 헐 말이 읎그만요."

권율은 반백이 된 수염을 쓰다듬으며 고개를 저었다. 고득뢰가 고작 축하와 사과를 하러 왔다고는 믿어지지 않았던 것이다.

권율이 턱수염을 한 손으로 이리저리 쓸어 만지는 동안 고득뢰는 참지 못하고 심중의 말을 실토했다.

"순찰사 나리, 사실은 부탁이 있어 왔지라우."

"이리저리 돌려서 말하는 것이 고 첨사답지 않구먼. 무슨 부탁인지 말해보게나."

고득뢰는 먼저 자신의 처지를 사실대로 말했다. 평창 군수로 제수되었지만 응하지 않고 자신이 존경해왔던 최경회 의병장의 부장으로 들어갔다는 것과 최경회 의병군 중에서 정예 의병 오백 명을 유격 부대로 삼아 자신이 통솔하고 있다는 것까지 모두 이야기했다.

"군사는 어디에 있는가?"

"성 밖에 있그만요. 정예 의병이긴 하지만 아수운 것이 한두 가지가 아니지라우."

"뭣이 아쉽다는 것인가?"

"칼도 창도 읎응께 모다 죽창을 들고 있지라우."

그제야 권율은 고득뢰가 찾아온 이유를 알고는 말했다.

"나에게 무기를 구하러 왔군."

"무기를 주신다믄 무주와 금산의 왜적덜을 다 토멸허겄습니다요."

"금산은 왜군 대부대가 있으니 때를 더 기다려야 할 것이네. 함부로 공격했다가는 위험을 자초할 수가 있으니 조심하게."

금산성은 고경명의 담양 회맹군이 공격하다가 실패한 곳이므로 왜군 대장 고바야카와가 더욱더 허세를 부리는 성이었다. 비록 승려 출신 왜장 안코쿠지의 만 명 군사가 전주성을 눈앞에 두고 곰티재를 넘는 데 실패했지만 늙은 대장 고바야카와는 자신이 결심만 하면 언제든지 배티재(이치)를 넘어 전주성에 입성할 수 있다고 큰소리치고 있었다. 권율은 금산으로 가는 작전을 신중하게 판단했다. 조헌 의병장이 금산으로 군사를 지원해달라는 편지를 보냈지만 답장을 보내지 않고 있었다. 적은 숫자의 군사가 고바야카와 왜군 대장이 지휘하는 대부대와 싸울 장소로는 금산이 불리하기 때문이었다. 금산의 넓은 들판은 왜군에게 포위당하기 쉽고 한 번 밀리면 방어할 장애물도 없으므로 대패할 수밖에 없는 곳이었다. 그런데도 조헌 의병군과 영규의 승군은 금산성 지근거리에 당도해 바로 공격할 기세로 진을 치고 있었다. 권율로서는 안타깝지만 서둘러 지원군을 보낼 수 없었다.

권율이 싸우고 싶은 곳은 금산에서 전주로 넘어오는 고갯길인 배티재(이치)였다. 산길밖에 없는 배티재는 적은 군사로 대부대를 방어하기에 아주 용이한 요해지였다. 금산의 왜군 대부대가 전주성을 공격해 온다면 공격로는 배티재밖에 없었다.

"지 생각도 금산은 낸중에 치는 것이 좋겄습니다요. 당장에는 무주에 있는 왜적덜을 전라도 밖으로 몰아내부러야 전주가 쪼깐 더 안전허지 않겄습니까요."

고득뢰가 전주성 후방의 왜군을 물리쳐준다고 먼저 말해주니 고마웠다. 권율의 머릿속은 오직 전방의 왜군, 즉 배티재를 타고 오는 금산의 왜군을 쳐부술 생각으로 꽉 차 있었던 것이다.

"고 첨사에게 무기를 내어주겠네. 고 첨사가 후방의 왜적을 무찔러준다면 나는 전방의 왜적을 물리치는 싸움에만 전념할 수 있을 것이네."

권율은 고득뢰와 그의 의병군 역할을 기대했다. 고득뢰 의병군이 무주에 있는 왜군에게 타격을 입힌다면 그만큼 전주성 후방은 안전해지므로 전방의 왜군을 칠 때 성을 안심하고 비울 수 있기 때문이었다. 권율로서는 무주 왜군이 눈엣가시였던 것이다. 안코쿠지의 주력부대는 금산으로 회군했다고 하지만 무주에 남은 일부 왜군이 문제였다. 무주 왜군은 언제든지 전주성을 기습할 수 있는 부대였으므로 권율로서는 고득뢰 의병군이 그들을 물리쳐준다면 더 바랄 것이 없었다.

"무기를 주신다니 인자 지대로 한번 싸와볼 만허겄습니다요."

"단 조건이 있네."

"무신 조건인게라우?"

"고 첨사가 데리고 온 의병들을 내가 직접 보고 난 뒤 무기를 주겠네."

전쟁터에서 가장 중요한 것은 군량미와 무기였다. 그러니 무기를 함부로 내어줄 수는 없었다. 의병들의 사기나 정신력 등을 점고한 뒤 인계해 주겠다는 것이 권율의 생각이었다.

"순찰사 나리가 아니라믄 누가 무기를 주겄습니까요?"

"다른 관원이라도 의병군에게 무기를 줄 명분은 충분하네."

"지금 당장 군사덜을 델꼬 오겄습니다요."

"성안에서 의병들에게 아침도 먹여야 하네."

권율이 조방장을 불러 의병군과 함께 남문으로 들어오도록 지시했다. 고득뢰가 따라갈 필요도 없었다. 권율의 지시는 엄했다. 명이 떨어지자마자 조방장이 수성장 이정란에게 보고한 뒤 남문을 쏜살같이 빠져나갔다.

잠시 후, 의병군이 조방장 뒤를 따라와 연병장에 도열했다. 의병군은 산졸 출신이었으므로 우왕좌왕하지 않고 순식간에 열을 맞추어 도열했다. 권율은 의병군의 눈빛과 태도를 확인하자마자 만족했다. 부동자세로 꿋꿋이 서서 사열을 받는 의병군이 마음에 들었다. 이 정도면 무기를 지닐 만한 자격이 있다고 판단했다. 성문 누각에 오른 권율이 소리쳤다.

"의병들이여, 죽창을 버려라. 나는 너희들에게 칼과 창을 내어줄 것이니라."

"사또 나리, 은혜를 잊지 않겠습니다요!"

누군가가 소리치자 다 같이 복창했다. 잠시 후, 의병군은 죽창을 성벽 밑에 던졌다. 순식간에 죽창이 대숲처럼 쌓였다. 버리고 보니 무기가 아니라 대나무 막대기일 뿐이었다.

"죽창을 버렸으면 군기고로 가라. 군관들이 너희들에게 칼과 창을 나누어 줄 것이니라. 너희들은 최경회 대장의 부하라고 하지만 전라도 순찰사인 나 권율의 부하도 되느니라. 그래서 나는 너희들에게 무기를 내어주는 것이니라."

권율은 배식 군관을 불러 의병들에게 따뜻한 밥과 국을 배불리 먹이도록 했다. 전라도 사람들을 보면 자신도 모르게 잘해주고 싶은 마음이 들었다. 광주, 남원, 나주 등의 임지를 돌며 전라도 사람들에게 깊은 정이 들었던 것이다. 전라도 사람들 역시 다른 수령과 달리 유난히 권율을 믿고 의지하며 순종했다. 권율 휘하에 전라도 각 고을 출신의 관군들이 흩어지지 않고 모여드는 것도 바로 그런 이유 때문이었다. 그러니 권율의 부대는 전라도 출신의 군관과 장정들이 대부분이었다.

고득뢰는 전주를 출발하기에 앞서 무주 지리에 밝은 고대해를 척후장으로 임명하여 앞서 보냈다. 남원 출신 채희징을 선봉장으로, 말을 잘 타는 관졸 출신의 의병을 전령으로 삼았다. 채희징은 능숙하지는 않았지만 어느 정도 무예를 익힌 유생이었다. 칼과 창을 든 의병들은 죽창을 든 어제까지의 모습과는 판이하게 달랐다. 비로소 정예 의병다운 위엄과 결의 같은 것이 배어났다. 고득뢰는 권율에게 무기를 받은 일과 다음 작전 내용을 보고용 문서로 만들어 최경회의 종사관인 구희에게 건넸다. 전투를 하려면 장수 산중에 있는 최경회에게 반드시 보고해야 했던 것이다. 구희는 고득뢰의 편지를 받자마자 품속에 넣고 말 등에 올라 말고삐를 힘차게 낚아챘다.

권율의 배려로 아침을 든든히 먹은 의병들의 사기는 산이라도 밀어붙일 것만 같았다. 고득뢰는 의병들을 믿고 작전을 펼칠 수 있을 것 같아 비로소 안심했다. 고득뢰는 유격 부대의 선봉장이 된 채희징에게 말했다.

"무주를 어느 질로 가는 것이 좋겄는가?"

"척후장 뒤를 따라가야지라우."

"곰티재를 넘어 진안서 금산 가는 질로 가자는 말이제?"

"그 질이 가장 빠르지라우."

"순찰사 나리를 도와줄라믄 우리덜이 진안이나 무주의 왜군 잔당을 토멸해부러야 허네."

"갸덜을 읎애부러야 순찰사 나리 맴이 편허겄지라우."

고득뢰는 의병군을 거느리고 곰티재를 넘었다. 곰티재는 진안의 운장산과 부귀산 사이에 난 고갯길이었다. 전주로 가는 세 군데 길목 중 하나였다. 군사적으로 전주 남쪽의 모악산 산길과 동쪽의 곰티재, 그리고 북쪽의 배티재가 전주로 가는 길목이었다. 모악산 산길 공격로는 왜군 장수 다치바나가 고경명 의병장의 부하 양대박 장수에게 운암천 전투에서 크게 패함으로써 일찌감치 포기했고, 곰티재 전투에서는 관군과 의병군의 저항으로 안코쿠지 부대가 물러갔고 이제 남은 왜군의 공격로는 배티재밖에 없었다. 권율은 그 점을 확실하게 간파하고 있었다.

고득뢰가 지휘하는 의병군은 곰티재 정상에 올라 사방에 경계병을 세우고 휴식을 취했다. 채희징이 선선한 산바람에 땀을 들이고 있다가 말했다.

"부장님, 척후장이 오고 있그만요."

"금세 돌아와분 것을 봉께 적이 가차운 곳에 있는 모냥이네."

"그란갑습니다요."

척후장 고대해가 말에서 내리자마자 고득뢰를 찾았다.

"부장님, 왜놈덜이 진안에는 읎고 무주 적상산 산성으로 물러나분 것 같습니다요."

"진안에는 왜군 척후병덜이 하나도 읎든가?"

"진안 사람덜에게 물어보았는디 읎는 거 같습니다요. 지 눈에도 왜놈은 그림자도 없었습니다요."

고득뢰는 즉시 작전 회의를 열었다. 고대해와 채희징은 머리를 맞댔다. 고득뢰가 구상하는 작전은 적을 섬멸하기보다는 타격을 입히는 유격전이었다. 적은 수의 군사로는 적을 괴롭혀 패퇴시키는 작전밖에 없었다.

"왜놈 군사 규모를 정확허니 모릉께 고것부텀 파악허는 것이 급선무네."

"진안 사람덜 얘기로는 천 명쯤 된다고 헙니다. 한 사람도 아니고 두세 사람 말이 다 똑같아부렀지라우."

고대해의 말에 채희징이 말했다.

"진안서 하룻밤 묵으면서 척후조를 보내 왜적의 위치를 파악허는 것이 으쩔게라우?"

"진안 사람덜 중에 왜적에 부역허는 사람이 읎다고 보아서는 안 되네. 그러니 우리덜이 진안서 하룻밤 묵을 여유는 읎네."

"그라믄 무주까정 오늘 가불자는 것입니까요?"

"우리덜은 대낮에 공성전을 허는 부대가 아니네. 밤중에 기습허는 유격부대란 마시."

"부장님, 작전대로 따르겄습니다요."

"진안 관아에서 군사덜 밥을 많이 멕이게. 으쩌믄 낼 하루 죙일 싸우다 보믄 군사덜이 굶을 수도 있을 것잉께."

"다행히 진안 관아에는 멫 명 색리덜이 왔다리 갔다리 허는 것 같았습니다요."

"고건 왜군이 물러갔다는 증거네."

색리란 고을 수장과 달리 진안에 대대로 살고 있는 아전을 말했다. 왜군이 물러갔으니 관아에 나와 피난 가지 못한 양민들을 상대로 자리를 비운 수장을 대신해서 위세를 떨고 있을 것이 뻔했다. 양민들의 사정을 샅샅이 알고 있는 그들의 횡포도 노략질하는 왜군 못지않았던 것이다. 고득뢰가 두 사람에게 물었다.

"아적까정 마실에 볏짚이 남아 있겼는가?"

"불화살을 맹글라고 그라지라우?"

화살 끝에 볏짚을 달고 불을 붙이면 불화살이 되었다. 그러나 고득뢰가 생각하는 전술을 두 사람은 전혀 눈치채지 못하고 있었다.

"불화살 공격은 성이나 장애물이 있는 디서 쓰는 전술이네."

"시방까지 작년 볏짚이 남아 있는 집이 있을게라우?"

"색리를 앞세워 찾으믄 있을지도 모르네."

"으디에다 쓸라고 그란게라우?"

그제야 고득뢰는 자신의 전술을 이야기했다. 볏짚으로 허수아비를 만들어 가지고 적진에 잠입하여 세우자는 전술이었다. 말하자면 군사처럼 만들어 보이게 하는 의병疑兵전술이었다. 고대해와 채희징은 고득뢰의 전술에 감탄했다.

진안 관아로 내려간 고득뢰의 유격 부대 의병들은 저녁때까지 늙은 색리가 구해 온 볏짚으로 허수아비를 만들었다. 허수아비는 손재주가 있는 의병들이 마무리를 했다. 흰 머리띠를 두르고 저고리를 입혀 놓으면 영락없이 군사처럼 보였다. 의병들은 주먹밥이었지만 마파람에 게 눈 감추듯 배불리 먹었다. 주먹밥을 내놓은 색리들이 혀를 내둘렀다. 팔백 명 분의 주먹밥을 만들어 내놓았는데 순식간에 사라져버렸던 것이다.

땅거미가 졌다. 고득뢰는 아무도 모르게 척후조를 보냈다. 그러고 나서 선봉장인 채희징에게 지시했다.

"의병덜을 행군시켜불게. 의병덜에게 목적지는 아적 밝히지 말게."

"배터지게 묵드니 오불오불 똥 싸러 간 군사도 많습니다요."

"색리덜에게도 우리 행선지를 밝히지 말아야 되네. 비밀이 새나가믄 실패헐 수 있응께."

고득뢰는 조금도 여유를 주지 않고 행군을 재촉했다. 무주를 잘 아는 의병 몇 명을 향도로 내세웠다. 의병들은 진안 관아를 감쪽같이 빠져나왔다. 저녁 식사 후 집에 다녀온 색리들이 귀신에 홀린 듯한 표정을 지었다. 관아의 관노에게 물었지만 아무도 고득뢰 의병군이 어디로 갔는지 모르고 있었다.

그때는 이미 고득뢰 의병군의 척후조는 무주 적상산에 도착하여 지형을 살핀 뒤 진안으로 돌아오고 있었다. 고득뢰 의병군과는 적상천 상류에서 만났다. 고득뢰는 척후조 군관에게 보고를 들었다.

"부장님, 왜적덜은 적상산 산성에 진을 치고 있습니다요."

"허수아비들을 으디에 세와둬야 좋겄느냐?"

"지 생각으로는 적상천 천변에 세와두고 소리를 지르면 왜놈덜이 걸려들 것 같습니다요."

“니 생각이 옳다. 개울물이 있으니 쉽사리 가차이 접근허지는 못헐 것이다.”

고득뢰는 다시 채희징을 불러 적상천 천변에 야음을 틈타 허수아비를 세우라고 지시했다. 그런 다음에는 자신이 의병 선봉군을 데리고 허수아비 뒤로 가서 작전을 펼 것이라고 말했다.

“허수아비는 단단허게 세워야 써. 적이 총을 쏘더라도 넘어지지 않게 말여.”

적상산은 능선이 가파르고 높았다. 임란 전부터 산성이 있고 비상시에는 군사가 주둔했던 요해지였다. 산이 높고 계곡이 깊었으므로 땅거미가 지는가 싶더니 곧바로 어둠이 몰려왔다. 고득뢰는 허수아비를 든 의병들을 데리고 적상천을 따라 올라갔다. 적상천은 크게 소리 내며 흘렀다. 폭포 같은 물줄기는 바위에 부딪쳐 흰 물보라를 일으켰다. 마치 이빨이 무언가를 물어뜯는 형상이었다. 의병들의 발소리마저 물소리에 먹혔다.

이윽고 적상산 산성이 정면으로 보이는 지점에 이르러 고득뢰는 손을 들었다. 의병들이 허수아비를 세울 천변이었다. 멀리 왜군 진지의 산성에서는 연기가 피어올랐다. 천변에는 억새가 무성했다. 허수아비 수십 개가 억새풀 숲 사이사이에 세워졌다. 고득뢰가 고대해와 채희징에게 지시했다.

“왜놈덜은 밤새 여그다 대고 총질을 헐 것이여. 그라다가 새복에는 금산으로 철수헐지 모릉께 미리 올라가서 길목을 막아부러야 허네.”

“부장님은 으디에 겨십니까요?”

"북 치고 꽹과리를 치는 의병덜이 철수허믄 나는 그때부텀 말을 타고 허수아비 뒤에서 왜놈덜 약을 올릴 것이여."

"위험허지 않겠습니까요?"

"왜놈덜이 허수아비를 향해 총질허게 유도헐라믄 고 방법밖에 읎응께 그라네."

날씨가 고득뢰의 의병들을 도와주었다. 의병 주력부대가 금산 가는 길목으로 모두 철수했을 무렵에야 갑자기 먹구름장이 몰려와 하늘을 덮었다. 먹구름장은 보름달을 가렸다. 그러자 천지가 눈앞을 분간하지 못할 만큼 캄캄해졌다. 마침내 고득뢰는 작전을 개시했다.

"북과 꽹과리를 쳐부러라!"

북을 계속해서 둥둥둥 치자 불꽃이 번쩍하면서 총알이 날아왔다. 그러나 총알은 천변에 미치지 못했다. 꽹과리도 쉬지 않고 쳐댔다. 이윽고 조총을 쏠 때마다 보이는 불꽃이 점점 산 아래로 내려왔다. 조총 소리도 탕탕탕 간단없이 이어졌다. 그제야 고득뢰는 북과 꽹과리를 든 의병들을 철수시켰다. 자신은 말을 타고 물러나 있다가 고함을 지르며 허수아비 뒤를 내달렸다.

"왜놈을 죽여라!"

조총 소리가 천둥 치듯 하면 물러나 있다가 조용해지면 다시 말을 타고 달리면서 소리쳤다. 그러면 다시 왜군들이 조총을 쏘아댔다. 총알이 떨어졌는지 화살을 날리기도 했다. 고득뢰는 밤새 말을 타고 달리면서 왜군의 공격을 유도했다. 허수아비를 향해 쏘아대던 왜군의 조총 소리는 새벽이 되어서야 시들해졌다.

고득뢰는 채희징에게 지시했다.

"왜놈덜은 총알과 화살이 다 떨어져부렀을 것이네. 인자 우리가 공격헐 때다. 왜놈덜을 성주나 거창 쪽으로 밀어붙여야 허네. 금산 쪽으로 보내부러서는 큰일 나분께 말여."

고득뢰의 명을 받은 고대해와 채희징은 적상산 왜군을 금산 쪽에서 공격했다. 총알과 화살이 떨어진 왜군은 속수무책으로 당했다. 허수아비가 있는 적상천으로는 건너오지도 못했다. 왜군은 별수 없이 성주 쪽으로 도망쳤다. 기수들의 말에 꽂은 골 자 깃발을 보고는 혼비백산했다.

도망치던 왜장이 말했다.

"우리가 바다를 건너 조선을 침범한 이래 이번 골 자 부대처럼 무서운 군사는 만나지 못했다."

고득뢰는 목적을 달성했으므로 굳이 왜군을 쫓아가지는 않았다. 전주성을 위협하는 무주의 왜군을 물리쳤기 때문이었다. 고득뢰 의병군은 왜군이 머물렀던 산성까지 올라간 뒤 다시 최경회 대장이 있는 장수로 향했다.

하룻밤

고득뢰 의병군이 장수현 관아를 향해 내려오다가 장안산으로 방향을 틀어 가고 있을 때였다. 보따리를 머리에 인 한 여인이 산길로 접어들던 고득뢰 의병군을 발견하고는 재빨리 바위 뒤에 엎드려 숨었다. 여인은 주촌을 떠나 장안산 산길을 앞서 오르고 있는 중이었다. 하마터면 보따리를 놓쳐 산나물과 더덕 뿌리를 산길에 쏟아버릴 뻔했다. 더덕 뿌리는 조금 전에 더덕 덩굴을 발견하고 캐어서는 계곡물에 깨끗이 씻은 싱싱한 것들이었다. 보따리를 가슴에 안은 여인은 숨을 죽였다. 여인은 의병군이 다 지나갈 때까지 바위 뒤에서 꼼짝을 안 했다. 전시에는 왜군이든 의병군이든 다 무서웠다.

고득뢰는 장안산 깊은 계곡에 이르러서야 의병군에게 휴식을 주었다. 최경회 대장이 진을 친 장안산 자락은 아직도 한 식경의 거리에 있었다. 한 식경이란 밥 한 끼를 먹는 시간을 말했다. 의병들은 계곡물에 발만 담글 뿐 웃통을 벗고 들어가지는 않았다. 계곡물은 하루가 다르게 차가와지고 있었다. 초가을이었으므로 한밤중에는 소름이 돋을 정도였다.

잠자리 떼가 어지럽게 날았고 풀숲에서는 벌레 우는 소리가 들렸다. 고득뢰는 왔던 산길을 자꾸 뒤돌아보았다. 좀 전 장안산 초입에서 본 여인의 잔상이 지워지지 않았다. 분명 눈앞에서 흰 옷을 입은 여인이 나타났다가 사라졌던 것이다. 고득뢰는 채희징을 불러 물었다.

"쬐끔 전 산 아래서 처자를 보았는가?"

"지는 아무것도 보지 못했그만요."

"나가 구신을 봤는가?"

"부장님이 봤응께 고로코롬 말씀허시겄지라우."

"대낮에 구신헌티 홀릴 사람이 으디 있겄는가만, 참말 요상헌 일이여."

고득뢰는 의병을 이끄는 장수로서 사사로운 일이라 판단하여 무심코 지나쳤는데 자꾸 신경이 쓰였다. 전시 중인 데다 맹수가 출몰하는 산길에 여인이 홀로 있었던 것이다. 고득뢰는 고대해도 불러 물었다.

"고 장수는 처자를 보지 못했는가?"

"봤지라우. 장안산으로 들어올 때 봤어라우."

"보따리를 인 처자였제?"

"지는 의병덜이 모다 지나갈 때까정 질을 비켜준 걸로 아는디라우."

"비킨 것이 아니라 내가 보기엔 바우 뒤로 숨었네."

고득뢰는 망설였다. 왜군의 척후병들이 장안산까지 나타나므로 여인이 위험했다. 그러나 그다음이 문제였다. 진중에 데리고 다니면서 여인을 책임져줄 수는 없었다. 또한 여인이 무슨 생각으로 산중에 든 것인지도 알 수 없었다.

"부장님, 산나물 캐는 처자겠지라우. 혼자 댕기는 것이 아조 깡깡헌 처자그만요."

"여그는 인적이 읎는 산중이라 걱정이 돼야서 그라네. 멜갑시 그라는 것이 아니네."

"그라믄 여그가 위험헌 곳인께 지가 가서 돌려보내고 오겄습니다."

"의병이 백성을 보호허는 것도 중요헌 일인께 그리하게."

그제야 고득뢰는 여인의 잔상을 지워버렸다. 말을 계곡으로 끌고 가서 물을 먹인 뒤 풀을 뜯겼다. 그러나 말은 거칠어진 풀을 뜯는 시늉만 했다. 무서리를 맞은 억새는 부드럽지 못했다. 억새 잎은 칼날처럼 날카로웠다. 의병들의 휴식이 끝날 무렵에야 고대해가 돌아와 보고를 했다.

"산나물을 뜯는 처자가 틀림읎습니다요. 지가 보따리를 조사해 봤그만요."

"돌려보냈는가?"

"더덕을 더 캐다 가겄다고 해서 그냥 돌아왔그만요."

"겁이 아조 읎는 처자그만."

"얼굴이 곱상허고 깨깟헌 옷을 입고 있는 것으로 보아 예사로운 처자는 아니드그만요."

고득뢰는 의병들에게 귀진을 지시했다. 서산에는 벌써 놀이 번지고 있었다. 사기가 충천한 의병들은 다시 장사진 대오로 최경회가 진을 치고 있는 산자락을 향해 올라갔다. 최경회는 장수현 관아로 가지 않고 일부러 산중 고지에 진을 치고 있었다. 왜적을 경계하기가 좋고, 의병들을 훈련시키기에는 높은 곳이 유리했기 때문이었다. 최경회 의병군이 장안산에 머물고 있다는 소문은 이미 장수현 마을마다 다 퍼져나간 상태였다. 장수현의 유생들이 선정을 베풀었던 최경회를 위해 군량미를 모으느라 마을을 돌고 있었던 것이다.

고득뢰는 최경회가 있는 띳집 막사로 갔다. 어둑한 막사 안에는 낯선 장수 한 사람이 먼저 와 있었다. 최경회가 막사 문 앞으로 나와 말했다.

"전령헌티 승전 소식을 몬자 들어부렀네. 수고했네."

"왜적을 추포해서 모다 때려잡지 못헌 것이 아숩기는 헙니다만 의병덜이 잘 싸와준 덕분에 이겨부렀습니다."

"왜적덜은 으디로 도망갔는가?"

"겡상도 성주 쪽으로 달아나뻔졌습니다."

"고것만도 큰 성공이네. 우리덜 작전은 전주를 지키는 데 있거든."

"무기를 내주신 순찰사 나리께 쪼깐이라도 보답해분 것 같습니다."

최경회가 허리를 꼿꼿이 세우고 앉아 있는 장수를 소개했다.

띳집 천정을 보고 있던 장수가 무겁게 고득뢰를 바라보았다. 그의 눈빛은 막사 밖의 날빛을 빨아들이듯 예사롭지 않았다.

"전라 좌의병 임계영 의병장의 부장 장윤 장수네. 남원에 도착헌 임계영 의병장이 우리가 있는 여그로 오시겄다고 허네."

"허락만 허신다믄 당장이라도 남원을 떠나 여그로 달려올 것입니다."

그러나 최경회는 쉽게 허락할 수 없었다. 자신에게는 임계영 의병군까지 운용할 여력이 없기 때문이었다. 더구나 장안산 좁은 산자락에 이천여 명이나 되는 전라 좌우의병군이 주둔하기에는 무리였다. 최경회의 마음을 간파한 고득뢰가 말했다.

"전라 좌의병이 당장 우리와 합치는 것보담 무주 적상산 산성에 몬자 가 진을 치고 있다가 왜적허고 싸울 때만 좌우의병군이 합세허믄 으쩌겄습니까?"

임계영의 부장인 장윤도 고득뢰의 의견에 동조했다.

"여그 골짝이 좁은께 바로 합치기보담 나누어 진을 치고 있다가 필요헐 때만 합세허는 것이 좋을 것 같아부요."

"내 생각도 그란께 임계영 의병장에게 전해주게."

최경회가 어린 전령에게 술을 가져오게 했다. 남원에서 달려온 장윤을 위로하기 위해서였다. 기가 막히게 술을 잘 빚는 능성 출신 의병이 만든 막걸리였다. 최경회는 자신이 먹을 주먹밥을 날마다 한 끼씩 모았다가 막걸리를 빚게 했던 것이다. 전령이 곧바로 찬 계곡물에 담가놓은 술독에서 막걸리를 가져왔다. 안주로는 사냥을 해서 말린 귀한 노루 육포가 나왔다. 계곡에서 잡은

가재를 굽고 소금에 절인 늙은 오이장아찌까지 술상에 올라온 것도 드문 일이었다. 그런데 장윤은 술자리를 다음 기회로 미루자고 말했다.

"대장님, 환대에 절로 고개가 꺾어져부요. 허지만 우리 대장님이 노심초사 지잘리고 겨시니 잠시도 머뭇거릴 수가 읎습니다."

"그런가? 그래도 한잔은 허고 가시게."

최경회의 부하들이 장윤의 입을 바라보았다. 고득뢰, 고대해, 채희징 등은 무주 싸움에서 이기고 돌아와 속이 몹시 출출했던 것이다. 환갑이 지난 고령의 최경회가 권하는 술을 마다하는 장윤이 그들의 눈에는 거만해 보이기조차 하였다. 그러나 예를 갖추어 거절하는 장윤의 눈빛은 여전히 녹록치 않았다.

"지는 한 잔 마셔불믄 열 잔은 넘겨야 허지라우. 그란께 오늘은 대장님의 따뜻한 맴만 받고 가불랍니다."

"은제라도 좋네. 장 부장이 원허는 날 통음허세. 하하하."

술을 마시고 싶던 최경회 부하들의 양미간은 일그러졌지만 최경회는 크게 소리 내어 웃었다. 고대해와 채희징이 투덜거리며 띳집 막사를 나갔다. 그들의 마음을 모를 리 없는 최경회는 부하들을 격려하는 술은 따로 밤에 주려고 생각했다.

고대해가 장윤이 달리는 말을 쳐다보면서 발밑에 있는 돌멩이를 걷어찼다. 그러나 모난 돌멩이는 멀리 가지 못하고 데굴데굴 구르다 말았다. 채희징이 말했다.

"동상, 오늘 밤에 장수 마실에 쪼깐 댕겨올까?"

"성님, 마실에 가봤자 술이 읎으믄 으째분당가요. 헛걸음질만

허고 말제잉."

두 사람은 공무를 떠난 사석에서는 서로 형 동생으로 불렀다.

"으째 오늘은 한잔 마셔부러야 잠이 올 것 같당께라우."

"동상, 마실까정은 너무 먼께 대장님 술을 쪼깐 훔쳐 묵을까? 내가 술독을 숨겨놓은 계곡을 알거든. 히히히."

"그래도 부장님께는 알리고 묵어야지라우?"

"동상은 시방 모가지가 두 개여? 부장님이 으떤 장순지 암시롱 그란가."

"하긴 대장님 밥으로 맹근 술을 훔쳐 묵다가 걸리믄 큰일 나불겄지요잉."

고대해와 채희징은 술 생각을 이기지 못하고 찬 개울물이 흐르는 계곡까지 나왔다. 조금 전에 배식 당번이 주고 간 주먹밥을 우물거리면서 신세타령을 했다.

"왜란이 은제나 끝날께라우?"

"내가 알겄는가. 왜란이 끝나믄 집으로 돌아가 잠이나 실컷 자고 잡네."

"성님 같은 유생은 공부를 계속해부러야지라우."

"생진시 모다 떨어져뻰진 잔반殘班이 뭔 공부를 또 헌당가. 과거도 줄이 좋아야 붙어분당께. 나멩키로 썩은 동아줄을 잡고 있으믄 맨날 허방이여."

과장 시험관을 알아 눈치껏 소맷자락 속에 숨겨온 서책을 펴고 보는 서생도 있었지만 남원 촌놈인 채희징으로서는 꿈도 꾸지 못할 일이었다. 더 놀라운 일은 대리로 시험을 보는 유생이 있다는 소문이 과장에 돌았으나 사실 여부는 알 수 없었다.

"그라믄 싸움이라도 잘해서 공을 세와야지라우. 과거 안 보고도 출세헐 수 있응께 말이요."

"쯧쯧. 시방 자리 하나 챙길라고 의병이 돼야부렀는가?"

"고건 아니지라우. 왜놈덜이 쳐들어왔응께 우리 성제자매덜을 지킬라고 나서분 것이지라우."

고대해가 펄쩍 뛰며 말했다.

"고로코롬 생각허고 나선 것이 의병덜 의리고 충의여잉."

계곡물에 달이 비쳤다. 어느새 장안산 동쪽 산자락 위로 보름달이 떠올라 있었다. 억새로 얼기설기 지은 의병들의 움막은 일시에 조용해졌다. 조금 전까지만 해도 시끌벅적했던 진중이었다. 술시가 되면 경계병을 제외하고는 누구라도 취침해야 했다. 초가을의 차가운 달빛이 내리비치는 진중은 적막했다. 고대해가 계곡물에 비친 달을 보더니 구슬픈 목소리로 말했다.

"관군으로 나갔다가 전사헌 친구덜이 생각나부요."

"나는 돌아가신 할무니 생각이 나네. 내 거시기를 자꼬 맨짐시롱 달덩이 같은 내 새끼, 내 새끼 했당께."

그때 부엉이 한 마리가 가지에 앉아 있다가 행주 조각 같은 그림자를 떨어뜨리며 날아갔다. 누군가가 그들이 있는 쪽으로 다가왔다. 달빛에 나타난 사람은 치마저고리 차림의 여인이었다. 고대해는 자신의 눈을 비볐다. 오후에 보았던 바로 그 여인이었다. 경계병을 세워두었는데 어떻게 무사히 통과하여 진중까지 들어왔는지 의아했다.

"성님, 지가 아까 본 그 처자그만요. 뭔 사연이 있을께라우?"

"의병이 돼야분 남편을 만나러 왔는가?"

"여그까정 온 것을 본께 뭔 사연이 있기는 있는갑소야."

"아따, 으떤 의병인지 모르겄네만 복도 많은 사람이네잉."

"으쩔께라우?"

"두말헐 거 있는가? 대장님께 몬자 보고해부러야제."

고대해가 여인에게 다가갔다. 여인은 고대해의 얼굴을 기억하는지 별로 놀라지 않았다. 고대해가 말했다.

"더덕 캐러 댕기는 처자 아니요?"

"죄송허그만요. 사실은 의병장 나리를 뵈러 왔그만요."

"대장님을 뵈러 왔다고? 으디 사는 누군디?"

"장수에서 왔그만요."

"장수 으디냔 말이여."

"임내 주촌 마실 살그만이라우."

고대해가 채희징을 불러 물었다.

"성님, 어찌케 허믄 좋아불께라우? 낼 아척에 다시 오라고 헐께라우?"

"이 밤중에 짐승이 물어가불믄 으쩔라고 그란가. 당장 대장님께 델꼬 가세."

"그래사겄지라우잉."

두 사람은 여인을 데리고 최경회가 묵고 있는 막사로 다시 갔다. 막사 안에서는 다행히 불빛이 새어 나오고 있었다. 최경회 의병장이 잠을 자고 있지 않음이 분명했다. 그러나 막사 안은 조용했다. 고대해가 막사 안을 들여다보고는 고개를 갸웃거렸다.

"성님, 막사에 아무도 읎어라우."

"순시를 도시는 모냥이네."

"초저녁에는 부장님이 돌 것인디요잉."

그때 두 사람 뒤에서 인기척이 났다. 최경회와 고득뢰가 탄 말이 푸르르 진저리를 쳤다. 고득뢰가 말에서 내리면서 말했다.

"대장님께서 자네덜을 찾고 겨셨네. 자네덜과 한잔허고 잡어허시네. 그란디 그 처자는 누군가?"

"진중으로 찾아온 처자이그만요."

최경회가 나직하게 말했다.

"나를 만나러 온 것이네."

여인이 최경회 앞에 무릎을 꿇고 절을 했다. 여인의 흰 치마저고리가 달빛에 오롯이 빛났다. 여인이 고개를 숙인 채 말했다.

"논개이옵니다요."

"으째서 밤중에 찾아와 진중을 어지럽히는가?"

"나리만 찾아뵙고 갈라고 군사를 피해 밤을 지달렸다가 왔습니다요."

고득뢰가 눈치를 하자 고대해와 채희징이 물러서려고 했다. 그러자 최경회가 말했다.

"그대덜은 내 술을 마셔야 헐 이유가 하나 더 생겼네."

"대장님, 무신 말씀이십니까요?"

최경회는 한 손으로 수염을 쓸어내렸다. 달빛에 드러난 최경회의 수염은 완전한 백발이었다. 최경회가 힘을 주어 또박또박 말했다.

“첫째는 그대덜이 싸와 이겼으니 상찬의 술이 될 것이요, 둘째는 소식이 적조했던 사람을 그대덜이 델꼬 왔는디 내 어찌 그대덜의 노고를 모른 체허겄는가.”

“지덜 맴을 알아주시니 고맙그만이라우.”

최경회는 습관대로 부하들의 술잔에 술이 넘치도록 가득가득 부었다. 고대해와 채희징은 원을 풀듯 최경회가 주는 대로 넙죽넙죽 받아 마셨다. 술이 말술인 고득뢰도 오랜만에 불콰하게 마셨다. 전령이 술독을 담가둔 계곡을 몇 차례나 다녀왔다. 최경회는 술자리 저쪽에 논개가 와 있는 것도 잊어버린 듯했다.

자정이 넘어 부하들이 술에 취해 비틀거리며 나간 뒤에야 논개가 앉아 있는 쪽에 눈을 주었다. 최경회는 대취한 목소리로 말했다.

“그동안 소식을 주지 못해 미안허구나. 맴이야 너에게 가 있을 때도 많았지만 몸이 외지로 나가 있는 세월이 십이 년이나 돼야분 것이다.”

“나리만 지잘려온 지는 차마 주촌을 떠날 수 읎었습니다요.”

“아적 혼자 살았단 말이냐?”

“나리께 지 맴을 다 주었는디 어찌케 딴 맴을 품겄습니까요.”

“허허, 내가 인정사정 읎는 아조 고약헌 사람이 돼야분 것 같구나.”

최경회는 논개를 힘껏 끌어안았다. 논개가 최경회의 가슴에 쓰러지듯 안겼다. 잘 익은 과일 같은 논개의 향기가 최경회를 자극했다. 최경회는 코를 벌름거리며 큼큼거렸다. 그런 뒤 손을 뻗어 논개의 젖무덤을 만졌다. 그러자 논개의 몸이 물을 차고 오르는 잉어처럼 파닥거렸다. 최경회는 논개가 몸을 파닥거릴 때마다 그녀를 놓치지 않으려고 더욱 힘껏 껴안았다. 논개의 허리를 끌어당기고서는 그녀의 사타구니를 쓰다듬었다. 논개의 몸은 장수 현감 시절에 소실로 드나들었을 때나 지금이나 별로 다르지 않았다. 환갑이 지난 최경회에게 미묘한 힘을 주었다.

이윽고 논개의 몸이 촛농처럼 녹아버린 듯 꼼짝을 안 했다. 최경회도 자신의 몸이 푹신한 이부자리 위에 기분 좋게 널브러진 느낌이 들었다. 최경회는 부엉이 울음소리를 몇 번 듣고는 잠의 늪 속으로 빠져들었다. 최경회가 눈을 떴을 때는 먼동이 트고 있었다. 최경회는 서둘러 전복을 입었다. 먼저 일어나 저만치 웅크리고 앉아 있던 논개가 최경회를 바라보며 모기만 한 소리로 웅얼거렸다.

"나리께 인사드리고 떠나려 합니다요."

"여그 남겠다 허지 않고 으째서 떠날려고 허느냐?"

"나리께서 지를 부르실 때까정 지달리겄습니다요."

"니 말이 맞다. 니가 여그 있는 것은 군율에 합당헌 일은 아니니라."

최경회는 자신의 말에 논개를 태우고 새벽 공기를 가르며 달렸다. 무서리가 내린 산길은 새벽빛에 뱀 허물처럼 허옇게 드러나 있었다. 최경회는 말고삐를 잡아당기며 속도를 냈다. 논개는 말에서 떨어질 것 같아 최경회의 허리를 꼭 붙들었다. 논개는 최경회 품에 안겼던 하룻밤이 꿈만 같았다. 다시는 꾸지 못할 달콤한 꿈처럼 느껴졌다. 마지막 밤을 보낸 지 12년 만이었다. 논개는 최경회의 허리를 꼬옥 붙들고는 소리 없이 울었다. 최경회는 흐느끼는 논개를 태운 채 주촌 마을을 찾아 올라갔다.

전라 좌우의병 연합군

무주 적상산에 전라 좌우의병군이 진을 쳤다. 최경회 전라 우의병과 임계영 전라 좌의병이 적상산 산성에 모여 연합작전을 펴기로 하고 합세한 결진이었다. 9월(음력)이 지나 깊은 가을로 접어들고 있었다. 온 산중에 붉고 노랗게 단풍 든 나무 이파리들이 바람에 날리는 중추였다. 의병군은 밤이 고역이었다. 한낮은 햇살이 있어 견딜 만했지만 밤중에는 추워서 오들오들 떨어야 했다. 평지와 다른 적상산의 새벽은 초겨울 날씨 같았다.

최경회와 임계영은 더 춥기 전에 금산성을 공격하기로 약속했다. 공격 날짜와 전술은 최경회가 부장인 고득뢰, 장윤과 상의해 정하려고 했다. 임계영은 적상산 임시 지휘 본부에 남아 군량미 등을 관리하는 일만 맡기로 했다.

의병군들은 먼동이 트자마자 일찍 눈을 떴다. 살을 파고드는 찬바람 때문에 잠을 잘 수가 없었다. 산자락의 다랑이 밭에는 새벽마다 된서리가 내렸다. 백사장같이 층층으로 허옇게 드러나 보였다. 고득뢰는 의병들이 모닥불을 피우지 못하게 단속했다. 금산에서 무주를 거쳐 김천, 성주로 이동하는 왜군들의 표적이 될 수 있어서였다. 더구나 최근 들어 왜군들이 출몰하는 횟수가 잦았다. 작전상 소규모로 민첩하게 이동하는 왜군들이었다.

최경회는 이른 새벽이었지만 작전 회의를 하기 위해 급히 장수들을 불렀다. 금산으로 보냈던 척후병들의 보고를 받고 난 뒤였다. 날이 새면 부장들과 작전 회의를 해서 금산으로 올라가려고 했는데 차질이 생겼던 것이다. 왜군 부대들이 금산성에서 모두 퇴각했다는 보고를 받았기 때문이었다. 최경회가 먼저 입을 열었다.

"한밤중에 척후병 보고를 받었는디 성안에 왜적덜은 보이지 않고 까마구와 까치만 날아분다고 허네. 왜군덜이 성을 떠난 모냥이네."

"위장 전술 아닐게라우?"

고대해가 척후병의 보고를 믿지 않고 의심했다.

"왜적덜이 사라진 상황은 사실인 것 같네. 척후병 두세 명이 똑같이 말허니 믿어불지 않을 수도 읎네."

"척후병 말이 맞다믄 큰 낭패지라우."

"척후병이 성안의 늙은이덜헌티 들었다는디 왜적덜이 전주로 갈라고 허다가 배티재에서 권율 순찰사 관군에게 크게 패헌 모냥이네. 그래서 전주를 포기허고 금산마저 위험헌께 후퇴헌 모냥이네."

왜군의 화포나 화약을 배티재까지 지게로 날랐던 늙은이들의 말이므로 믿어야 한다는 것이 척후병의 보고였다. 왜군의 무기를 지게에 지고 다닌 늙은이들이 왜군들의 동태를 소상하게 알려준 것은 고마운 일이었다. 왜군 총대장으로 보이는 늙은 왜장은 주력부대와 함께 한양으로 올라갔고 나머지 소규모 부대들은 각자 경상도로 후퇴했다는 것이었다.

장윤이 침을 꿀꺽 삼키며 고개를 끄덕이자 채희징이 말했다.

"우리덜은 왜놈덜허고 싸와보지도 못허고 여그 무주서 시간만 끌면서 군량만 축냈그만이라우."

"고것이 사실인디 으째야 쓰겄는가?"

"헛심을 쓰는 것보다는 남원으로 돌아가야지라우. 싸울 적이 읎는디 금산으로 가는 것은 군사덜만 고상시키는 일인께라우."

장윤이 남원으로 귀진하자고 제안했다. 그러나 고득뢰가 반대했다.

"주력은 빠져나가부렀다고 해도 잔병은 으딘가 숨어 있을 팅께 지금 당장 금산으로 올라가 소탕 작전이라도 펴는 것이 으쩌겄습니까?"

그제야 임계영이 말했다.

"왜적이 읎다는디 모든 군사덜이 가는 것도 우스운 일이요. 전라 우의병 군사덜만 금산으로 가는 것이 으쩌겄소? 전라 좌의병군은 여그로 쫓겨오는 왜적을 추포허는 작전도 좋을 것 같소."

"대장님 말씸에 찬성해불라요. 전라 우의병군이 왜적 잔병을 산짐승 몰이하드끼 몰아오믄 여그서 전라 좌의병군이 소탕허는 것도 기발헌 작전이지라우."

고득뢰의 말에 장윤이 조금 전에 제안한 자신의 제안을 취소하면서 동의했다.

"고 부장 말씸대로 전라 좌의병군은 귀진허지 않고 여그 무주에 남아서 쫓겨 오는 왜적덜을 섬멸허겄습니다."

"반다시 잔병이 있을 것인께 지덜은 바로 금산으로 가불겄습니다."

최경회가 한마디 했다.

"이번 작전은 전라 좌우의병군의 최초 연합작전이네. 전라 좌의병 군사덜이 여그서 막고 있으믄 우리 전라 우의병 군사덜은 뒤가 든든헌께 안심허고 공격헐 수 있을 것이네."

그러나 최경회는 바로 금산으로 가자는 고득뢰의 말은 받아들이지 않았다. 척후병을 다시 한 번 더 보내본 뒤 공격하자고 했다. 금산의 왜군이 만에 하나 위장 전술을 펴고 있을지 모르기 때문이었다. 최경회로서는 의병들의 목숨이 자신의 명에 달려 있으므로 적정을 철저하게 파악하고자 했다. 1차로 보낸 척후병의 보고를 믿지 않는 것이 아니라 돌다리도 다시 한 번 더 두드려보고 건너겠다는 태도였다. 자신을 보고 모여든 의병들의 목숨을 누구보다 아끼고 지켜야 했던 것이다. 2차 척후병들은 말을 탈 줄 아는 기병들 중에서 선발했다. 척후병들은 주먹밥을 챙겨 들고 떠났다.

의병들은 양지에 모여 주먹밥을 먹었다. 찬 주먹밥이 배 속으로 들어가자 더욱 몸이 떨렸다. 의병들은 웅크리고 앉아서 해바라기를 했다. 2차로 보낸 척후병은 사시 무렵에 군막으로 돌아와 보고했다.

"의병장님, 확실헙니다요. 성안에는 왜놈덜이 한 놈도 읎었습니다요."

"배티재에서 패헌 뒤 후퇴했다는 것이 사실이구나."

"성민으로 변복허고 성안을 이 잡드끼 돌아댕겼습니다요."

"성민덜을 만났느냐?"

"늙은이를 멫 명 만났그만요. 여자덜은 모다 울부짖고 있었습니다요."

척후병은 여자들이 울부짖는 까닭을 말했다. 왜군이 후퇴하면서 성안의 우물을 모두 흙으로 메워버렸고 관아는 물론 민가에 있는 아궁이들을 다 부숴버렸기 때문이었다. 관군이나 의병군이 왔을 때 주둔을 불편하게 하려는 파괴 작전이었다.

"성 밖은 으쩌드냐?"

"적벽강 강변에 왜적덜이 말을 먹였던 티가 여그저그에 있었습니다요."

"말똥은 보았느냐?"

"싼 지가 을마 안 된 말똥도 있었습니다요. 김이 모락모락 나고 있었습니다요."

"왜적이 금산성을 멀리 벗어나지 않았다는 증거다."

최경회는 고득뢰에게 선봉대를 선발하도록 명했다. 선봉대는 연합작전의 명분을 살려 전라 좌우의병군에서 전투 경험이 있는 날랜 군사를 반씩 차출했다. 연합군인 선봉대 깃발의 표장은 뱀사蛇 자로 했다. 왜적을 독사처럼 물어 죽이겠다는 전의를 다지는 표장이었다.

"성으로 들어갈 필요는 읎네. 성에 왜적이 읎는 것이 확실헌께 말여. 왜적이 적벽강 근방 산에서 때를 지잘리다가 무주를 거쳐 김천, 성주로 내려갈지 모른께 조심해야 쓰네."

최경회는 금산 부근의 산들을 잘 탐망하라고 일렀다. 결국 왜군은 무주를 거쳐 경상도로 내려가는 길로 내려갈 것이기 때문이었다. 최경회는 왜적이 안전한 산에 머물다가 성주나 거창 쪽으로 후퇴하지 않을까 판단했던 것이다.

최경회의 판단은 정확했다. 왜군에게 포로로 잡혀 있다가 탈출해 온 화전민이 최경회에게 말했다.

"나리, 왜놈덜이 성안에서 깃발을 거두구 무주 쪽으로 오다가 산속으루다가 숨어들었지유."

"왜적덜이 주로 어느 쪽으로 가드냐?"

"왜놈덜이 동쪽으루 가기에 지는 남쪽으루 도망쳤지유."

"내 짐작대로구나."

최경회는 왜적들이 금산성 부근의 산에 숨어든 것으로 판단하고 선봉장인 고득뢰에게 작전을 지시했다.

"금산에서 무주로 가는 산길은 좁고 산이 험악하니 왜적덜은 반다시 장사진 대오로 빠져나갈 것이네. 그런께 우리 선봉대는 사기蛇旗를 들고 산꼭대기로 몬자 올라가고, 매복조는 산길 가에 잠복허고 있다가 왜적의 형세를 살펴 허리를 쳐불게."

"대장님 말씀대로 왜적의 중간을 공격허겄습니다."

"허리를 잘라버리믄 심을 쓰지 못허고 무너질 것이네. 허리를 공격허는 것도 병법의 하나네."

최경회는 문사답지 않게 젊은 시절에 병서를 궁구한 적이 있었으므로 무장인 고득뢰를 지휘할 수 있었다. 고득뢰는 척후병을 보낸 뒤 즉시 선봉대를 이끌고 금산 쪽으로 나아갔다. 척후병은 수시로 고득뢰를 찾아와 적정을 보고했다. 아직은 왜적의 특별한 징후는 없었다. 선공할 생각이 없었으므로 산중으로 숨어들어간 왜군이었다. 고득뢰는 무주에서 금산으로 나가는 고개에서 선봉대를 멈추었다. 적벽강이 멀리 보이는 고개였다. 고득뢰가 장윤에게 말했다.

"왜적은 반다시 이 산길을 넘어갈 수밖에 읎소. 그러니 여그서 적을 지달리다가 치는 것이 으쩌겄소?"

"최경회 대장님이 지목헌 장소가 여그요?"

"그렇소. 대장님은 적이 이 산길을 장사진 대오로 넘어올 것이라고 짐작했소."

장윤은 최경회의 안목에 놀랐다. 장윤이 생각하기에도 매복 장소로서 적지였다. 선봉대 중 일부는 매복을 하고 나머지 군사는 최경회를 따라 산꼭대기로 올라가 있다가 자중지란에 빠진 적을 치자는 작전이었다.

"과연, 최경회 대장님은 병법을 아는 장수요."

고득뢰와 장윤이 이끄는 선봉대는 매복한 상태로 왜군을 기다렸다. 왜군 제6군 총대장 고바야카와가 지휘하는 왜군의 주력부대는 한양으로 올라가버렸으므로 전라 좌우의병군의 선봉대가 싸울 왜군은 수십 명에 불과한 잔병이었다. 선봉대 가운데 고득뢰와 장윤이 이끄는 매복조는 산길 가까운 바위 뒤나 풀숲에 몸을 숨겼다. 날카로운 억새 잎에 팔등을 벤 의병이 흐르는 피를 쓰윽 닦았다. 어떤 의병은 몹시 긴장하여 떫은 도토리를 씹었다. 어젯밤에 금산까지 나갔다가 돌아온 척후병은 부족한 잠을 보충하느라고 나무둥치에 기대어 졸았다.

산꼭대기로 올라간 최경회는 의병들에게 지시했다.

"매복조가 몬자 공격헐 것이다. 그때 우리덜은 북을 치고 나발을 불어야 헌다. 매복조가 공격허기 전에는 절대로 소리를 내서는 안 된다."

최경회 옆에서 말없이 보좌하고 있던 구희가 말했다.

"왜적이 멫 명이나 된당가요?"

"수십 명이 넘지는 않을 것이네."

"우리덜 숫자가 더 많그만요."

"군사는 숫자가 아니네. 왜적덜은 벼락같은 소리를 내는 총을 가지고 있응께 말여."

"가찹게 싸우는 것보담 총을 든 왜놈덜을 상대헐라믄 숨어서 싸와야 허겄그만요."

"두려울 것은 읎네. 여그 산꼭대기까정은 총알이 날아오지 않은께 말여. 소리만 벼락같이 크게 나겄제잉."

"군사덜은 내가 말할 때까정은 활을 쏘지 말어야 헌다. 소용읎응께 말이여. 왜놈덜 총알이 떨어질 때까정 지달리는 것도 작전이란 말여."

그때였다. 재 너머까지 나가 있던 척후병이 돌아와 매복조에게 알렸다. 척후병이 두 손을 모아 뻐꾸기 소리를 두세 번 냈다. 왜적이 나타났다는 신호였다. 고득뢰는 손을 위아래로 들었다 놓았다 하면서 매복조에게 선뜻 공격하지 말라는 수신호를 계속 보냈다.

매 한 마리가 날아와 먹이를 발견한 듯 허공을 선회했다. 그러나 왜군 기병들을 보자마자 하늘 높이 오르더니 한 점이 되어 사라져버렸다. 고득뢰는 왜군 척후병이 무주 쪽으로 지나가도록 내버려두었다. 왜군들이 더 지나가도록 기다렸다. 이윽고 백마를 탄 왜장이 끄덕끄덕 나타났다. 왜군 기병들이 왜장 뒤를 한 줄로 바짝 따라붙어 오고 있었다. 왜군 보병은 잠시 후 나타났다. 백마를 타고 앞서간 왜장을 속보로 뒤쫓고 있었다.

그제야 고득뢰는 입안에 고인 침을 뱉으면서 손을 치켜들었다. 매복조에게 공격하라는 수신호였다. 일제히 화살이 날아갔다. 놀란 왜군 보병의 장사진 대오가 순식간에 흐트러졌다. 고득뢰가 소리쳤다.

"활을 쏴라! 활을 쏴부러라!"

"왜놈덜이 도망쳐분다!"

매복조가 모두 일어나 활 공격을 했다. 왜군의 대오가 중간에서 새끼줄이 토막 나듯 끊어졌다. 놀랍게도 백마를 탄 왜장은 왜군 기병들과 함께 재빨리 도망쳐버렸다. 뒤따라오던 왜군 보병만 앞뒤가 막힌 채 갈팡질팡하면서 아무 데나 총을 쏘았다. 산꼭대기에 있던 의병들이 최경회의 지시에 따라 북을 치고 나발을 불며 소리쳤다. 북과 나발 소리에 왜군들이 혼비백산했다. 총을 제대로 겨냥해서 쏘지도 못하고 매복조의 칼과 창에 당했다.

"한 놈도 살려두지 말고 죽여부러라!"

고득뢰의 작전은 번개처럼 빨랐다. 왜군들의 시체가 산길을 덮었다. 왜군 열댓 명이 산중으로 숨었지만 장윤이 지휘하는 의병들에게 붙잡혔다. 매복 작전의 마무리는 장윤이 맡았다. 장윤은 왜적을 살려두지 않았다. 적벽강 절벽으로 끌고 간 뒤 검은 전복과 투구를 벗기고 알몸으로 뛰어내리게 했다.

고득뢰는 기병들을 데리고 최경회를 뒤따라가며 백마 탄 왜장을 추격했다. 최경회와 고득뢰는 왜군을 쫓아 무주와 경상도 경계인 우지치까지 쫓아갔다. 왜장은 수은 빛이 나는 갑옷을 입고 있었다. 투구는 금칠을 한 듯 누런 빛깔이었다. 가파른 우지치 고갯마루에 이르러서야 거리가 좁혀졌다. 왜적들은 더 이상 도망치지 못하고 왜장을 감쌌다. 왜장이 탄 백마와 왜군들의 말이 지쳐버린 듯 더 달리지 못했다. 고득뢰가 소리쳤다.

"도망쳐야 갈 디가 읎다. 항복해부러라!"

"죽고 싶지 않다면 가까이 오지 말라. 우리에게는 대뽀(총)가 있다!"

왜장도 소리쳤다. 최경회와 왜장 사이의 거리는 이백 보쯤 되었다. 아직은 총이나 활로 상대를 겨누어서 명중할 수 있는 거리는 아니었다. 서로가 총과 활을 쏘지만 위협적이지는 못했다. 최경회가 고득뢰에게 말했다.

"부장, 왜놈덜이 발악을 허네. 쥐새끼가 괭이를 물어불라고 허는 꼴이여."

"여그까정 쫓아왔응께 공격해불지라우."

"싸우지 않고 이기는 것이 병법 중에 최고여. 저 왜장만 죽여불믄 쌈은 끝나불지 않겄는가?"

"그럴 방법이 읎응께 이라고 있지라우."

"부장, 각궁을 이리 쪼깐 주게."

최경회가 고득뢰의 각궁을 받아들자 왜군들이 겁을 주려는 듯 총을 쏘았다. 그러나 총알은 최경회 앞에서 떨어질 뿐이었다. 의병들이 활로 대응했지만 그것도 마찬가지였다. 승부를 보려면 서로가 더 거리를 좁혀 싸워야 했다. 그러나 고대해와 채희징도 달려 나가지 못했다.

이윽고 최경회가 화살통에서 장전 대신 편전을 꺼냈다. 편전은 장전보다 작지만 멀리 날아가고 활촉이 뾰쪽하여 갑옷도 뚫었다. 최경회는 활을 쏘기 전에 왜장의 움직임을 살폈다. 왜장이 탄 백마가 움직이지 않을 때까지 기다렸다. 왜장은 등에 긴 통을 메고 있었으며 긴 칼을 거만하게 들고 있었다. 왜장이 탄 백마가 자꾸 헛발질을 하며 움직였다. 최경회는 숨을 멈추었다. 잠시 꼼짝하지 않는 백마를 표적 삼았다. 최경회는 시위를 힘껏 당겼다가 놓았다. 고득뢰가 외쳤다.

"명중입니다요!"

"왜장이 디진 것 같습니다요!"

최경회가 쏜 화살이 왜장의 턱을 꿰뚫었다. 즉사한 왜장이 백마 등에서 맥없이 굴러떨어졌다.

"공격! 공격해부러라!"

고득뢰와 기병들이 함성을 지르며 달려갔다. 놀란 왜군들은 죽은 왜장을 놔둔 채 달아났다. 최경회는 더 추격하지 않았다. 무주로 돌아가는 길이 멀어지기 때문이었다. 왜장을 죽인 것으로 만족했다. 고득뢰와 채희징은 왜장이 가지고 있던 물건들을 수습했다. 왜장이 등에 메고 있던 통에는 청산백운도가 한 장 들어 있었다. 나중에 안 사실이지만 그림은 고려시대 공민왕이 그린 것이었다. 그리고 왜장의 칼은 한 자 여덟 치나 되는 언월도로서 명검이었다. 최경회의 화살 한 발은 의병군의 사기를 일시에 드높였다.

적상산으로 돌아온 최경회는 임계영과 합의하여 전라 좌우의 병군에게 귀진을 명했다. 한나절을 달려 남원으로 들어선 최경회의 전라 우의병은 원래 머물던 자리인 남원 객사 서쪽에 진을 쳤고, 임계영의 전라 좌의병은 광한루에 진을 쳤다.

추수가 다 끝난 뒤였다. 전시 중이었으므로 농민들에게는 추수라고 할 것도 없었다. 일손이 부족하여 묵정밭이 늘어날 뿐이었던 것이다. 추수를 마친 양민들 중에는 곡식을 땅굴 등에 숨겨 놓고 남원성으로 들어와 겨울을 나려는 사람도 많았다. 왜군의 노략질을 피할 수 있기 때문이었다. 대부분 성 부근에 사는 늙은이와 과부가 된 여자들이었다. 성문이 열리면 유랑민처럼 무리지어 몰려왔다.

장수 주촌에서 온 논개도 무리에 끼어 들어왔다. 이번에는 혼자가 아니고 주촌의 촌부들을 데리고 왔다. 성문 앞에서 사람들을 이리저리 훑어보며 검문하고 있던 고대해가 논개를 알아보고는 다가와 말했다.

"또 대장님을 만나러 왔는갑소잉."

"고상허는 군사덜에게 따땃헌 국이라도 끓여줄라고 왔그만이라우."

촌부들은 하나같이 대나무 광주리를 머리에 이고 있었다. 대나무 광주리 안에는 말린 산나물이 한가득 들어 있었다. 고대해가 대나무 광주리 안을 보고는 기분이 좋아서 말했다.

"의병덜보다 여자덜 손맛이 더 낫겄제잉."

"남원에 겨시는 동안만이라도 우리덜이 여그서 밥 허고 국 끓여주다가 갈라요. 따지고 보믄 의병덜 모다 아재가 아닌게라우."

최경회는 논개가 왔다는 고대해의 보고를 듣고는 부담스럽게 여겼다. 그러나 곧 생각을 바꾸었다. 산중의 진과 남원성은 달랐다. 성민 중에서 아녀자들이 끼니때마다 울력을 나오기도 하고, 무엇보다 논밭의 추수가 끝난 철이기 때문이었다. 최경회는 주촌 촌부들 사이에 끼어 있는 논개를 찾아와 정색을 하고 말했다.

"의병덜을 한 식구라 생각해서 왔다니 고맙기 그지없네."

"나리를 믿고 따라온 의병덜이니 지헌티도 소중헌 사람들입니다요."

"맴이란 이심전심이 아닌가. 군사덜이 자네 맴을 알아줄 날이 있을 것이네."

논개와 주촌 마을 촌부들 덕분에 전라 우의병 병사들의 식사에 변화가 왔다. 일단 주먹밥이 없어졌다. 세 끼 모두 김이 모락모락 나는 잡곡밥과 시래기 된장국이 나왔다. 어느 때보다 의병들의 사기가 올라갔다. 이제는 최경회의 부하들이 주촌으로 돌아가려는 논개와 촌부들에게 진에 계속 남아달라고 통사정을 할 정도였다. 최경회의 마음도 부하들과 같았다. 최경회는 야심한 밤이 되면 논개를 불러 못 다한 정을 나누곤 했다.

호남도 영남도

까마귀 떼가 초승달을 비켜 날았다. 까마귀 울음소리가 까악 까악 들려오다가 아득하게 멀어졌다. 초승달은 서쪽 하늘에 칼날처럼 예리하게 박혀 있었다. 초저녁의 하늘은 푸른빛이 감돌았다. 저녁 식사를 일찍 끝낸 장졸들이 부대별로 점호를 준비하고 있을 때였다. 부장 고득뢰가 경상우도 순찰사 김성일이 보낸 첨정 조종도를 데리고 최경회가 묵고 있는 군막으로 왔다. 최경회는 논개가 가져온 저녁을 먹은 뒤 잠시 휴식을 취하고 있었다. 고득뢰가 군막 앞에서 말했다.

"대장님, 경상우도 순찰사 전령이 왔습니다요."

"잠깐 지달리게."

최경회는 무거운 전복으로 다시 갈아입었다. 평복을 입은 채 경상우도에서 온 연락 참모를 맞을 수는 없었다. 논개와 함께 따라온 여종이 빈 그릇을 챙겨 머리에 이고 나갔다. 그제야 최경회는 군막 앞으로 나와 조종도를 맞이했다.

"어서 오쑈."

"의병장님, 지는 첨정 조종도입니더."

군막에 들어선 조종도가 자신의 이름을 밝힌 뒤 곧바로 용무를 말했다.

"겡상도에 왜군들이 몰리고 있십니더. 순찰사 나리께서 의병장님 원군을 학수고대하고 계십니데이."

"금산의 왜군 일부가 겡상우도 개령, 성주로 퇴각한 것을 나도 알고 있소."

최경회는 지난달에 금산의 왜군을 개령의 우지치까지 쫓아가 왜장을 죽인 바 있었다.

"모두 진주를 차지하기 위한 왜군의 작전일 낍니더."

"진주는 호남과 근접헌 성이니 필시 다음은 호남일 것이 뻔해부요."

지난달 전라 좌우의병군이 합동작전을 펼쳤을 때 소규모의 왜군 부대들이 속속 개령과 성주 쪽으로 후퇴했는데, 이는 다시 호남을 치기 위한 작전상 후퇴라는 것이 최경회의 판단이었다. 김해, 창원의 왜군들이 진주를 넘보는 것도 호남 침략의 발판을 삼기 위한 작전이 분명했다. 그러니까 경상도에 주둔하고 있는 왜군의 작전은 이미 호남 침략이라는 그 목적이 드러나 있는 셈이었다. 히데요시는 곡창지대인 호남을 차지하고자 안달이 나 왜장들을 들볶고 있었던 것이다.

"낼 새복까지는 답을 주겄소. 그런께 성에서 지달리씨요."

"알겄십니데이."

"이왕 여그까정 왔은께 임계영 대장도 만나부쑈."

"날이 저물었으니 낼 뵙겠십니더."

최경회는 조종도를 보내고 난 뒤 전령 최홍재를 시켜 장수들을 불렀다. 잠시 후 구희, 고득뢰, 고대해, 채희징이 군막으로 왔다. 최경회가 말했다.

"종사관은 우리덜이 영남으로 원군을 나갈 것이라고 편지 초안을 잡아보시게."

종사관 구희는 최근 들어 장계나 편지를 도맡아서 초안을 작성한 뒤 최경회의 재가를 받았다. 구희가 물었다.

"편지는 으디 으디로 보낼라고 헙니까요?"

"전라 좌수사 이 공, 전라 순찰사 권 공, 진주 목사 김시민 공, 홍의장군 곽재우 공에게 보낼라고 허네. 영남으로 원군 나간다고 쓰게."

"바로 시방 이 자리서 쓰겄습니다요."

"미루지 않는 것이 좋겄네. 부장은 편지를 들고 갈 날랜 장사를 선발해두게."

지시를 받은 고득뢰가 머뭇거리며 말했다.

"대장님, 영남을 구원허시기로 이미 결정허신 것입니까요?"

"좌고우면헐 시간이 읎네."

그러자 고대해가 말했다.

"우리덜이 여그를 비워불믄 호남은 누가 지키겄습니까요?"

"황진 수성장이 거느리는 관군이 있지 않은가."

“원래 우리덜은 남원성을 지원헐라고 온 것이 아닌게라우?”

입을 다물고 있던 채희징도 고대해를 거들었다.

“왜적은 틈만 나믄 호남을 침략헐라고 노리고 있습니다요. 그란께 호남도 사실인즉 위험헌 상황이지라우.”

“좌수사 나리가 지키는 바다로는 침입하지 못허고 왜적은 시방 호남 땅의 허술헌 디를 찾고 있당께라우?”

“자네덜은 모다 틀렸네.”

“으째서 호남을 지키지 않고 영남을 구원해야 헙니까?”

이에 최경회가 화를 내면서 말했다.

“자네덜은 어느 나라 사람인가!”

“여그 모인 모든 의병덜은 내 고장을 지키고자 나선 군사입니다요. 그래서 우리덜은 호남을 지키자고 주장허는 것입니다요.”

고득뢰도 목소리를 높였다. 그러나 최경회는 단호하게 잘라 말했다.

“호남도 우리나라 땅이요, 영남도 우리나라 땅이 아닌가! 의를 위해 장수가 된 사람이 어찌 멀고 가차운 것을 따져 싸우려고 허는가!”

그제야 부장과 장수들이 입을 다물었다. 호남과 영남을 가려 내 고을을 위해서만 싸우려던 마음을 슬그머니 접었다. 고득뢰와 채희징이 말했다.

“대장님 맴이 지덜보다 크시그만요.”

“대장님 말씸이 지를 부끄럽게 허는그만요.”

“이제사 알겄는가?”

"걱정 끼쳐드려 죄송하그만요. 장수라 허믄 사심을 버리고 나라와 의를 위해 싸와야지라우."

다음 날 새벽.

최경회의 전라 우의병은 조종도를 앞세우고 먼저 경상도로 향했다. 전라 좌의병은 내부 의견을 정리한 뒤에 출발하기로 했다. 최경회 의병군은 고득뢰의 지시에 따라 들판을 지날 때는 학익진으로 가고, 지세가 가파르고 막힌 험애한 곳에서는 조운진鳥雲陣으로 갔다. 조운진이란 구름이 피어나듯 모였다가도 때로는 새 떼가 흩어지듯 군사가 변화무쌍하게 움직이는 기법奇法의 대오였다. 평탄한 산길로 들어서서는 어관진魚貫陣과 장사진 대오로 바꾸어 행군했다. 어관진이란 고기가 줄지어 헤엄치는 것 같은 대오였다.

두류산(지리산)은 전라도와 경상도를 경계 짓고 있었다. 고득뢰는 두류산 재를 넘고 산길과 계곡을 거쳐 가면서 여러 가지 대오를 훈련시켰다. 학익진이나 장사진 등이 정법이라면 조운진이나 어관진은 기법이었다. 정법과 기법의 대오는 행군을 지루하지 않게 했다. 고득뢰는 행군 대오를 적절하게 운용하면서 사기를 유지했다. 조종도가 전라 우의병군의 힘찬 행군을 지켜보고는 감탄했다.

"전라 우의병은 겡상도 관군보다 사기가 좋십니데이."

"비결은 밥심이지라우."

"밥심, 그기 비결이라는 말입니꺼?"

"두 가지 비결이 있는디, 하나는 정신 무장을 잘허는 것이고, 둘은 군사덜 끼니에 정성을 들이는 거지라우."

"끼니에 정성을 들인다는기 뭣인교?"

"끼니때마다 반다시 따땃한 밥과 국을 군사덜에게 멕인다는 거지라우."

조종도가 깜짝 놀랐다.

"군사덜이 많다 아입니꺼? 도대체 그기 가능한 일인교?"

"에러운 일이 아니지라우."

고득뢰는 논개와 주촌 마을에서 온 촌부들의 이야기를 해주었다. 물론 남원을 떠나오면서는 주촌 마을 촌부들은 모두 돌아가고, 장수들의 요청에 따라 논개만 따라왔지만 전라 우의병의 끼니는 여전히 여러 의병군과는 다르다고 말했다. 끼니때마다 나서는 논개의 손맛과 정성이 담겨져 있기 때문이었다.

논개는 주촌 마을로 가지 않고 고득뢰의 간청에 따라 전라 우의병을 따라나섰는데, 이는 논개가 바라던 바이기도 했다. 논개 처지에서는 자신을 민며느리로 팔아넘기려 한 작은아버지 집에서 더부살이하기보다는 최경회 옆에 있는 것이 나았다.

"지가 간청한 까닭은 군사덜 사기 땜시 그랬지라우."

"그기 바로 일석이조 아인교. 꿩 묵고 알 묵고, 거랑 치고 까재 잡고, 님도 보고 뽕도 따는 기라. 하하하."

조종도는 논개가 최경회의 소실인 줄 알고 있는 듯 크게 웃으며 말했다. 고득뢰도 덩달아 웃었다. 해학이 넘친다고 하여 대소헌大笑軒이란 호를 가진 조종도였다. 그가 한 번 웃기면 장수들의 무섭고 굳은 얼굴도 부드럽게 바뀌었다. 무표정하게 행군하고 있던 고대해가 피식 웃으며 말했다.

"겡상도에서는 또랑을 거랑이라고 헌갑소잉. 또랑 치고 까재를 잡아분께 일거양득이그만요."

"일거양득이요, 한 개 화살로 수리 두 마리를 잡는 일전쌍조一箭雙雕가 아인교."

"근디 또랑 치고 까재 잡는 사람이 누군게라우?"

"주촌 처자 말고 또 누가 있는교."

최홍재가 다가오자 모두들 입을 다물었다. 그러나 최홍재는 논개를 우스갯소리로 입에 올려놓고 있는 줄 눈치채고는 한마디 했다.

"주촌으로 돌아갈라고 헐 때는 붙잡드니 인자 뭔 소리를 고로코롬 헌다요."

"아, 고것이 아녀. 논개 덕분에 우리 군사덜 사기가 올라가부렀다고 얘기허다가 엉뚱헌 디로 흘러부렀그만."

최홍재 한마디에 장수들이 입을 다물었다. 최홍재는 나름대로 일찍이 수백 명의 의병들을 거느려 본 위엄이 있었었고, 최경회 의병장의 친조카였던 것이다. 최홍재가 최경회를 보좌하기 위해 돌아가자 조종도가 또다시 장수들을 웃겼다.

"지가 전라도 거시기로 웃길 끼구마. 쪼매 들어보소."

"웃길라믄 얼릉 해부쇼. 구신도 모르는 거시기를 누가 알겄는게라우."

"내 거시기는 오그락지 거시기, 대장님 거시기는 가실무시 거시기라 주촌 처자가 죽고 몬 사는 거 아닌교?"

"아따, 전라도 사람보담 거시기를 더 잘 써부요잉."

"가실무시는 통통하고 실헌 무시지라우? 근디 오그락지 거시기는 무신 말인지 통 모르겄당께요."

"무시 몰린 거를 겡상도에서는 오그락지라 칸다 아입니꺼?"

"자라 모가지멩키로 오글오글헌께 오그락지라고 헌갑소잉."

"하하하."

조종도는 거시기 이야기로 한바탕 웃기고는 곧 근엄한 얼굴을 했다. 그는 어린 시절부터 공부를 많이 하여 경사에 밝았고 기개도 높아 특히 경상우도 쪽의 단성, 함양, 함안 유생들이 그를 따랐다. 오지랖이 넓은 그와 경상우도 순찰사 김성일과는 이황 문하에서 동문수학한 사이이기도 했다.

조종도는 정색을 한 뒤 고득뢰에게 경상도의 적정을 말해주었다. 최경회와 임계영에게는 남원에서 원군을 요청하면서 진즉 보고했던 것이다. 김해와 창원에 주둔하던 삼만 명의 왜군 연합부대가 김시민이 방어하고 있는 진주성을 외곽에서 위협하고 있다는 내용이었다. 김시민이 삼천팔백 명의 군사로 성을 방어하고 성 밖에서는 곽재우 의병장이 비룡산으로 올라가 밤에는 횃불로, 낮에는 북과 나발을 불며 위세를 떨치고 있으나 왜군 대부대를 막기에는 역부족이라는 것이었다.

10월 6일.

두류산을 넘은 전라 우의병군은 산음(산청)을 거쳐 경호강이 흐르는 단성에 도착한 뒤 임시 진을 쳤다. 경호강을 따라 내려가면 바로 진주였다. 최경회는 경호강 강변의 야산에 경계병을 세웠다. 그리고 위장 전술을 지시했다.

"석회를 풀어서 강물을 쌀뜨물멩키로 맹글게. 왜적덜이 흐개진 강물을 보고 놀랄 것이 아닌가."

의병들이 부근에 있는 대원사 석회벽을 뜯어와 가루로 만들어 경호강에 풀었다. 최경회의 작전은 그대로 적중했다. 왜군이 진주성을 함부로 공략하지 못했다. 진주성 후방에 있는 최경회의 전라 우의병을 두려워했기 때문이었다.

"왜적은 반다시 눈엣가시 같은 우리덜을 공격헐 것이다. 우리 목적은 진주성을 지키는 것인께 왜적과 바로 싸울 것은 읎다. 왜적이 오면 물러서서 방어허다가 되치기허믄 된다."

"지는 의병장님만 믿고 갑니더."

조종도가 떠난 지 하루 만에 최경회의 예측대로 왜군 오천 명이 단성으로 쳐들어왔다. 그러나 최경회는 일부러 후퇴하는 위장 전술을 폈다.

"절대로 몬자 화살을 쏘지 마라. 싸울라고 온 왜적덜은 우리덜을 보고 이상헌께 우왕좌왕할 것이다."

"왜놈덜이 야간에 기습 공격을 허지 않을께라우?"

"왜적은 여그 지리에 어둡고 뒤가 무서운께 더 이상 공격허지 못헐 것이네. 김시민 목사가 성문을 열고 나와 공격할 수도 있은께 말이여."

최경회가 구사하고 있는 작전은 심리전이었다. 왜군은 최경회의 예상대로 공격했다가 반응이 없자 곧 물러갔다. 전라 우의병군은 싸우지도 않고 사기가 올라갔다. 최경회는 이를 놓치지 않고 사기충천한 장정들 중에서 선봉대를 선발하여 고득뢰에게 왜군의 뒤를 공격하도록 지시했다.

"왜적을 무찌른 뒤 진주성까정 들어가불께라우?"

"진주성으로 들어가믄 안 되네. 김시민 목사에게 당장은 도움이 될지 모르겄지만 시방은 성 밖에 있음시롱 협공해야 헐 때네. 왜적덜 진을 빼부러야 헌단 마시."

"공격을 허되 치고 빠지겄습니다요."

"바로 고것이 우리덜 작전이네."

"그라고 선봉대를 또 맹글게. 부장과 내가 번갈아가며 공격하세. 그래야 군사덜이 지치지 않고 사기를 유지헐 수 있네."

최경회는 용감한 장정들을 뽑아 선봉대를 둘로 나누었다. 공격을 번갈아가며 할 생각이었다. 선봉대에 뽑히지 않는 군사들은 지원군으로 삼아 종사관 구희의 책임하에 무기 정비와 군량미 조달을 맡도록 했다.

최경회가 곧 자 깃발을 든 선봉대를 이끌고 공격하는 날이었다. 선봉대는 먹이를 낚아채는 송골매처럼 빠르게 살천창薩川倉을 거쳐 남강으로 달려갔다. 때마침 곽재우 의병군의 선봉대가 남강까지 와 있었다. 전라 우의병군 선봉대를 본 곽재우 의병군의 선봉장 심대승이 의기양양하여 남강 건너편에 있는 왜군에게 소리쳤다.

"전라도 의병장과 본도 의병장이 합세했데이! 왜적 넘들아, 인자 니덜 죽을 날도 얼마 남지 않은 기라!"

군량미 창고인 살천창을 노략질하려고 했던 왜군은 전라 우의병군과 곽재우 의병군을 보고는 남강을 쉽게 건너지 못했다. 군량미가 떨어진 왜군은 이미 기세가 꺾이고 있었다. 보급로가 끊어진 왜군 부대들은 진주성과 단성 사이에서 진퇴양난에 빠져들었다. 반면에 의병군의 전력은 계속 보강되었다. 김준민의 합천 의병군이 들어와 전체 의병군의 규모는 배로 늘었다. 거기에다 승장 신열이 승군을 이끌고 왔고, 임계영의 전라 좌의병도 뒤늦게 합세했다. 그러자 유랑민과 피난민들이 안전한 단성으로 몰려들었다. 단성에 살던 한 선비가 피난민들에게 말했다.

"전라 좌우의병 대군이 우리 고장에 주둔하고 합천 의병군이 와 있으니 인자 양민들은 잠시나마 죽음을 늦출 수 있을 끼다."

단성 청고개나 관아 등에서 왜군과의 싸움이 있었지만 의병군은 결코 밀리지 않았다. 오히려 왜군이 큰 피해를 입고 퇴각하곤 했다. 왜군이 창고의 군량미를 노리고 단성 관아로 쳐들어와 불을 질렀지만 전라 좌우의병군이 몸을 사리지 않고 나서서 격퇴했던 것이다.

진주 목사 김시민이 고작 삼천팔백 명의 군사로 왜군 삼만 명과 대적할 수 있었던 까닭은 진주 후방에 있는 여러 의병군들이 왜군의 보급로를 철통같이 차단하고 있기 때문이었다. 보급로가 막힌 왜군 대부대는 차츰 전투력을 잃었다. 김시민은 반격할 기회를 엿보면서 어금니를 악물었다.

1차 진주성 전투와 의병군

경상우도 순찰사 김성일은 거창 관아에 머물면서 진주 목사 김시민에게 수시로 참모를 보내 성 밖의 피아 상황을 알려주었다. 곽재우 의병군 이백 명이 비봉산과 어속령 사이를 오르락내리락하면서 왜군을 위협하고 있고, 고성 현령 조응도의 관군과 최달 및 이강의 고성 의병군 오백 명이 남강 가까이 있고, 진주 복병장 정유경이 군사 삼백 명을 이끌고 진현 고개와 남강을 지키고 있으며, 한후장 김준민과 별장 정기룡이 서문 밖에서 합천 의병군과 곤양 의병군을 각각 지휘하고 있다는 사실을 알렸다. 특히 전라 좌우의병군 이천 명이 원군으로 단성에 왔으니 왜군 대장 나가오카 다다오키長岡忠興가 함부로 성을 공격하지는 못할 것이라고 은밀하게 전했다.

충청도 목천 출신인 서른아홉 살의 김시민은 용장이었다. 군관을 시켜 지대가 높은 서장대西將臺에 용대기를 꽂았다. 그런 뒤 동문과 북문 밖에서 무력 시위 중인 왜군을 보고서 의기소침해 있는 장졸들과 성민들에게 힘써 싸울 것을 명했다.

"진주성 십 리 안에 의병군 수천 명이 와 있으니께 적은 곧 진퇴양난에 빠질 겨! 우덜이 나흘 동안만 성문을 지킨다믄 왜놈덜은 의병군과 우덜 사이에 끼어 고전을 면치 못헐 거란 말여. 왜놈덜 사기가 떨어지믄 우덜은 그때 공격헐 것이니께 너두나두 화살과 철환을 아껴야 혀!"

남강 강바람에 용이 그려진 용대기가 펄럭거렸다. 김시민은 성을 방어할 수 있다고 확신했다. 관군과 성민을 합하니 삼천칠백 명이었다. 거기다 곤양 군수 이광악이 데리고 온 곤양 관군 백 명까지 합세하니 총 삼천팔백 명이나 되었다. 왜군이 삼만 명이었으므로 팔 대 일의 싸움이었지만 내성과 외성이 튼실하고 성 밖에는 호남과 영남의 의병군이 대기 중이므로 수성할 수 있다고 판단했다.

"여자덜은 모다 남자 옷을 입구 위세를 보여야 혀."

김시민은 아녀자들에게 남자 옷을 입도록 지시했다. 수비군의 숫자가 많은 것처럼 보이기 위해서였다. 남장을 한 아녀자들은 물을 끓이고 성민들은 돌을 날랐다. 만들어 놓은 허수아비들은 궁사로 위장했고, 죽창 끝에는 짚을 달아 화공을 준비했다. 활과 칼을 지닌 관군은 성문을 방어했다. 특히 동문과 북문 위에는 지자총통과 현자총통을 집중적으로 거치했다. 절벽이 있는 서문과 남강이 흐르는 남문에는 몇 기의 총통만 보냈다.

이에 왜군은 동문이 내려다보이는 순천당 뒷산에 지휘 본부를 차리고 네 개 부대를 세 개의 공격 부대로 편성했다. 이윽고 왜군은 특공대를 보내 절벽이 있는 서문을 먼저 공격했다. 방어가 허술할 것으로 보고 건드린 것이다. 그러나 실제로는 동문과 북문을 공격하기 위한 위장 전술에 불과했다. 김시민은 왜군이 대규모로 공격할 동문 안쪽 촉석루에 지휘 본부를 두었다. 왜군은 동문을 집중 공격할 것이 분명했다. 북문 쪽의 비봉산에는 곽재우 의병군이, 서북쪽에는 전라 좌우의병군이, 서쪽에는 별장 정기룡의 군사가, 남강에는 복병장 정유경의 군사와 고성 현령 조응도의 관군과 최강 및 이달이 지휘하는 고성 의병군이 있었기 때문이었다.

"화살을 아껴야 혀! 명이 내리기 전에는 쏘지 말어!"

김시민은 장졸들에게 신신당부했다. 마침내 왜군 삼만 명 중 이만 명이 동문과 북문으로 공격해 왔다. 왜군의 전술은 선제 조총 공격이었다. 흰색 깃발을 든 왜군 대장 나가오카 부대가 동문을 향해 조총을 쏘았다. 청색 깃발을 든 왜장 하세가와 히데카즈長谷川秀一 부대는 북문을 향해 조총 공격을 했다. 왜장 가토 미쓰야스加藤光泰 부대도 뒤따랐다. 동문과 북문 사이에는 깊은 해자가 있어서 왜군은 성 밑까지 곧바로 들이닥치지는 못했다.

벼락 치는 소리를 내며 왜군의 총알이 날아가는데도 성은 조용했다. 그러자 왜군은 해자 밖 민가의 문짝을 뜯고 불태웠다. 불길이 잦아들자 문짝을 방패 삼아 해자 부근까지 접근했다. 그제야 김시민이 명했다.

"총통을 쏴라!"

"화살을 쏴라!"

철환이 날았다. 총통이 터졌다. 그러자 해자 사이의 좁은 통로를 건너려던 왜군 대오가 흐트러졌다. 순식간에 시신들이 통로에 깔렸다. 성벽에서 백 보까지 전진했던 왜군들이 갈팡질팡하며 뒤로 물러섰다. 성안은 또 조용해졌다. 그런 뒤 남장을 한 아녀자들이 군사들 사이를 돌면서 수비군처럼 나타났다. 왜군이 보기에는 수비군의 숫자가 만 명은 돼 보였다.

왜군은 날이 어두워져서야 몇백 보 밖으로 후퇴했다. 그러나 왜군 대장 나가오카는 마음을 놓지 못했다. 비봉산에 숨어 있는 곽재우 의병군이 쉬지 않고 나발을 불고 북과 꽹과리를 쳐대기 때문이었다. 관군과 의병이 성 안팎에서 벌이는 심리전이었다. 성안 군사들은 횃불을 흔들며 의병군에게 신호를 보냈다. 나발과 북소리는 밤새 계속됐다. 이백 명의 곽재우 의병군이 비봉산 능선을 이리저리 오가며 왜군을 괴롭혔다. 왜장과 왜군들이 잠을 자지 못하게 하는 것도 곽재우 의병군의 전술이었다. 그 전략은 그대로 적중했다.

다음 날, 왜군은 전날처럼 진주성을 공격하지 못했다. 동문과 북문의 왜군 부대는 공격하는 시늉만 했다. 대신, 순천당 뒷산에 대기하고 있던 공격 대기 부대가 움직였다. 군량미가 떨어져 가고 있었으므로 진주성 부근의 관아를 공격하고 민가를 불태웠다. 그러나 그것도 의병군들의 반격으로 여의치 않았다. 밤이 되자, 김시민도 심리전을 구사했다. 악공들을 불러 거문고와 퉁소를 불게 했다. 구슬픈 곡조를 성 밖으로 흘려보냈다. 쌀쌀한 바람에 오들오들 떨고 있던 왜군들은 더욱 움츠러들었다. 왜장도 김시민의 심리전에 맞대응했다. 포로로 데리고 다니는 조선인 아이들이 성 밖을 돌면서 소리치게 했다.

"한양도 팔도도 다 무너졌는데 모르십니까!"

"새장맨치로 좁은 성을 우째 퍼뜩 나오지 않능교? 메칠만 지나믄 굶어 죽십니데이!"

"성문을 열구 나오믄 살려준대유!"

성미가 급한 군관이 성문을 열고 나가려고 했지만 김시민이 붙잡았다.

"내 명이 떨어지기 전에는 어느 누구두 성문을 열어서는 안 되는 겨."

곤양 군수 이광악은 김시민의 명을 충실하게 따랐다. 김시민이 판관이었을 때부터 그의 능력과 담력에 감복했던 것이다. 이광악은 김수를 대신해 새로 부임한 경상우도 순찰사 김성일의 용인술에도 감탄했다.

부산포를 함락한 왜군이 경상도 내륙으로 동진해 오자, 경상우도 감사 김수는 자신이 지시하여 외성까지 축성했는데도 진주성을 버릴 것을 지시했다. 그리고 그는 판관 김시민을 데리고 거창으로 피신했고, 진주 목사 이경은 지리산으로 달아났다가 병사하고 말았다. 그때 거창에 도착한 김성일은 판관 김시민을 눈여겨보고 있다가 과감하게 진주 목사로 승진시켜 진주성 수성이란 중책을 맡겼던 것이다.

하룻밤은 소강상태로 지나갔다. 마음이 급해지고 초조한 쪽은 왜장들이었다. 김시민의 군사는 이틀 동안 왜군을 방어하면서 사기가 올라 있었다. 동문은 김시민과 판관 성수경이 지켰고 북문은 전 만호 최득량과 군관 이눌이 버텼다. 김시민은 동문과 북문 사이에 지자총통과 현자총통을 재배치했다. 해자 사이로 사다리를 들고 접근하는 왜군을 저지하기 위해서였다.

나흘째부터 예상했던 대로 왜군의 공격이 격렬해졌다. 이는 왜군의 군량미와 무기가 바닥나고 있다는 증거였다. 그럴수록 김시민은 지공으로 맞섰다. 군사들의 전의만 북돋울 뿐 총통의 철환과 화살을 아꼈다.

"왜적이 성에 접근할 때까지 지달려라!"

"화살 대신 끓는 물을 붓구 돌을 던져라!"

왜군은 쉽게 성벽을 타고 오르지 못했다. 관군이 휘두르는 창을 무서워했다. 아녀자들이 붓는 끓는 물을 뒤집어쓰거나 성민이 던지는 돌멩이를 맞고 나동그라졌다. 망루 같은 정루井樓를 밀고 오지만 성벽에 대지도 못하고 총통 공격에 박살 났다. 왜군의 시신이 해자를 메우고 성벽 아래 쌓였다. 밤이 되면 왜군은 시신을 수습하느라고 정신이 없었다. 여러 곳에 왜군의 시신으로 언덕이 만들어졌다.

의병들은 주로 밤에 관군을 지원했다. 남강을 타고 와 남문으로 화살 다발을 날랐고, 여기저기서 횃불을 흔들며 수성하는 군사를 응원했다. 곽재우 의병군은 여전히 비봉산에서 북을 치고 꽹과리를 쳤다. 전라 좌우의병군은 선봉대를 만들어 왜군 공격부대에게 타격을 가하고는 재빠르게 빠져나오곤 했다.

왜군 대장 나가오카는 진주성의 군사와 의병군 사이에서 이러지도 저러지도 못했다. 그러자 북문을 공격하던 왜장 하세가와가 외곽에 있는 의병군을 먼저 친 다음 성을 공격하자고 주장했다. 나가오카는 그의 주장대로 따랐다. 왜장 가토도 밤마다 의병군에게 너무 시달린 나머지 동의했다. 왜군은 소규모 부대로 나누어 의병군을 공격했다. 그러나 왜군은 지리에 어두웠으므로 효과를 내지 못하고 오히려 김준민 등의 의병군에게 타격을 입은 채 회군하고 말았다.

"오늘 낼이 고비여. 인자 우덜이 공격헐 차렌 겨."

김시민은 왜군이 마지막으로 발악할 것이라 짐작했다. 과연 김시민이 예상한 대로 왜군은 동문과 북문으로 나누어 공격하던 전술을 바꾸어 한 곳으로 화력과 무기와 전력을 집중했다. 그리고 성 한쪽으로 토성을 쌓아왔다. 일선에서 조총을 쏘고 물러나면 바로 흙을 나르는 군사가 움직였다. 어느새 왜군의 토성이 성벽으로 다가왔다. 총통과 화살 공격을 받으면서도 물러나지 않는 인해전술이었다. 방패를 대나무 다발로 만들어 기어이 성벽에까지 닿았다. 날랜 왜군 십여 명이 성을 넘어왔지만 곧 관군의 칼에 쓰러졌다. 미처 성을 넘지 못한 왜군들은 관군의 화살 공격에 나동그라졌다. 진천뢰가 폭발하자 왜군들의 사지가 종잇장처럼 찢겨졌다. 화약과 피 냄새가 성 안팎에 진동했다. 김시민의 관군과 성민은 사력을 다해 왜군을 저지했다. 술시가 돼서야 왜군 주력부대가 철수했다.

후퇴를 명한 듯했다. 후퇴하는 왜군들이 모닥불 불빛 속에 드러났다. 일부러 피운 모닥불이었다. 김시민과 이광악, 성수경, 이눌 등은 왜군의 후퇴를 믿지 않았다.

"거짓으루 퇴각허는 척허는 겨."

"목사 나리, 절대로 퇴각허는 것이 아닐 낍니더."

성수경이 말했다. 그때 최득량이 어둠 속에서 나타났다. 그의 뒤에는 한 아이가 따라오고 있었다.

"목사 나리, 왜놈덜헌티 잽혀 있다가 도망친 알랍니더."

"이짝으루 오너라. 왜놈덜에게 무신 소리를 들었느냐?"

"낼 새복에 성을 공격한다꼬 들었십니데이."

"알았다."

김시민은 동서남북의 성문을 지키는 장수들을 모두 불렀다. 그런 뒤 비장하게 말했다.

"낼 새복 전투가 마지막일 겨."

"인자 적진으로 공격해도 될 낍니더. 사기가 꺾인 적은 심을 쓰지 못할 낍니더."

"새복 전투를 혀보구 판단허겄네. 우덜 피해두 많으니께 그때 가서 볼 겨."

군관들이 기회를 보아 성문을 열고 나가 싸우자고 말했다. 그러나 김시민은 관군과 성민의 사상자도 많으므로 신중하자고 군관들을 달랬다.

김시민은 왜군이 토성을 쌓은 곳으로 또다시 공격할 것이니 그쪽을 특별히 경계하라고 당부했다.

"왜적은 그짝으로 공격헐 겨. 성 우로 목책을 세우구 총통을 옮기게. 동문과 북문 앞에는 마름쇠를 다시 깔게."

"마름쇠가 부족합니더."

"볏짚을 쌓아두게. 왜적이 근접하기를 지달렸다가 불화살을 날리게."

"알겠십니더."

성 주변의 의병군에게 전령들을 보냈다. 횃불을 흔들고 북 치고 나발을 불어달라는 통문을 띄웠다. 과연 아이의 말대로 새벽이 되자, 왜군 대장 나가오카 휘하 왜군들이 총공격을 해왔다. 그러나 김시민과 장졸들은 당황하지 않았다. 예측하고 있었기 때문에 침착하게 대적했다.

그런데 성은 왜군이 쌓은 토성 쪽이 아니라 다른 곳에서 뚫렸다. 방어가 느슨한 곳으로 왜군들이 대나무 사다리를 타고 올라와 성안으로 들이닥쳤다. 성안에서 난전이 벌어졌다. 관군과 왜군이 뒤엉켰다. 그러나 사기가 오른 관군에게 왜군은 적수가 되지 못했다. 얼마 뒤 비명 소리가 잦아들고 조총 소리가 뚝 멈추었다. 그런데 바로 그때 왜군들 시신 속에서 조총 하나가 투구와 전복 차림의 조선인 장수를 겨냥했다. 조총 소리가 새벽의 적막을 갈랐다. 장수가 이마에 총알을 맞고 쓰러졌다. 밤새 뜬눈으로 지휘하던 김시민이었다.

이광악이 김시민에게 뛰어갔다. 붉은 피를 흘리던 김시민이 희미하게 미소 지었다. 왜군을 물리쳤다는 안도감이 그의 얼굴에 흘렀다. 이광악은 피범벅이 된 김시민의 얼굴을 닦았다. 왜군이 물러가고 있었다. 이광악은 꺼이꺼이 울었다. 퇴각하는 왜군을 김시민과 함께 보지 못하는 것이 한스러웠다. 성안 관군과 성민의 함성 소리는 우레와 같았다. 잠시 후에는 진주성을 에워싸고 있던 의병군들의 북소리가 들려왔다. 김시민은 둥둥둥 울리는 북소리에 눈을 떴다가 다시 감았다. 북소리는 그의 심장을 멈추지 않게 하려는 듯 계속해서 울려왔다.

김시민.

충청도 목천에서 출생하여 선조 11년(1578) 이십오 세에 무과 급제하여 군기시軍器寺에서 무기를 관리하다가 3년 후 부평부사가 되었고, 함경도에서 이탕개의 난이 일어나자 도순찰사 정언신의 막하 장수로 출정해 공을 세워 훈련원 판관이 되었다. 그러나 내직은 무부인 그의 성품에 맞지 않았다. 그는 사직하고 고향으로 돌아가 있다가 선조 24년(1591)에 진주 판관으로 부임했다. 임진왜란이 일어나자 그의 무재는 빛을 발했다. 곤양 군수 이광악, 의병장 이달, 곽재우 등과 합세해 왜적을 격파했다. 또한 왜적을 추적해 십수교十水橋에서 토멸함으로써 고성, 창원 등 여러 성을 탈환했다. 의병장 김면의 원병을 요청받고 관군 천 명을 거느리고 가 서남진하는 왜적을 크게 무찌르기도 했는데 김성일의 눈에 들어 목사로 승진했다. 진주 목사가 된 그는 성을 정비하고 화약의 재료인 염초 오백 근과 총통 칠십구 기를 제작했다. 뿐만 아니라 틈나는 대로 군사를 훈련시켜 강군으로 만들었다. 목사가 된 이후에도 성안에만 있지 않고 출병하기를 원했다. 9월에는 진해로 내려가서 왜장 다이라 히라고타平小太를 사로잡아 행재소로 올려 보냈다. 이에 선조는 경상우도 병마절도사를 제수했지만 교지는 아직 내려오기 전이었다. 이처럼 김시민은 군기시에서 일한 경험을 살려 염초와 총통을 만들고, 정언신의 막하에서 활약했던 것처럼 전투 현장에서 싸우기를 즐기는 용장이었다. 풍치 좋은 누각에 올라 관기를 끼고 술을 마시는 문사 출신 수령들과는 달랐다.

이광악은 김시민의 한을 풀어주기라도 하듯 군사를 이끌고 물러가는 왜군을 날이 샐 때까지 쫓아가 죽였다. 왜군은 부상자들을 미처 챙기지 못한 채 도망쳤다. 왜군들은 시신에 불을 붙이고는 달아났다. 시신 타는 노린내가 아침 내내 코를 찔렀다. 이광악은 사시 무렵에 성으로 되돌아왔다. 정오 직전이었다.

이광악은 오후 늦게 군관들로부터 전황을 보고받고는 바로 김성일에게 전령을 보냈다. 전령은 공문을 품에 넣고 거창으로 달렸다. 공문에는 진주성 전투의 경과와 전과가 적혀 있었다.

'왜적 군관 삼백여 명 사살, 왜군 만여 명 사살. 관군 사상자死傷者 진주 목사 김시민…….'

김시민의 담대한 전술, 진주성 관군과 성민들의 눈물겨운 분전, 경상우도 순찰사 김성일의 용인술과 지원, 곽재우와 김준민 등 경상도 의병장들의 외곽 지원, 지리산 승려들을 모은 승장 신열, 전라 좌우의병군의 대규모 원군 등으로 일궈낸 대승이었다.

한편, 전라도 장성에서는 남문 의병군이 전라 좌우의병군의 승전 소식에 자극을 받은 때문인지 거병 모의를 한 지 4개월 만인 11월 17일 기병하더니 24일에 출병하였다. 이른바 장성 남문 의병군이었다. 남문 의병군은 호남의 각 고을에서 모인 의병들로 호남 의병군의 성격이 강했다. 맹주는 김경수였다. 그런데 그는 병으로 출정하지는 못했다. 의병장 김제민, 부사副事 기효간, 참모관 김홍우, 종사관 윤진, 의곡장 기효증, 도유사 서윤과 의병들만이 북진 출정 길에 올랐다. 남문 의병은 왜군이 경상도로 후퇴하는 등 남진하고 난 뒤였으므로 큰 전투를 치르지는 못했다. 직산에서 왜군 수십 명을 사살하고, 진위에서 왜군 척후병 열다섯 명을 생포한 것이 임진년에 올린 전과였다.

장성 남문 의병군이 내심 부러워했을 만큼 전라 좌우의병군의 기세는 등등했다. 진주성 수성에 일조한 전라 좌우의병군은 성주, 개령 수복 작전을 개시했다. 임계영은 한겨울이 오기 전에 성주성의 왜장 가쓰라 모토쓰나桂元網 부대를, 최경회는 개령의 모리 데루모토毛利輝元 부대를 섬멸하려고 했다. 당시 합천 의병장 정인홍이 영남 일원에 돌린 통문에도 다음과 같은 내용이 나타나 있는 것이다.

'인홍 등은 어리석게도 격동된바 충동만으로 스스로의 힘을 헤아리지 못한 채 창의 모병으로 회복을 도모하여 군사를 일으킨 지 반 년 만에 겨우 한 구역만을 지켜 아직도 영남에 유둔한 적을 능히 토멸하지 못하였으니 그 비분전고悲憤轉苦함에 마음이 타드는 듯하다. 이제 임계영과 최경회 양군이, 적을 치는 데는 처음부터 피차가 따로 없다 하고 정병 수천을 인솔해 와 영남에 주둔하여 인홍 등과 더불어 성주 개령의 적을 공격하고자 하니 그 열렬한 의기는 보고 듣는 이들을 감동시키고 있으며 이는 실로 이 나라를 도와 강토가 회복되려는 징조이다.'

임진년 11월 중순 이후부터는 전라 좌의병과 전라 우의병이 서로 떨어져서 작전을 폈다. 김면과 합세해왔던 최경회는 전라 우의병만으로 개령을 공격하여 모리 휘하의 왜군 이백 명을 죽이고 포로 사백여 명을 구했다. 타격을 입은 왜장 모리 부대는 결국 철수하지 않을 수 없었다. 또한 임계영은 부장 장윤을 시켜 성주성을 공격하게 했는데, 전투 중에 왜장 무라카미 가케치카村上景親가 부상당하자 왜군의 사기는 크게 꺾였다. 이윽고 전라 좌의병은 저항하던 왜군 부대를 몰아내고 성주성을 탈환했다.

이로써 성주와 개령은 전라 좌우의병군의 분전과 용전으로 수복하게 된바, 『난중잡록』에도 다음과 같은 기록이 나오고 있는 것이다.

'의병장 정인홍과 김면의 군사가 감히 홀로 당하지 못하여 전라 좌우의병군에게 구원을 청함에 두 의병장이 군사를 이끌고 거창, 합천 등지에 달려와서 거년부터 지금에 이르기까지 수개월 동안 혹은 산성에 둔쳐서 진주의 적을 쫓는 데 협력하였고, 혹은 요로를 지키면서 성주, 개령을 나누어 공격하며 날마다 싸우지 않은 적이 없었고, 달마다 이기지 않은 적이 없었다. 그러므로 적이 움직이지 못하여 영남의 예닐곱 읍이 온전히 살게 되었으니, 두 장수의 공이 이것으로 보아도 큰 것을 알 수 있다.'

전라 좌우의병군이 성주와 개령의 왜군을 격퇴하자, 선조와 비변사는 곽재우, 최경회, 임계영 의병군을 근왕군으로 차출하기 위해 철병령을 내리려고 했다. 그러나 경상우도 순찰사 김성일이 세 의병군을 경상도에 계속 머물게 해줄 것을 간청함으로써 철병은 중지되었다.

〈5권에 계속〉

이순신의 7년 4

초판 1쇄 2017년 3월 20일
초판 3쇄 2019년 10월 29일

지은이 / 정찬주
펴낸이 / 박진숙
펴낸곳 / 작가정신
편집 / 황민지 김미래
디자인 / 용석재
마케팅 / 김미숙
디지털컨텐츠 / 김영란
홍보 / 정지수
재무 / 윤미경
인쇄 및 제본 / 한영문화사

주소 (10881) 경기도 파주시 문발로 314
대표전화 031-955-6230 팩스 031-944-2858
이메일 editor@jakka.co.kr 블로그 blog.naver.com/jakkapub
페이스북 facebook.com/jakkajungsin 인스타그램 instagram.com/jakkajungsin
출판 등록 제406-2012-000021호

ISBN 978-89-7288-584-9 04810
978-89-7288-580-1 (세트)

이 도서의 국립중앙도서관 출판시도서목록(CIP)은 서지정보유통지원시스템 홈페이지(http://seoji.nl.go.kr)와 국가자료공동목록시스템(http://www.nl.go.kr/kolisnet)에서 이용하실 수 있습니다.
(CIP제어번호 : CIP2017006154)